小谷一郎著

一九三〇年代中国人日本留学生文学・芸術活動史

汲古書院

目　次

〔関係論文〕

〔資料〕

一九三〇年代中国人日本留学生文学・芸術活動史

本書を亡き母、丸山昇先生、伊藤虎丸先生、そして今年米寿を迎える父に捧ぐ。

はじめに——序章に代えて

本書は、私がこれまで行ってきた一九三〇年代日本における中国人日本留学生の文学・芸術活動に対する掘り起こし作業のうち、国民革命挫折前後から九・一八事変勃発後までの中国人日本留学生の文学・芸術活動を、国民革命挫折前後の中国人日本留学生の動向、社会科学研究会、青年芸術家連盟、「東京左連」（中国左翼作家連盟東京支部）の活動などを中心にまとめたものである。

一九三〇年代日本における中国人日本留学生の文学・芸術活動に関する研究は、文革後の一九八〇年代から注目されるようになった。呼び水となったのは、八〇年に『文学評論』に掲載された林煥平の回想「従上海到東京」[1]で、三〇年三月二日に上海で結成された中国左翼作家連盟（左連）に、北京等だけではなく、日本国内にもその支部、「東京左連」があったことが、はじめて当事者の口から具体的に明らかにされたことにある。

中国人日本留学生に関する優れた先行研究としては、実藤恵秀の『中国人日本留学生史』がある。[2]実藤恵秀の『中国人日本留学生史』からはじつに多くのことを教えてもらった。ただ残念なことに同書は二〇年代半ばで終わっている。しかも、それは中国人日本留学生史そのものの掘り起こし、中国人日本留学生に対する教育制度、日本語教育の解明などに主たる目的があり、中国人日本留学生の文学・芸術活動については二義的なものになっている。だが、本書が実藤恵秀の『中国人日本留学生史』から多くの啓発を受けたことはまぎれもない事実で、実藤恵秀の仕事がなければこの本はないと言っても過言ではない。

一九三〇年代日本における中国人日本留学生の文学・芸術活動について、それを正面から取り上げたのは本書がはじめてである。

一九三〇年代日本における中国人日本留学生の文学・芸術活動が孕む問題は多岐にわたる。東京左連をはじめとする一九三〇年代日本における中国人日本留学生の文学・芸術活動が明らかにされていくことは、左連、及び左連に代表される中国「三〇年代文芸」の持つ豊かさの検証につながるだろうし、同時にそれはまた日中近代文学の交流、日中プロレタリア文学の交流、さらには中国人日本留学生史研究などに新たな光を投げかけるであろう。

だが、一九三〇年代日本における中国人日本留学生の文学・芸術活動に関する研究は日中双方でその後も遅々として進まなかった。その最大の理由は一次資料、関係資料の少なさにあった。時の中国人日本留学生の文学・芸術活動は、日中戦争が厳しさを増す中で「非合法」的側面を持っていた。しかも結成されたばかりの東京左連は自分たちの機関誌を持っていなかった。また、残されている関係者の数少ない証言にも異同が多い。加えて舞台は日中戦争が激しさを増していく日本、東京である。こうした中にあっては、その一次資料、関係資料を掘り起こすという作業は中国側の研究者にとってはおよそ困難と言わざるをえない。とすれば、それは日本にいる中国近現代文学研究者に課せられた責務の一つではないだろうか。

私はこんな思いから、平成一二年度「中国左翼作家連盟に関する基礎的研究」、平成一三年度「東京左連に関する基礎的研究」、平成一四年度から一六年度には「一九三〇年代日本における中国人日本留学生の文学・芸術活動に関する総合的研究」の科学研究費の交付を受け、その掘り起こし作業を図ってきた。本書はその成果の一つである。

本書には本論とは別に、関係論文として「東京左連結成前史（その一）（補一）――夏衍の再来日をめぐって、夏衍と藤森成吉のことなど」、「資料」として『外事警察報』所載の「中国共産党日本特別支部の検挙」を収めた。

関係論文として「東京左連結成前史（その二）（補一）――夏衍の再来日をめぐって、夏衍と藤森成吉のことなど」を収めたのは、本書の内容と深く関わるものであり、かつまたそれが夏衍の回想録『懶尋旧夢録』の「欠」を補うものだからである。

また、「資料」として『外事警察報』「中国共産党日本特別支部の検挙」を収めたのは、本論で取り上げた「日本特支」事件について残されている数少ない官憲側の「資料」であると共に、そこには検挙者の下宿先なども記されており、時の中国人日本留学生のことを知る資料としても重要ではないかと考えたからである。

第一章　国民革命挫折前後の中国人日本留学生の動き

第一節　「国民党駐日総支部」、「青年会派」、「西巣鴨派」、「東京特支」のことなど

話は、国民革命挫折前の中国人日本留学生の状況を見ていくことから始めなければならない。というのは、これから見ていく一九三〇年代日本における中国人日本留学生の文学・芸術活動のエネルギーの源が、中国における「一九三〇年代文芸」と同じように、四・一二クーデターに始まる国民革命の挫折、その衝撃の深さに求められるからである。このため話はどうしても国民革命挫折前の中国人日本留学生の状況から始めなければならない。

黄鼎臣という人がいる。黄鼎臣は一九〇一年七月生まれで、海陸豊コンミューンの指導者彭湃と同じ広東省海豊県の出身、一九年に県の公費留学生試験に合格し、厦門、汕頭などで日本語を勉強した後、二一年秋、七名の友人と共に来日した。来日後は、彭湃の弟彭澤の世話で神田三崎町に住み、東亜高等予備校、成城中学を経て、二三年「医学救国」を目指して、日本医科専門学校、現在の日本医科大学に入学した。(1)

この黄鼎臣の回想「従中共東京特支到反帝大同盟」によれば、当時の日本の国民党組織は、国共合作の下、二五年段階までは神田区北神保町の中華留日基督教青年会館内にあった「国民党駐日総支部」で一本化されていたという。(2)

だが、この国民党駐日総支部は、二五年一一月中国で国民党右派である西山会議派が結成されたことによって分裂する。右派は、青年会内の駐日総支部を出て、西巣鴨に新たに党部を設け、党員の獲得、登記を始めた。国民党左派、

及び共産党員が依ったのは青年会内の国民党駐日総支部で、このため彼らは「神田総支部」、「青年会派」と呼ばれた。これに対し、右派は「西巣鴨党部」、「西巣鴨派」と呼ばれた。[3]

夏衍は、この時、九州にいた。夏衍は、一九〇〇年の生まれで、浙江省杭県の人。浙江省立甲種工業学校を卒業後、学校推薦で二〇年に来日、二二年戸畑の明治専門学校電気工学科に入学した。夏衍は、二四年一一月孫文が門司に立ち寄った際、明治専門学校の同級生鄭漢先、龐大恩と孫文に面会し、孫文の目の前で国民党に入党している。[4]

夏衍はそれまでにも国民党駐日総支部にいた国民党中央海外部特派員何兆芳から国民党駐日総支部に入るよう求められていた。だが、夏衍は、官費の問題があったことでそれを躊躇っていた。官費とは、当時中国人日本留学生に対してあった給付金制度で、官費支給対象の学校に在籍していれば、その給付を受けることができた。夏衍は、二五年三月明治専門学校を卒業、九州帝大工学部冶金工学科に入学し、無事官費支給の資格を得たことで、下宿を引き払い上京する。

上京した夏衍は、ただちに開かれた国民党駐日総支部拡大会議において駐日総支部常務委員、組織部長に選出された。「新人」ともいうべき夏衍が組織部長に抜擢されたのは、右派との内部闘争が激化する中で、駐日総支部、神田総支部での党員登録、更新、組織化が急務となり、ために日本語に堪能で、生活に支障をきたさない自在な人材が求められていたからである。[5]

夏衍は、その時開かれた国民党駐日総支部拡大会議のメンバーとして、駐日総支部常務委員の王先強、黄新英、翟宗文、国民党中央海外部特派員の何兆芳、「中共旅日支部」書記の何恐、共産党員李国琛等がいたという。[6]

二〇年代初頭、中国人日本留学生内に「留日共産主義小組」、あるいは「中国共産党日本小組」と呼ばれる組織があったことは早くから知られていた。この中国共産党日本小組に関しては、近年、中国共産党成立史研究、関係者だった施存統（施復亮）研究などの面から、進展があった。「中国共産党日本小組」は、二一年七月中国共産党が結党されるのを前にして、中国共産党の創設者の一人陳独秀の要請を受けた施存統、周佛海によって二一年四月に組織された。中国共産党日本小組の役割は、「日本のマルクス主義研究を逐次中国に紹介し」、「コミンテルンと日本の共産主義運動の橋渡しをする」ことにあった。「小組」発足時のメンバーは、施存統、周佛海の二人だけで、実施的には施存統がその活動を担っていた。彼らは、二一年七月上海で中国共産党の成立大会が開かれると、日本から周佛海を代表として送り、施存統自身も中国共産党に入党した。この「小組」は、その後、「彭湃、楊嗣震、林孔昭ら一〇余人に発展し」、「幾度かの会合」を持つまでになったという(7)。

こうした「中国共産党日本小組」的なものが、ここで夏衍のいう「中共旅日支部」、これから見ていく「中国共産党東京特別支部」（「東京特支」）的なものと繋がっていることは間違いないだろう。だが、施存統が二一年に逮捕、強制送還になった後、それが「中共旅日支部」、「東京特支」とどのように繋がっているのかなど、その具体的なことは何もわかっていない。

張天放は、先の分裂によって右派が駐日総支部を離れた後も、神田総支部に残っていた一人である。張天放は一八九三年生まれで、雲南省騰冲の人。二三年に日本で中国共産党に入党し、国民党東京支部執行委員を務めたことがある(8)。

この張天放は濮清泉との回想「国民党東京支部的左右派闘争」の中で、当時、「神田総支部」には「総支委員」の黄新英、張天放、金諾、何恐、赫兆先、翟宗文、「神田総支部」に属する「東京支部」には濮徳治、張希之、江完白、郭某等がいた。「駐日総支部」が分裂したために何兆芳が特派員として国内から派遣されてきた。その時、留学生の中共党員としては王樹声、童長栄、王歩文、鄭漢先、何恐がいたと証言している(9)。

「中共旅日支部書記」だったといわれる何恐は、湖北省竹渓県の人。一九一七年湖北外国語学校に入り、二二年陳潭秋の紹介で中国共産党に入党、二三年には全国学連湖北理事、社会主義青年団武昌地区執行委員会委員長などを務めている[10]。

何恐と同じく「中共党員」だったという王歩文は、一八九八年の生まれで、安徽省岳西県の人。字を偉模といい、安徽省立安慶六邑中学に学び、二三年中国社会主義青年団に加入、同年中国共産党に入党、二三年一二月陳独秀の指示で中国共産党安慶支部が結成された時、組織工作の責任者に選出された。同じ時、宣伝工作の責任者に選出されたのが、張天放が「東京支部」にいたという濮徳治である。

王歩文は二五年七月童長栄等と共に来日した。王歩文は、日本滞在中、「中共旅日総支委員」を務め、王樹声、童長栄等と「中国共産党東京支部」を組織し、常任委員を務め、二七年に帰国。帰国後、安徽省中共臨時委員会委員、同代理書記などを務めていたが、三一年密告によって逮捕、処刑された[11]。

童長栄のことは、夏衍が一九八〇年四月一八日発行の『人民日報』「一位被遺忘了的先行者」で、太陽社同人としての童長英を取り上げたことによって知られるようになった。

童長栄は、一九〇七年の生まれで、安徽省湖東県、現在の安徽省樅陽県の人で、字を爛華、別名張兆英ともいう。貧しい薬屋の店員の子で、出生前に父親を失い、母親の手で育てられた。二一年郷里の樅陽鎮陶公祠小学から安慶の安徽省立第一師範学校に入学。そこで教育経費の増額を求める学生運動に参加し、安徽の学生連合会の指導者に選出された。二三年安慶で中国社会主義青年団が組織されると、先の王歩文等と共に参加、「北洋軍閥反対闘争」、「曹錕賄選反対運動」などを展開したが、二四年逮捕状が出されたため上海に出て、「安徽流亡学生反対賄選団」などを組織した。童長栄は、二五年七月王歩文、余大化等と共に官費を得て来日した。童長栄が官費で日本に留学できたのは当局が官費留学を口実に彼らを国外に追いやるためだったともいわれている。童長栄は二四、五年頃、中国共産党に入党している[12]。

来日後の童長栄は、西巣鴨派が組織されると、王歩文等と共に、「党の指導の下、国民党左派の江完白、翟宗文等と連携し、東京〝神田青年会〟内に孫文の〝三大主義〟を擁護する国民党左派の駐日東京支部を結成し、湯志先等の国民党右派」と闘争し、二六年春「中共東京特支」の指導者に選出された[13]。

「駐日総支部常務委員」として名前の見える翟宗文は、一九〇〇年の生まれで安徽省巣県の人。一八年蕪湖萃文中学に進み、五四運動の時、のちに太陽社の中心人物となる蔣光慈等と共に蕪湖学生連合会結成の準備工作に当たり、連合会副会長に選出された。彼は、二二年に日本に留学、「明治大学法律科」に学び、「中国国民党東京支部」に参加、駐日総支部常務委員に選出され、栃木県出身の日本人女性と結婚し、二九年秋に帰国したといわれる[14]。

こうした「青年会派」、「西巣鴨派」との確執を物語る同時代的資料としては、中国社会主義青年団の機関誌『中国青年』一五八期に掲載された署名「栄」の東京通信「反革命的右派与醒獅派在日本的活動」がある。執筆年月日は「二七年二月二八日」、四・一二クーデター勃発の一月半ほど前に書かれている。「栄」とはおそらく童長栄であろう[15]。

それによると、西巣鴨派は、当初、留学生の間でそれほど大きな影響力を持っていなかった。だが、北伐がはじまり、北伐勝利のニュースが相継ぐと、「国民政府反対」から一転して「国民政府擁護」に転じ、以来、勢力を拡大して国民党員の登記を西巣鴨党部で行うよう国民党本部に求めるまでになった。二七年二月の時点では、西巣鴨派の湯志先、路錫祉、陳祖烈等はすでに帰国し、西巣鴨党部には梁文周、陳訪先、葛暁東、劉文友等が残ってはいたが、彼らは「反赤」以外何もせず、総支部主催で開かれた「一三惨案」の反英集会にも参加せず、吾鉄城、戴季陶が来日すると、彼らに媚び諂っているばかりだったという[16]。

青年会派と西巣鴨派との確執は夏衍や張天放の回想にも出てくる。夏衍はその時、神田総支部の組織部長として京都、大阪、神戸、横浜などを巡り、神田総支部の下での党員登記を求めて活動していた。彼は、戴季陶が来日すると、総支部の指示で戴季陶に近づき、戴季陶付きの通訳となり、戴季陶がなすこともなく帰国するように動いたりしたという[17]。

また、張天放は、両派の「闘争」の具体的な例として、二六年三月の孫中山逝去周年紀念会、五月九日の国恥紀念会、徐樹錚の来日歓迎会、郭松齢追悼会、戴季陶の来日などを挙げている[18]。

しかし、ここでいう両派の「闘争」とは、夏衍が「内部闘争」と言っているように、あくまでも国民革命を志向する国共合作の下での、国民党駐日総支部内における主導権争いの枠を越えるものではなかった。つまり、両派はこの時、基本的に国民革命を支持し、孫文の遺嘱を継ぐ日本の国民党組織として、国民革命の進展を背景に、全体としてはまだ緩やかな「統一」を保っていたのである。

だが、それも四・一二クーデターの勃発、国民革命の挫折によって、一気に分裂していくことになる。

第二節　国民革命挫折後の中国人日本留学生の状況

では、その「分裂」とは具体的にどのようなものだったのであろうか。

馮乃超は、回想「魯迅与創造社」（『新文学史料』七八年第一期）の中で、国民革命挫折後の中国人日本留学生の状況について、「広範な知識分子が大革命の失敗後、反共と擁共との間でより明確な選択と態度表明を余儀なくされた」と書いている[1]。

おそらくこれは馮乃超の偽らざる実感であったろう。その時、すべての中国人日本留学生が馮乃超のいうような、「反共」か、「擁共」かという鋭い二者択一を迫られたかどうかはわからない。しかしながら、四・一二クーデターの勃発にはじまる国民革命の挫折とは、そこにこうした馮乃超的受け止めを可能にするほどの激しい衝撃力をもって、中国人日本留学生の間に亀裂を生んでいったことだけは間違いない。

夏衍は、四・一二クーデターが勃発すると、神田総支部では何度も会議を開いて対策を検討した。神田総支部は、「クーデター勃発から五日目」に西巣鴨派の襲撃を受けた。神田総支部、青年会派は、その後、何恐の家で集まりを持ち、組織を保つべく、夏衍と何兆芳が前後して上海に渡り、様子を見て武漢に行き、武漢の国民党と連絡を取ることにした。その時、武漢には、汪兆銘をはじめとする国民党左派、共産党が主導権を握る武漢政府があり、蔣介石とはまだ一線を画していたからである。

何兆芳は、総支部所属の全国民党党員の名簿を持ち、未登録の党員証をひとまず隠して、夏衍が上海から送ってくる情報を待って次の行動を取ることにした(2)。

夏衍はこの決定を受け、二七年四月下旬上海に戻った。彼は、ただちに武漢政府と連絡を取るつもりだったが、上海で国民党の元老で恩師ともいうべき経子淵と偶然に出会い、しばらく様子を見た方がいいというその勧めに従い、上海に留まり、蔡紹敦が経営していた「紹敦電機公司」に身を寄せた(3)。

蔡紹敦は、字が叔厚、浙江省諸曁の人。彼は、一九一六年杭州の浙江省甲種工業学校を卒業し、二一年に日本に留学、電気工学を学び、二四年帰国。彼が起こした「紹敦電機公司」には、地下党員だった張秋人、楊賢江夫妻、広東コンミューン失敗後葉剣英部隊の連隊長をしていた李国琛、張去非夫妻等も身を寄せたことがある。李国琛とは、夏衍の回想に見える当時国民党駐日総支部にいた「共産党員」李国琛であろう。蔡紹敦は、張秋人の死後、何兆芳、陳徳輝（鄭漢先）の紹介で中国共産党に入党。その後、彼は「中共特科」の一人として活躍し、文革中に亡くなった[4]。

張天放は、四・一二クーデター後、神田総支部に対する西巣鴨派の襲撃は都合三度あったという。一度目は、西巣鴨派が五〇人程で総支部を襲撃。その時、総支部では会議が開かれていて会議室の入口に皆でバリケードを築いたので、彼らは中に入れず、代わりに東京支部を襲い、東京支部の濮徳治に暴行を加えた。二度目は、高長柱、黄新富、李佩衡等の士官学校学生が総支部委員の金諾を襲撃、金諾の額を刃物で切った。三度目は、同じ士官学校生が王樹声を襲い、王の肋骨を折り、支部会議の記録を奪って、それを日本の警察に届けた。このため、王樹声、濮徳治、謝嗣育等が逮捕され、一ヶ月以上にわたる取調べの後、国外追放になったという[5]。

西巣鴨派は、中共党員だけでなく、国民党左派も襲撃の対象とした。このため三度目の襲撃の後、彼らは総支部を比較的基盤のしっかりしていた大阪に移さざるを得なくなり、何兆芳、張天芳、黄新英、袁文彰等二〇数名が大阪に移った[6]。

彼らは大阪に移った後、大阪で改めて党員の登記を開始した。しかし、この時、彼らに従ったのは、東京、京都、大阪、横浜、神戸、長崎などの各支部の中、大阪支部と李初梨、廖体仁、于清掄等がいた京都支部だけだった。そして、この「大阪総支部」も、二七年七月武漢でも「清党」が開始されると、活動停止を余儀なくされた[7]。

第三節　「第三期創造社同人」の動向

「京都支部」に国民党員として名前の見える李初梨は、第三期創造社の中心的なメンバーの一人である。

第三期創造社同人は、全員が日本留学生で、第一期創造社同人の郭沫若、郁達夫、成仿吾等と同じく「大高同学」

の関係にあり、第一期創造社同人が医学（郭沫若）、経済学（郁達夫）、砲兵学（成仿吾）などと、「実学」を志向して日本に留学しながら日本留学中に「文学」に突き抜けたのに対し、第三期創造社同人は、哲学、社会学を専攻し、国民革命の挫折を日本で体験している点に大きな特徴がある。(1)

彼らは、帝大卒業を目の前にして二七年一〇月頃相継いで帰国、二八年一月『文化批判』を創刊し、国民革命の挫折を乗り越えるべく従来の混合型の「革命文学」ではない、より純粋なマルクス主義の隊伍による「革命文学」、すなわち「無産階級革命文学」を提唱し、蔣光慈、銭杏邨等の太陽社と共に、魯迅との間で「革命文学論戦」を展開した。これ以降、中国の「革命文学」は広義の「革命文学」論から一気に狭義の「無産階級革命文学」論へと質的な転換を遂げ、以後、「革命文学」と言えば「無産階級革命文学」を意味するようになる。この「革命文学」論の質的変化が、「五四」期の文学・一九二〇年代の文学と「一九三〇年代文芸」とを分けるメルクマールであり、二八年一月の「革命文学論戦」の開始が「一九三〇年代文芸」のはじまりとされる。(2)

第三期創造社の中心的人物は、李初梨、馮乃超、彭康、朱鏡我、李鉄声、王学文等である。

李初梨は、一九〇〇年の生まれで、四川省江津の人。彼は、はじめ蔵前の高等工業に学んでいたが、のちに文科に転じ、中国人日本留学生のために設けられていた一年の課程の第一高等学校特設予科を二一年に卒業、熊本の五高に配属となり、二四年京都帝大文学部哲学科に入学した。(3)

馮乃超は、原籍が広東省南海県。一九〇一年在日華僑馮自由の子として横浜に生まれ、横浜大同小学校から成城中学に学び、二一年一高特設予科を卒業後、郁達夫と同じ名古屋の八高に配属となり、二四年京都帝大文学部哲学科に入学した。(4)

彭康は、一九〇一年の生まれ、江西省萍郷の出身で、本名を彭堅という。彼は一九一九年日本に留学。二一年に一高特設予科を卒業後、鹿児島の七高に配属となり、二四年京都帝大文学部哲学科に入学した⑸。

李鉄声は、原籍が湖北省潜江県、本名を李声華という。父親は孫文の大総統秘書官を務めたことのある李書城、叔父が中共一大大会の上海代表だった李漢俊、妹に馮乃超と結婚した李声韵がいる。彼は一九二五年京都帝大文学部哲学科に入学した⑹。

このように、第三期創造社同人は、いずれもが社会科学を志向し、京都帝大文学部哲学科に集中していた。

彼らがこの時、こぞって京都帝大文学部哲学科に入学したのは、「西田哲学」に憧れていたからである。当時の京都帝大文学部哲学科は、教授に西田幾多郎、朝永三十郎、助教授に田辺元、天野貞祐を擁し、文字通り「日本観念論哲学の牙城」であった。そこには「新カント主義」、「新理想主義」に共鳴し、「より現実的な志向から倫理学、さらには社会学を志す、哲学に基礎をおくかぎり京都大学に赴いて、西田・田辺両先生まず学ばねばならぬ」と考えた多くの学生が集まっていた⑺。

同じ時、京都帝大文学部哲学科には第一期創造社同人の鄭伯奇が、経済学部には王学文がいた。

鄭伯奇は、陝西省長安の人。彼は、第一期から第三期まで創造社の中で常に「中堅」ともいうべき位置にあり、李初梨等第三期創造社同人の帰国を促す「仲介役」の役割を果たした。鄭伯奇は一九一七年日本に留学、一高特設予科、三高を経て、二一年京都帝大文学部哲学科に入学。創造社に参加し、二五年卒業論文「学童の色彩感情について」を書いて哲学科を卒業。その後、経済学部の聴講生となっている⑻。

鄭伯奇と李初梨等は、京都帝大で「ほとんど朝から晩まで一緒」だったという。鄭伯奇と李初梨は、共に一九二〇年代中国を代表する文化啓蒙団体、少年中国学会の会員である⑼。

鄭伯奇は京都帝大を出た後、二六年に広東大学文学院長をしていた郭沫若の招きで帰国し、広東大学、黄埔軍官学校などで教鞭を執っていたが、二七年二月再び来日した。その時、まだ京都にいた李初梨等は「大革命の真相を了解」すべく、足繁く鄭伯奇のところを訪ねた。鄭伯奇はこう書いている。

彼らは特に創造社に関心を抱き、創造社が方向転換して、無産階級革命文学を提唱するよう求めた。私はマルクス・レーニン主義、無産階級革命文学に理解が深かったわけではないが、ある程度の影響を受けていたので同意した。私たちはこのため何度かのささやかな会合を持った。その時は、朱鏡我も東京から参加した。(10)

四・一二クーデターは鄭伯奇の帰国途上で起きた。帰国した鄭伯奇は李初梨等の意向を成仿吾に伝えた。成仿吾は、彼らの考えに賛同し、二七年八月彼らの帰国を促すために来日した。(11) 李初梨等はそれを受けて卒業を放棄し、二七年一〇月前後に相次いで帰国する。(12)

王学文は一八八五年の生まれで、江蘇省徐州の人。本名を王守椿という。彼は、一九一〇年日本に留学し、金沢の四高を経て、二一年京都帝大経済学部に入学。鄭伯奇と同期で、二五年に経済学部を卒業、その後大学院に進んだ。(13) 王学文が京都帝大経済学部に入学したのは、『貧乏物語』、『社会問題研究』で知られた経済学者河上肇がいたからである。王学文は、学部、大学院とも一貫して河上肇の薫陶を受けた。(14)

王学文は、京都帝大在学中、大学内の「学生社研」に参加している。王学文はこう書いている。

私はまだ党の組織に参加していなかったが、先生（河上肇——小谷）の影響でマルクス主義を信じていたので彼らの研究活動に参加した。(15)

この「彼らの研究活動」というのが社会科学研究会である。王学文は、京大社研のメンバーの中、岩田義道、石田英一郎、大田遼一郎、常見（仮名）等と親しく、なかでも、天津に家を持ち、旅順中学の出身である大田とは特別に親しかった。その時、「たえず中国人留学生と連絡をとっていた」のが「常見」だったという。(16)

その当時、日本の学生運動は大きな曲がり角にあった。二四年三月には日本共産党が解党、九月には同党再建のイデオローグとなる福本和夫が留学先のドイツから帰国、二五年五月には二四年後半から内部対立が顕在化していた日本労働総同盟が分裂し、二五年四月普通選挙法と抱き合わせのかたちで悪名高い治安維持法が成立するなど、日本の学生運動は大きな転換を迫られていた。こうした中、日本の学生運動は、それに対応すべく、名称を「学生連合会」から「学生社会科学研究会」と改め、二五年七月には「一大躍進」、「学生運動を無産階級運動の一翼と規定」し、運動を先鋭化させた[17]。

そうした中で起きたのが「京都学連事件」である。京都学連事件は、二五年一二月「一大躍進」を企図し、京都帝大で開かれた学連第二回大会に端を発したもので、治安維持法による最初の犠牲者を出したことで、センセーショナルな事件であった。この時、逮捕、起訴された学生は全部で三八名。そこには王学文と親しかった岩田義道をはじめ、鄭伯奇の友人である淡徳三郎等も交じっていた。

日本の学生運動は、この事件を機に新たな時期をむかえ、「支配階級の社会科学暴圧に抗争する闘争によって彩られ」、「この闘争は、大正一五年後半期から昭和二年にわたって最も果敢に戦われ、昭和三年三月一五日の日本共産党検挙事件前後に於て頂点に達した」と言われる。その時、日本の学生運動、「学生社研」の中で、一世を風靡していたのが「福本イズム」だった[18]。

「福本イズム」の主導者福本和夫は、一九二四年留学先のヨーロッパから帰国、二五年一〇月雑誌『マルクス主義』に「『方向転換』はいかなる諸過程をとるか、われわれはいまいかなる過程を過程しつつあるか――無産者結合に関するマルクス主義的原理」などを発表し、「理論闘争」の重視、「分離結合論」などを唱え、それまで支配的であった山川均（山川イズム）を批判し、その独特の文体もあって、当時の急進的学生・知識人層の中で圧倒的な人気を博した。これが「福本イズム」で、その「メッカ」だったのが東京帝大の中野重治、林房雄等がいた「マルクス主義芸術研究会」である。(19)

李初梨は、一九二五年文学部哲学科から文学科に転じ(20)、馮乃超は東京帝大文学部社会学科に転学した(21)。馮乃超が京都帝大から東京帝大に転学したのは、一高特設予科、八高を通しての友人朱鏡我に勧められたからである(22)。

朱鏡我は、一九〇一年の生まれで、浙江省鄞県の人。本名を朱徳安という。彼は、幼くして両親を失い、寧波師範講習所、寧波甲種工業学校などで学んだ後、一八年夏、二番目の兄朱徳和に付いて来日。一高特設予科、八高を経て、二四年東京帝大文学部社会学科に入学した。日本留学後の彼は、河上肇の影響を受け、友人範壽康、江聞道等と共に早くからマルクス主義に強い関心を抱いていた(23)。

李初梨、馮乃超は、二五年の段階では、まだ「文学」と「革命」との間で揺れ動いていた。馮乃超は、京都帝大に入学後、李初梨、その弟李亜農等と手書きの詩集『漣漪』を出したりしていた。当時の馮乃超は、高踏派、象徴派のヴェルレーヌ、メーテルリンク、三木露風、北原白秋等の詩を愛好し、二五年東京帝大社会学科に移った後も、第一期創造社の同人で仏文にいた穆木天等と、「純粋詩歌」を志向するなどしていた(24)。だが、彼はこの後、瞬く間に左傾化する。

馮乃超は、その経緯をこう語る。「私はいつも博物館、美術展覧会、劇場、音楽会などを徘徊し、時間を消耗していた。朱鏡我は私が詩を書くことを好まず、私の芸術至上主義的傾向を批判した。何度も論争した結果、私は論破され、彼の忠告を受け入れた」。

「当時、日本の出版界はマルクス・レーニン主義の書物が流行で」、「〝日本無産者青年同盟〟（日本共青団の前身）が東京帝大内で開いていた読書会」や「哲学研究会」に参加するようになり、そうした中で当時学生の間で流行していた福本イズムに触れ、その頃から既成作家はみな方向転換しなければならないと考えるようになったという[25]。また馮乃超は、一九三〇年六月『大衆文芸』第二巻第五・六期合刊に発表した「我的文芸生活」で次のように記している。

国民革命――上海暴動――日本労農党の対支非干渉同盟――福本和夫（日本共産党中央委員）――日本プロレタリア芸術連盟――大学内の社会科学研究会――マルクス・レーニン主義。

この記述は馮乃超が急激に左傾化していく経過を鮮やかに示しているだろう。「上海暴動」とは「四・一二クーデター」のことに他ならない。「日本プロレタリア芸術連盟」、略称「プロ芸」が結成されたのは二六年一一月、そして、その中核を担っていたのが、福本イズムの影響下にあった「大学内の社会科学研究会」、マルクス主義芸術研究会にいた人々だったのである[26]。

同じ頃、京都にいた李初梨も大きく変貌していた。馮乃超は二七年の夏休みに入る前、京都に李初梨を訪ねた。その時、李初梨は、馮乃超をある会合に招き、李初梨は日本語で講演し、その最後を「青天白日満地紅旗は、中国無産階級の血によって一層鮮やかに染められようとしている」と締め括ったという。馮乃超はその印象が強烈で、「五一年を経た今でもはっきりと覚えている」、「これは国民党左派が中国労農革命者に転じた思想的反映である」と記している[27]。

馮乃超が、国民革命の挫折によって「擁共」か「反共」かという鋭い二者択一を迫られたと述べていたことはすでに見た通りである。第三期創造社同人は、国民革命の挫折を「幼年期の中国共産党の弱点」、つまりは「理論的指導が欠けていた」ことの表れだと捉えた。このため、彼らは「早急に中国の読者――知識階級にマルクス・レーニン主義の理論を紹介し、宣伝工作を展開する必要がある」と考え[28]、それを実践すべく、大学卒業を前に、二七年一〇月帰国したのである。

国民革命の挫折を機に急激に左傾化したのは王学文も同じだった。王学文は、こう語っている。

私は、一九二七年〝四・一二〟クーデターが勃発すると、京都で中国共産主義青年団に加入した。紹介者は于昌然同志で、一緒に加入したのは廖体仁同志、劉伯剛同志である。私はその月に帰国して上海に行き、五月末に武漢に行って、六月に中国共産党員に転じた[29]。

王学文は、帰国後、中国社会科学家連盟（社連）の中心的メンバーとして活躍する[30]。

廖体仁は、先の国民党京都支部で李初梨と一緒だった人である。廖体仁は、一八九九年の生まれ、一高特設予科、八高で馮乃超、朱鏡我と同級だった[31]。彼は一九二四年京都帝大経済学部入学、二九年に卒業している[32]。この人の名は、後に述べる「梅電龍事件」、「日本特支」事件の中で再び目にすることになる。

第二章　一九三〇年代日本における中国人日本留学生の文学・芸術活動

第一節　「社会科学研究会」——一九三〇代における中国人日本留学生の活動の始まり

黄鼎臣は回想「従中共東京特支到反帝大同盟」の中でこう書いている。

一九二七年蒋介石が〝四・一二〟反革命クーデターを起こし、大革命が挫折してしまうと、日本の中国人留学生の中でも闘争が激しくなり、青年会派は分裂し出した。しかしながら、出て行ったのはまだ少数で、青年会派は依然として一定の革命的様相を保っていた。やがて、〝七・一五〟で汪精衛が寝返り、南京と武漢が合流し、嵐のような大革命が徹底的に失敗してしまうと、青年会派はそれに連れて厳しい分裂が生じ、共産党員と国民党左派はすべて青年会派を出て、残った者が西巣鴨派と合流した。私たちは青年会派を離れたが決して矛先をおさめたわけではなく、より精鋭な隊伍を組織して、国民党右派と日本軍国主義に対し闘争を行った。一九二七年の八月か九月東京特支の指導の下に、青年会派を出た共産党員と国民党左派は左派よりの中間派の一部も加えて、社会科学研究社を成立させ、半地下の活動を行った[1]。

一九三〇年代日本における中国人日本留学生の活動は、この黄鼎臣のいう「社会科学研究社」、「社会科学研究会」の成立を「起点」としている。社会科学研究会は、国民革命の挫折、より直接的には日本にあった国民党組織の分裂を背景として、「東京特支の指導の下に」結成された。

黄鼎臣は、この社会科学研究会の目的が、日本語の文献によるマルクス主義の学習を柱とし、国民党右派及び帝国主義に反対することにあったという。[2] また、のちにこの社会科学研究会に参加した司徒慧敏も、社会科学研究会とは、「いってみればマルクス、エンゲルス、レーニンの読書会」だったと証言している。[3]

社会科学研究会はこの目的のため便宜的に「甲組」と「乙組」の二つに分かれていた。「甲組」とは「日本語が良く出来、日本語でマルクス・レーニン主義の著作が読める」グループで、「乙組」とは「日本に着いたばかりで、日本語の出来ない」グループである。問題は「甲組」で、黄鼎臣はこの「甲組」に「東京特支」の鄭漢先、童長英がいた。そのほかに黄鼎臣、廖承志、馮乃超等がいたという。[4]

この社会科学研究会の存在を裏付ける日本側の資料として次の二つがある。

一つは、都立中央図書館実藤文庫蔵の実藤恵秀『中国人日本留学生史』に見られる実藤氏自身による書き込みで、そこにはこうある。

その年（二七年―小谷）の八月、明治専門学校の鄭漢先、一高生の童長栄等は房州館山に避暑中、密かに中華留日社会科学研究会を組織、同年九月、帰京後青年会で創立大会を開催し、漸次組織を拡大して各学校別に社会科学研究会を作り、各地（日本）に支部を増設し、一〇月には既に会員一五〇名を算するに至った。[5]

もう一つは、『赤色支那』の記述で、『赤色支那』は、「日本に於ける中国共産党の活動」、「『日本特支』の指導を受けてその外郭団体として活動したもの」の一つとして「社会科学研究会」を挙げ、次のように記している。

昭和二年一〇月ごろから鄭疇（帝大生）、陳其昌、黄利英、鄭漢先（以上何れも日大生）等が中心となり、社会科学研究を始め、三年四月ごろより党の積極的な指導下において宣伝に没頭した。会員は五〇数名でうち党員は二七名。機関誌には『海外青年』、『五化』を発行。[6]

ここに見える二つの資料には典拠が示されていない。また、その構成員、成立時期などについても若干の異同が認められる。しかしながら、ここでいう「中華留日社会科学研究会」、「社会科学研究会」が、時期的、及び人的構成などの面から見て、黄鼎臣のいう「社会科学研究会」と同じものを指していることは明らかであろう。そして、ここからは社会科学研究会の結成に関与したと思われる東京特支のメンバーのこともおぼろげながら浮かび上がってくる。

これらの資料が示しているように、この時の社会科学研究会は、東京特支の鄭漢先、童長栄、鄭疇等の合議、あるいはその指導によって結成されたのであろう。

童長栄のことはすでに見た。彼は二六年春「中共東京特支」の指導部の一人に、選出され、二七年戴季陶が来日した際には、同じ「東京特支」の王歩文と、その対応を指揮したといわれる。(7)

鄭漢先は、一九〇六年の生まれで、福建省閩県の人。外務省文化事業部の給費学生として成城中学から明治専門学校に進み、明治専門学校では夏衍の一級下だった。すでに触れたように、二四年一一月孫文が門司に立ち寄った時、夏衍等と共に孫文に会い、孫文の前で国民党に入党したというのがこの人である。鄭漢先は、明治専門学校在学時から、九州帝大の学生たちが組織していた日本の「学生社研」とも繋がりを持ち、二七年三月明治専門学校を卒業後、上京、その後日本で中国共産党に入党したといわれている。(8)

社会科学研究会の「甲組」にいたといわれる廖承志は、一九〇八年九月二五日の生まれ。原籍は広東省恵陽。国民党の元老廖仲愷の子であるこの人について多くのことを語る必要はないであろう。彼は、二五年八月父廖仲愷が国民党右派によって暗殺された後、来日、第一早稲田高等学院に学んでいる。(9) 黄鼎臣は、「日本で中共〝東京特支〟が、より多くの人々と団結するため〝社会科学研究社〟を組織、マルクス・レーニン主義を研究し、革命運動を展開した。承志は研究社の積極分子で、学習、社会活動にも積極的に参加した」と証言している。(10)

社会科学研究会の結成は、東京特支との関係でいうと、およそ次のように言えるだろう。東京特支は、すでに見たように、国共合作の下、それまで日本国内の国民党組織を中心に活動してきた。しかし、彼らは国民革命の挫折、それに伴う中国人留学生内の分裂によって、従来の国民党駐日総支部を基盤とした活動から、国民党組織を離れた活動、中国人日本留学生全体の中にその地歩を築きつつ、活動を展開していく必要に迫られていた。そうした中にあっては、新たな基盤の構築、「外郭団体」的な運動体の組織化が必要不可欠だったわけで、社会科学研究会の結成とは、東京特支がその時中国人日本留学生全体に向けて築いた、新たな「足場」の一つだったと言えるだろう。いいかえれば、東京特支は、国民革命の挫折を体験することによってはじめてその活動の場を中国人日本留学生全体の中に広げはじめたのである。社会科学研究会の結成とはその第一歩だったと位置付けられる。

また言えば、これまで見てきた東京特支の何人かの人々が国民革命が挫折する中で、帰国を余儀なくされた。たとえば、「中共旅日支部書記」の何恐、「国民党中央海外部特派員」で中共党員だったという何兆芳、童長栄と共に東京特支を指導していたという王歩文等はいずれもが二七年に帰国、乃至帰国を余儀なくされた[11]。社会科学研究会の結成に関係した鄭漢先、童長栄、鄭疇等はその時帰国せずに日本に残った人々である。つまり、社会科学研究会とは、その時の東京特支の残留組によって組織されたということになる。

本書に「資料」として収録した『外事警察報』は、この「社会科学研究会」を「中華留日社会科学研究会」と呼び、それを「日本特支」事件にいたる「中国共産党日本特別支部」の「外郭団体」の一つとして位置付け（この点は、大久保弘一『赤色支那』と同じである――小谷）、次のように記している。これは、時の日本官憲が社会科学研究会をどのように見ていたのかという意味でもきわめて興味深い内容を孕んでいる。このため以下に、その関係箇所の全文を引用する。

我国在留の中華民国留学生等は、昭和二年中当時本国に於ける国民党と共産党の分立、其他動乱絶えざる政治情勢と我国学生社会科学研究会運動の刺激を受けて社会科学研究に志し、同年九月同志相図りて中華留日社会科学研究会を組織し、共産主義の研究を為しつつあったが、同会幹部鄭疇、日大生廖以仁、鉄道教習所生史謙等は中国共産党の企図する共産主義革命の達成に共鳴し、中国を統一救済するは国民党にあらずして共産党なりとなし、之と相呼応して共産主義社会の実現を期すべく同志数名を糾合して一の秘密結社を組織し、主義の研究並に宣伝に努むるに至った。本秘密結社は当初は未だ一定の名称を附せず、『市委』『中国共産党日本特委執行委員会』等の名称を以て之を呼んで居たが、後中国共産党中央党部の承認を得て『中国共産党日本特別支部』と改称した。…中略…右の外『中華留日社会科学研究会』（別表参照）『中国青年芸術連盟』『人社』『時代工程社』『中華留日反帝同盟』等の別働団体を組織し、各団体に夫々党員を派遣し『フラクション』（党団）を形成して之が指導に当らしめ、主義宣伝並に勢力の増大に努めつつあった。[12]

第二節　「社会科学研究会」の活動

社会科学研究会は二七年後半にはまだ目立った活動をしていない。彼らがその活動を開始したのは留学生間の混乱がある程度落ち着いた二八年に入ってからのことである。彼らが公に活動を開始したのは二八年三月一二日の「孫中山逝去紀念会」での行動が最初である。この「孫中山逝去紀念会」は、国民党右派の西巣鴨派、西巣鴨派と合流した青年会派が合同で主催し、青山会館講堂で開かれた。孫中山紀念会自体は、中国人日本留学生の間で定例化されていた行事の一つだが、この時の会は、国民革命挫折後、最初に開かれた紀念会という点で特別な意味がある。彼らがここを社会科学研究会として行動する最初の「舞台」としたのもこれによって頷けよう。

彼らはこの時、東京特支の指導の下に、社会科学研究会名で、国内の情勢を分析し、革命は必ず勝利すると訴えた時局に対する宣言と、士官学校学生に対し、情勢を見極め、走狗となるな、と呼び掛けた二種類のビラを用意し、講演が終わり、アトラクションに移って場内が暗くなったのを機に一斉にそれを撒いたという。(1)

『赤色支那』はそのことをこう記している。

> 昭和三年三月一二日、国民党主催の青山会館に於ける孫文逝世第三週年紀念追悼会場で『社研』の首謀者鄭漢先等は実行運動の第一着手として『為孫中山三週年紀念告留日学生』と題する主義宣伝ビラを撒布し、数日後本国に向け遁走した。(2)

この「主義宣伝ビラ」が、本書に収めた「資料」の「押収物」、「中華留日東京社会科学研究会　昭和三年　三、一二　孫中山三週年紀念留日学生に告ぐ」であろう。(2)

黄鼎臣はこの翌日は緊張したという。というのは、右派学生が下宿を回り、警察に関係者の通報を始めたからである。(3)それは「資料」「押収物」の中に、「昭和三年　三、一五　国民党の日警と結託して僑胞を逮捕せるに反対す」、「昭和三年　三、一八　国民党が日本帝国主義と結託して留学生を逮捕せる件に付全日の僑胞留学生に告ぐ」との「宣伝ビラ」が見えることからも裏付けられよう。(4)鄭漢先はおそらくこの時に帰国したものと思われる。(5)

社会科学研究会は、それからわずか六日後の二八年三月一八日に、今度は自らが主催するかたちで神田の中華留日基督教青年会館で「パリコンミューン紀念会」を開催した。

主宰者は「東京特支」の鄭道之。この会は、パリコンミューンを紀念すると同時に、「三・一八惨案」紀念、「三八婦女節」紀念も兼ねていた。会ではパリコンミューンについては寸樹声が講演し、「二人の女子学生」が三・一八惨案、三八婦女節について話をした。会の途中で右派の士官学校生が鄭道之を刺そうとした一幕もあったが、会そのものは成功里に終わったという。(6) 黄鼎臣は、この会に参加した人として鄭道之、寸樹声、司徒慧敏、劉之匯、鄭疇、関健、杜君慧、葉仲豪、廖承志、黄維聡（黄健）等の名を挙げている。(7)

寸樹声（一八九六〜一九七八）は、雲南省騰沖の人。一九一六年大理省立第二中学を卒業し、一八年官費で日本に留学。二八年東京高等師範学校（文一丙）を卒業後、九州帝国大学法文学部に進み、三二年に卒業、帰国している。(8)

杜君慧は一九〇四年の生まれで広東省広州の人。彼女は二六年に広州中山大学を卒業、二八年に来日したというから、来日してすぐに社会科学研究会の活動に参加したのであろう。三五年沈茲九が『婦女園地』を編集していた時、その編集に加わりたいと自ら願い出てきたのがこの人である。(9)

社会科学研究会、及び東京特支の活動として特筆すべきはこの年の五月に起きた済南事変に対する反対運動である。済南事変勃発のニュースが伝わると、東京特支は直ちに「留学生大衆集会」を開いた。この集会には右派を含む多くの留学生が参加し、「反日大同盟」が組織された。

「反日大同盟」の下には、総務委員会、組織委員会、宣伝委員会という三つの部門が設けられ、総務委員会主任には左派の「楊」という高等工業学校の学生が、組織委員会主任には広東同郷会の責任者である黄鼎臣が選出された。彼らは、その後、同郷会、同学会などで引続き集会を持ち、仙台、京都など多くの地方都市にも分会が組織された。(10)

この反対運動のことは童長栄関係の資料にも出てくる。そこでは「反日大同盟」のことを「中国留日各界反日出兵大同盟」と呼び、この運動は童長栄が指導した。彼らは、「日本反動当局に激しい抗議を行うと共に、日本の各種の進歩的勢力と連合して、世界の友人の支援を求めた。同時に、〝留日学生救国団〟を組織し、宣伝、鼓舞に努め、人々が団結して敵に当たるよう呼びかけた」と記されている。(11)

済南事変反対運動には広範な留学生が参加した。たとえば、廖承志、黄鼎臣、司徒慧敏等は広東同郷会を中心に活動を展開した。先に名前の見えた杜君慧は「陳」という高等工業の学生と神戸に赴き、在日華僑に働きかけ大きな成果をあげたといわれる。[12]

彼らは、さらに運動を中国国内にも広げるべく、関健を長とする代表団を上海に送り、「反日大同盟上海分会」を組織することにした。[13]

だが、日本側官憲もこうした動きを黙って見ていたわけではなかった。日本ではこの年三月に日本共産党に対する大規模な弾圧事件「三・一五事件」が起き、四月には労働農民党、日本労働組合評議会、全日本無産青年同盟が結社禁止となり、済南事変勃発後の六月には治安維持法が死刑、無期を含むものに改悪され、七月には悪名高い特別高等警察、「特高」が組織された。こうした中で、この時の反対運動は、ことが日本の中国侵略政策に対する批判、日本帝国主義批判であっただけに、彼らに対しても厳しい弾圧が行われた。この反対運動ではこれまで「東京特支」、あるいは「社会科学研究会」の中核として活躍していた人々が相継いで逮捕され、帰国させられた。

黄鼎臣は、関健を長とする代表団を見送りに行く途中、逮捕された。黄鼎臣は、この日、済南事変反対運動の中で捕まり、保釈になったばかりの広東同郷会幹事李潔冰を小石川女子寄宿舎に訪ねた。彼はその後、代表団を見送るべく東京駅に向った。だが、その途中、尾行してきた私服によって市電の中で身柄を拘束され、二〇数日にわたる取調べを受けた後、強制送還になった。

先の「パリコンミューン紀念会」の参加者として名前の見える葉仲豪は、広東省の出身で、その時、東京美術学校西洋画科の学生だった。彼は、当時、黄鼎臣が住んでいた本郷追分の下宿屋「桜州館」に下宿していた。葉仲豪は、黄鼎臣の強制送還が決った時、黄鼎臣からの連絡を桜洲館の主人を介して受け取り、神戸に行って乗船前の黄鼎臣と接触し、「反日大同盟上海分会」に送還後の黄鼎臣の受け入れを要請した[14]。

童長栄は、この反対運動を組織したことで中国側から官費の支給を打ち切られた。ハルピンにある東北烈士紀念館には二八年三月二四日付で童長栄が母親に宛てた手紙が展示されている。連絡先は「大岡山　李仲明転」となっている。彼はそこで三月に日本で大規模な逮捕事件があったこと、すなわち「三・一五」事件があったことを伝えている。童長栄は、この済南事変反対運動の中で逮捕され、二ヶ月近くに及ぶ拘禁の間、東京特支に関することなどを厳しく追求されたが、秘密を守り通し、二八年夏、共産主義を宣伝した咎で強制送還になっている[15]。

廖承志もこの時帰国させられている。廖承志は、それまでに「社会科学研究会」の活動に参加した咎などによってすでに二度逮捕されたことがあった。廖承志は、「孫文逝世第三週年紀念追悼会」での示威行動、「パリコンミューン紀念会」にも参加している。廖承志にとって今回の逮捕は三度目だった。彼は、童長英と同じ二八年夏頃、強制送還になった[16]。

社会科学研究会、そして東京特支の活動は確かにこの済南事変反対運動で大きな盛り上がりを見せた。黄鼎臣は、その時、社会科学研究会と東京特支が、留学生運動の主導権を奪い、「右派は指導権を奪い返そうにも奪い返すすべがなかった」という[17]。また、この時に組織された中国人日本留学生による「反日大同盟」的な活動は、その後、この時日本から帰国、乃至帰国を余儀なくされた人々によって中国国内でも組織化され、それが逆に日本国内に作用し、後述するように、日本の「反帝同盟」の組織化を促し、新たな展開を見せて行くことになる。

しかしながら、この時、社会科学研究会、東京特支の中心的メンバーが相次いで逮捕され、帰国を余儀なくされたことは中国人日本留学生の活動そのものにとって大きな痛手であった。東京特支、社会科学研究会の活動は、この後、表だった動きがしばしば途絶えることになる。

彼らの活動は、これまで見てきたように、国民革命の挫折を背景に、国民党右派を意識し、彼らと対峙する中で、実力主義的な闘争を展開してきた。その活動形態を今日の時点から云々するつもりはない。だが、そこには、どこか若く、無謀な、英雄主義的、冒険主義的な雰囲気があったこともまた事実であろう。たとえば、司徒慧敏は後年「我心中不滅的長明灯」の中でこう書いている。それは廖承志のほんの冗談なのだが、廖承志は司徒慧敏に当時の自分たちのことについて文革中の「武闘」を引き合いに出し、「武闘は文化大革命が作りだしたものじゃない。あの頃我々は革命運動を防衛するべく、反動派の武闘と対抗した。僕たちはあの頃の武闘のスターだった」と述懐している[18]。これは、時の彼らの偽らざる心情であり、その活動のあり方、その質を象徴している言葉と言っていいであろう。

第三節　「青年芸術家連盟」

（一）「青年芸術家連盟」

「青年芸術家連盟」は、「左翼芸術家連盟」（司徒慧敏）、「中国青年芸術連盟」（『赤色支那』）、「中国青年芸術連盟」（『外事警察報』）とも呼ばれる。『外事警察報』は、それを東京特支と関わりがあった「外郭団体」の一つだという。「青年芸術家連盟」は二八年、乃至二九年に東京で組織された。そのメンバーは王道源、許幸之、沈西苓（沈学誠）、司徒慧敏、沈起予、余炳文、漆宗犠、漆宗裳、沈兹九、夏衍、蔡素馨、周揚、馮憲章、李白華等である。

その中心的メンバーの一人だった許幸之は、一九〇四年四月五日の生まれで、江蘇省揚州の人。別に許達ともいう。幼い頃から絵が好きで、大きくなったら画家になりたいと思っていた。彼は、少年時代に揚州第五師範の教師をしていた画家呂鳳子の教えを受け、呂の勧めで上海美術専科学校に入学。二二年に卒業後、同級生と共に周勤豪、程暁江等が創設した東方芸術研究所に入り、二三年東方芸術研究所主催の「成績展覧会」に作品を発表し、そこで展覧会を観にきていた第一期創造社の郭沫若、成仿吾、郁達夫を知った[1]。許幸之を郭沫若、郁達夫、成仿吾に紹介したのは倪貽徳である。

倪貽徳は、一九〇一年の生まれで、浙江省杭州の人。二三年八月頃から創造社の機関誌『創造週報』、『創造日』に寄稿し第二期創造社同人として活躍、許幸之とは上海美術専科学校の同期生だった[2]。

許幸之は二四年夏に来日した。彼が日本に来たのは、郭沫若、成仿吾、郁達夫等創造社の先輩が共に日本留学生で、「彼らの影響と激励を受け、日本に渡りすぐれた画家のもとで絵の勉強をしようと決意した」からだった。成仿吾は、許幸之の日本留学に際し、自分の岡山六高時代の同級生屠謨への紹介状と「日本語の日常会話表」を送った[3]。

許幸之は来日すると、アルバイトをしながら川端画学校に通った。川端画学校は一九〇九年、明治四二年、川端玉章が日本画家の育成を目的として小石川区高坂に開設した美術学校で、一九一四年玉章が亡くなると翌一五年洋画部が併設され、東京美術学校西洋画科の藤島武二等が指導に当たっていた。

許幸之がアルバイトをしていたのは、二七年に帰国した夏衍を上海で匿ってくれた紹敦電機公司の蔡紹敦が、日本留学時代に経営していた本郷追分町の中華料理屋である。その時は蔡紹敦の友人である早稲田大学の学生が切盛りしていたという。

許幸之の東京での生活は苦しかった。許幸之は、東京に来ると、すぐに経済的に逼迫した。「出国前に母と姉が指輪などを処分し、友人の資金援助で渡航費用を捻出した。しかしそれらも日本にきてたちまち手持ちの金を使いきり、入学どころかその日の生活費にも困るようになった」。中華料理屋で食器洗いや出前などをし、「月給は約一〇円だがまだ入学していなかったから、生活だけはなんとかなった」。彼はこうして川端画学校に通い続けた。だが、彼の日本での生活にはこの後も常に貧しさが付きまとう(4)。

川端画学校に通って数ヶ月、彼は、二五年四月東京美術学校西洋画科に「特別学生」として入学した。この時、東京美術学校西洋画科に「特別学生」として入学したのは、「沈学誠、陳植棋、季海善、宋秉敦、黄迷祚、許達、姜信鎬、熊汝梅」の七名である。

「許達」が許幸之、「沈学誠」とは沈葉沈である。沈学誠についてはのちに触れる。

許幸之は東京美術学校に入学すると、成仿吾から紹介された屠謨の家に寄宿した(5)。

屠謨は、江蘇省武進の人。来日した時期等は不明だが、一高特設予科で郭沫若、郁達夫、張資平と同級で、郭沫若と同じ岡山の六高に配属となり、郭沫若より一年遅れて一九年に六高を卒業、東京帝大で植物学を専攻した(6)。二一年六月郭沫若が『創造』季刊創刊のために東京に来た折り、田漢が郭沫若をもてなそうと金を借りに行った「芝居友だち」というのがこの人である(7)。

屠謨はその頃から、化学香料、香水の研究に熱中しており、許幸之は、生活のために屠謨が作った化粧品を売り歩くなどしたが、それも長くは続かなかった(8)。

二七年一月発行の『洪水』第三巻二五期に許幸之の「通信」が掲載されている。執筆年月日は「七月一八日」としか記されてないが、郭沫若等の広東行などのことに触れていることから「二六年七月一八日」と特定できる(9)。

この手紙は、「お別れしてどれだけになりましょう?もうお顔すらもたどれません」と書き出され、許幸之が日本留学後、郭沫若、成仿吾、郁達夫に宛てた最初の手紙だと分かる。許幸之は、そこで自身が日本で措かれている境遇、日本に対する怨念、怒りを、それこそ生のままのかたちで彼らにぶつけている。

許幸之は、その時、「鄭」という友人の所に寄宿していた。手紙には、蚊帳もなく、人の古いキャンバスを拾って使い、授業料の督促に悩まされ、三度の食事もままならない日本での暮らしぶりが綿々と綴られる。許幸之は、この二年間、自分が日本で受けた苦しみは一言では言い表せない。自分はいま骨の髄から日本人を憎んでいると言う。

当時、東京美術学校の学生は中国政府の「官費」を受けることが出来なかった。そうした許幸之が期待を寄せていたのは日本の対支文化事業部が支給する留学生給付金だった。だが、許幸之からすれば、それが中国人留学生に給付されるのはいわば当然のことで、彼は、「帝国主義者が触手を伸ばし、我が国に来て、父母、農民の膏血を略奪しているのに、我々がこの人を殺して平気でいる強盗の手から、我々の父母の財産を奪い返してならないことがあるだろうか。奴等は我々父母の財産をどれだけ奪ったか知れやしない。なのに、その何億の中からほんのわずかばかりを取り出して、そのうえ偉そうに、〝これはきみたちへの恩賞なのです〟と宣わっているのです。我々——我々はその一端を奪い返すだけではなく、我々の父母が失ったすべてを奪い返し、強盗どもを皆殺しにしてしまわなければなりません」と記している[10]。

こうした許幸之は、時の日本、中国の美術界に対しても不満だった。許幸之は、見てもわからない、芸術を私物化している抽象画、「個性発揮の極端な作品」を否定すると同時に、芸術が時代精神の表現であることを解しない伝統画も認めてはいなかった。

しかし、彼には自らが求める芸術を進めていく経済的基盤がまったくなかった。そんな許幸之には、「革命の根拠地」である広東に行った郁達夫、成仿吾、そして北伐軍に参加した郭沫若が羨ましくてならなかった。

許幸之は手紙の最後にこう書いている。

私はもし今回、帝国主義の手から、父母が失ったお金の一端を奪い返すことが出来なかったら、南国に戻り、革命軍人になろうと思います。私は私の命を戦場に捧げ、私の血を弾丸の雨の下で流す方が、こんな訳のわからぬ犠牲を余儀なくされるよりはずっと有意義だと思うのです。その時が来たら、真っ先にお知らせしますから、どうかご連絡下さい。先生！私は本気です！私は戦場で絵を書きたいのです！

郭沫若は、二六年三月に郁達夫等と広東に行き、同年七月「国民革命軍政治部宣伝科科長兼行営秘書長」として北伐に参加した。郭沫若は、この手紙を読むと、許幸之を自身のいる国民革命軍総政治部に呼び寄せ、美術工作に当たらせることにした。

許幸之は、これに応え、二七年春上海に戻った。だが、帰国した許幸之は、折悪しく四・一二クーデター勃発の混乱の中で逮捕され、上海漕河涇陸軍模範監獄に収監された[11]。

この時、許幸之は、郁達夫に援助を求めている。郁達夫は五月二六日、獄中の許幸之からの手紙を受け取ると、さっそく彼と面会した。その時の許幸之は、ほとんど声をあげて泣き出さんばかりの様子だったという。郁達夫は、翌日、東路軍総指揮処の軍法科長に許幸之等三名の釈放を求める手紙を書いた。だがこれは結局効を奏しなかったらしい。郁達夫自身も二八日には自らの危険もあって、その時恋愛関係にあった王映霞のいる杭州に行き、六月二五日まで杭州に滞在、上海には戻っていない[12]。

許幸之保釈までのいきさつはこうである。許幸之は、獄中から東京美術学校西洋画科主任岡四郎に手紙を書き、援助を求めた。岡はこれを学校長の正木直彦に報告した。許幸之は、正木直彦が出した保釈願いによって保釈になった。保釈後の許幸之は、七月武漢でも清党が始まったことで、「ぼんやりと国内にとどまっているのは危険だ」と思い、同年秋、「母や友人たちの援助」を得て、再び来日した。

再来日後の許幸之は、「毎月三五円の庚子賠償金による奨学金」を得ることが出来、「学費を払った残りを生活費」に当てられるようになった[13]。

司徒慧敏は、一九一〇年二月一六日、広東省開平県の華僑の家に生まれた。司徒慧敏の祖父は「豬仔」だった。父司徒盛賛は、カナダで洗濯屋や食堂などを営み、成功してアメリカ華僑の指導者的地位に昇り、孫文の主張に共鳴し、孫文と共に帰国した。⑭

司徒慧敏は一九一五年、五歳の時に父親に付いて広州に出て、それ以後広州で育った。二三年広州第一中学に入学。そこで、共産主義青年団（当時は社会主義青年団）の外郭団体であった進歩的学生団体「新学生社」に加わり、「反基督教大同盟」などにも参加した。⑮司徒慧敏はその後二四年八月広州中山大学工学院付属中学に転じ、化学を専攻した。彼はここで同郷の周文雍と同級になる。⑯

周文雍は、一九〇五年八月広東省開平県の生まれ、二三年に共産主義青年団に加わり、二五年に中国共産党に入党、二七年秋中共広東省委員会候補委員となり、広東コンミューンで指導的役割を果たした。広東コンミューン崩壊後、一時期香港に難を逃れていたが、二八年組織の立て直しを図るべく広州に戻り、陳鉄軍と夫婦を装いながら活動していたが逮捕され、二八年二月処刑された。二人は処刑される前に結婚し、そのことは「刑場での婚礼」としていまも知られている。⑰

司徒慧敏は、中山大学工学院付属中学在学中、学業の傍ら、近くのインク工場の夜学で識字教育を行うなどし、二五年共産主義青年団に加入、二七年周文雍の紹介で中国共産党に入党。⑱四・一二クーデター勃発後は、組織の活動を援助するため書店を営み、その後広東コンミューンに参加。広東コンミューン崩壊後、郷里に身を隠していた時、地元農家出の女性鄧雪瓊と知り合い、⑲二八年初め、彼女を連れ、「年上の友人二人」と来日した。⑳

来日後の司徒慧敏が社会科学研究会の活動に参加していたことはすでに述べた通りである。日本に留学した彼が「化学」ではなく「美術」を選択したのは、「工業救国」に幻滅し、魯迅や夏衍の影響で文芸に関心を抱くようになっていたからだったという。[21]彼は二九年四月五日東京美術学校図案科に特別学生として入学した。[22]

沈学誠は、一九〇四年生まれで、浙江省徳清の人。沈西苓、沈葉沈、沈一沈、葉沈ともいう。姉に中国女性運動の先駆者的存在の一人である沈茲九がいる。沈学誠は、浙江甲種工業学校で紡織を学び、同校卒業後、先に日本に留学していた姉沈茲九の手引きで一九二三年日本に来た。[23]

沈学誠が二五年に許幸之と共に東京美術学校西洋画科に合格していたことはすでに見た。沈学誠はそこで許幸之と知り合う。だが、彼は官費の補助を得られない東京美術学校には入学手続きを取らなかった。沈学誠が進んだのは京都高等工芸学校である。沈学誠は、京都高等工芸学校図案科を二八年に卒業した。[24]彼はその間、しょっちゅう東京に来ていたといわれる。[25]

王道源は、「青年芸術家連盟」の中で「兄貴分」的存在だった。王道源については霍亮子が「美術史上的失踪者」（『南風窗』二〇〇八年二月）と述べているように、中国でもほとんど知られていない。

王道源は、一八九六年五月四日の生まれで、湖南省常徳の人。湖南省長沙第一工業を卒業後、官費で日本に留学し、一九二〇年九月二二日東京美術学校西洋画科選科に特別学生として入学、藤島武二教室で学び、二六年四月に卒業した後、二九年九月まで研究生として東京美術学校西洋画科に在籍した。[26]

王道源は日本留学時代、第一期創造社同人の田漢と往来があった。王道源と田漢は同じ湖南省の出身である。

田漢は一八九八年生まれで、湖南省長沙の人。彼は、創造社同人であると同時に少年中国学会の会員でもあり、一九二二年五月創造社の機関誌『創造』季刊創刊号に、出世作となる独幕劇「珈琲店之一夜」改作第一稿を発表、演劇人として地位を確かなものにした。彼はまた、日本の学生運動の草分けである東京帝大新人会とも深い関わりを持ち、石川三四郎、堺利彦等が一九二〇年一一月に結成した「コスモ倶楽部」にも関係していた。[27]

田漢と王道源との関係は二二年の時点から認められる。二二年一月、湖南省では湖南労工会の指導者でアナーキストの黄愛と龐人詮が労働争議を指導する中、軍閥に惨殺される事件が起きた。この事件は、中国労働運動史上初の犠牲者を出した事件として大きな反響を呼び、中国人日本留学生も東京で黄愛、龐人詮を追悼する「二烈士追悼会」を開いた。発起人は二四名、王道源と田漢はその発起人に名を連ねている。この追悼会は二二年四月一六日午後、神田の中華留日基督教青年会館で行われた。出席者は八〇名、いずれもが中国人で、王道源は、席上、日本官憲から「要注意人」としてマークされていた彭學洵、謝瑛等と共に追悼演説を行った。(28)

王道源はまた田漢と同様に演劇が好きで、二三年滕固、屠謨、趙伯顔等と日本で演劇活動を行っている。沈寧「滕固芸術年表」(『滕固芸術文集』上海美術出版社　二〇〇三年一月)の「一九二三年」の項には次のように記されている。

春　留日学生の屠謨、趙伯顔、王道源等と演劇活動を起し、日本の戯曲家有島武郎宅を訪ね、批評と指導を仰いだことがある。

滕固は、字を若渠といい、一九〇一年の生まれで、江蘇省宝山の人。一八年上海図画美術学校を卒業後、一九年日本に留学し、日本留学時代、田漢等、第一期創造社同人と往来があり、(29)創造社の機関誌『創造日』、『創造週報』などに作品を発表、二四年に東洋大学文学部を卒業した。(30)この人は、文学研究会の会員でもあり、二一年五月沈雁冰、鄭振鐸、欧陽予倩等一三人と「民衆戯劇社」を起こし、『戯劇』月刊に「最近劇界的趨勢」(第一巻第一期　二一年五月)、「梅徳林克的『青鳥』及其他」(同第二期　二一年六月)を発表するなど演劇にも強い関心を持っていた。(31)

田漢は、二一年五月に東京高師の同級生楊正宇等と「演劇改良ノ目的」で「蕭湘劇社」という劇団を組織した。「蕭湘劇社」は同年六月二八日に開いた「第一回社員会合」で名称を「皆也劇学研究社」と改めた。「蕭湘劇社」はその名称から見て湖南省出身者を中心に結成された劇団と考えられるが、王道源と「蕭湘劇社」との関係については何もわからない[32]。

青年芸術家連盟が結成された背景には二八年、二九年の時点で東京美術学校に王道源に加え、許幸之、司徒慧敏が入学したことが関係しているであろう。

いま一九二八年一二月三〇日発行の『東京美術学校一覧　従昭和二年至昭和三年』で、当時東京美術学校西洋画科に在籍していた中国人留学生を見てみると次のようになる。

西洋画科
　特別学生第一年六名中　王文溥（山東省）　龔謨（江蘇省）
　　第三年六名中　葉仲豪（広東省）
　　第四年六名中　熊汝梅（広東省）　許達（江蘇省）
研究生　西洋画　譚連登（広東省）　林丙東（福建省）
　　　　　　　　王道源（湖南省）

そしてここにその翌年、司徒慧敏が東京美術学校図案科に入学する。二九年段階で東京美術学校西洋画科、図案科に在籍していた中国人留学生は次の通りである[33]。

西洋画科
　特別学生第一年四名中　陳洵（江蘇省）

第二年五名中　王文溥（山東省）　龔譲（江蘇省）
第四年六名中　葉仲豪（広東省）
第伍年六名中　熊汝梅（広東省）　許達（江蘇省）
図案科
特別学生第一年一名中　司徒慧敏（広東省）
研究生　西洋画　林丙東（福建省）

これが示すように、青年芸術家連盟の結成は、その時、東京美術学校に王道源、許幸之、司徒慧敏等が集まったことが一つのきっかけとなっているだろう。

許幸之は彼の回想「東京でかいた一枚の絵」の中で「青年芸術家連盟」の結成について次のように書いている。

再渡日してからはわたしは芸術至上主義的な自由主義思想から脱皮しつつあった。鄭疇さんの意見で東京で文学活動をしている中国人留学生を集め、青年芸術家連盟を結成した。発起人はわたしのほかに沈西苓、司徒慧敏、余炳文らと漆宗犠さんとその甥漆宗裳さんである。当時あい前後して、参加した人に胡愈之夫人沈茲九、夏衍夫人の蔡素馨、および周揚、馮憲章さんなど、男女あわせて二〇数人のメンバーだった[34]。

司徒慧敏は、これを「左翼芸術家連盟」と呼び、回想「五人の学友たち」の中でこう記している。

一九二八年、東京に留学している中国留学生によって、左翼芸術家連盟が組織された。これには、前に卒業して帰国し、またふたたび日本にきていた夏衍、それに沈西苓、許幸之など、進歩的な愛国学生の顔がみられた。わたしもこの組織に加入した[35]。

また、『赤色支那』は「日本特支」の指導を受けた外郭団体の一つとして「芸術連盟（中国青年芸術連盟）」を挙げて、こう記している。

昭和四年三月東京美術研究会に属する王道源、許達、李白華、沈起予、沈学、余炳等が神田日華学会に集合して、東京美術研究会を芸術連盟と改称し、その発会式当時には秋田雨雀、村山知義、藤森成吉等を来賓として会員二五名、うち党員は九名だつた。「プロレタリア芸術運動の完成と国際プロレタリア芸術戦線の統一を期す」といふのがスローガンだつた。(36)

ここに見える「青年芸術家連盟」、「左翼芸術家連盟」、「中国青年芸術連盟」が、その成立時期、メンバーなどから見て、同じものを指していることは言うまでもないだろう。「沈学」とは沈学誠、「余炳」とは余炳文のことである。許幸之は、青年芸術家連盟の成立に鄭疇の助言があったと証言している。許幸之はこう語っていた。

鄭疇さんの意見で東京で文学活動をしている中国人留学生を集め、青年芸術家連盟を結成した。(37)

鄭疇は、すでに見たように、社会科学研究会の結成に関与した東京特支のメンバーの一人である。青年芸術家連盟が鄭疇の助言によって結成されたということは、青年芸術家連盟が結成時から東京特支、社会科学研究会と繋がりがあったことを意味する。

許幸之は、鄭疇と二七年秋再来日した後、一緒に住んだことがあるという。許幸之はこう書いている。

再来日してみると屠謨さんはすでに帰国していて、のち東京帝国大学文学院の中国人留学生鄭疇さんと親しくなった。かれは官費留学生だから、経済的にもわたしよりめぐまれていて、一人で下宿していた。わたしもそこによばれていった。こうして家賃を節約して学費にあてることができた。(38)

先に見た許幸之の「通信」には、二六年に一時期「鄭」という友人のところに寄宿して居候しているとあった。こなる。の「鄭」がもし鄭疇だとすれば、許幸之と鄭疇との関係はさらに早い二六年の時点にまで遡ることになる。

鄭疇は、福建省福州市の出身で、一九二二年に第一高等学校特設予科文科を卒業後、愛媛の松山高等学校に配属となり、二六年に卒業。同年三月に東京帝大文学部に入学し、二九年三月除籍になっている[39]。

この頃の鄭疇は、のちに見るように、済南事変反対運動で大きな打撃を受けた東京特支の再建を図っている。鄭疇は二八年八月初め、「中国共産党日本特別支部」の事実上の再建と目されている「結党協議会」を組織している[40]。こうした東京特支再建の動きと青年芸術家連盟の結成が連動しているかどうかはわからない。だが、青年芸術家連盟がその結成時から東京特支、社会科学研究会と繋がりがあったことは確かである。

それは司徒慧敏の存在一つをとって見ても明らかであろう。司徒慧敏はその時、社会科学研究会と青年芸術家連盟の両方で活動しているのである。

ところで、先の『赤色支那』の記述からは、「青年芸術家連盟」が最初から「連盟的」なものだったのではなく、当初は「研究会的」な性格で、名称も「東京美術研究会」的なものだったことが窺える。

青年芸術家連盟に先行し、「東京美術研究会」的なものが存在したことは、倪貽徳の一文「王道源」によっても明らかである[41]。

倪貽徳は、四・一二クーデター勃発後の状況下で、南京総政治部宣伝部に入った田漢に呼応して、南京に赴き、国民革命軍日報館で編輯、校正の仕事に従事していたが、「寧漢」の合作後、南京を離れて上海に出て、二七年九月親友の張健爾から日本留学に誘われ、成仿吾の援助を受けて、九月下旬に張健爾と共に来日し、上海美術専科学校以来の友人許幸之のいた「留学生宿舎」に入った。来日した倪貽徳はその後許幸之の紹介で社会科学研究会にも参加している[42]。倪貽徳はやがて王道源と再会する。

王道源は、二三年秋頃一時帰国し、南京美術専科学院で教鞭を執っていたことがある。倪貽徳と王道源とそこで知り合い、親しく行き来するようになった[43]。

その倪貽徳は、ある日根津神社の境内で開かれていた縁日で、偶然王道源と再会する。その時の王道源は、「さらりと和服を着こなし、下駄を突っかけ、日本人と寸部違わぬ風体」で、南京時代の「不規則な放浪生活」を送っていた時とはまったく別人のようで、日本人の女性と結婚し、「穏やかな家庭生活」を送っていた。倪貽徳はこう書いている。

彼が住んでいたのは一〇畳の貸間で、間が二つに区切られ、掃除も行き届いていて、室内の調度も、簡素にして優雅で、軒先にはたくさんの草花が飾ってあり、いく鉢かの黄色い菊の花がゆったりと風に揺らいでいた[44]。

倪貽徳は、王道源がその時、「国内のそれまでの芸術運動に不満」を抱いていた。「とりわけ、功成り名遂げたような顔をしている画家たち対しては反感を抱いていて、中国の洋画運動は萌芽期を迎えたばかりなのに、あいつらに駄目にされてしまった、新しい勢力が取って替わらなければならない」と倪貽徳に語っていたという[45]。倪貽徳と王道源の二人は、「中国の芸術界の前途を思えば、新勢力の樹立こそが第一だ」、「まず団結すべきだ。少なくともいま東京にはこれだけたくさんの美術を研究している人間がいるんだ」などと話し合い、倪貽徳はこうした会話の中から「中国留日美術研究会」が生まれたという。倪貽徳はこう書いている。

その当時、東京に留学していた美術青年は数十名にも及ぶのに、皆バラバラで、団結していなかった。私たちの何気ない会話の中から、のちに図らずも中国留日美術研究会が出来、王はその会の指導者に選ばれた[46]。

一九二八年二月一七日発行の『申報』「芸術界」欄に「留日美術界之新組織／中華留日美術研究会」という記事が掲載されている。中華留日美術研究会は二八年二月頃に結成されたのであろう。そこには、中華留日美術研究会のことが次のように記されている。

留日洋画家王道源、倪貽徳等は、日本の年来の芸術の進歩が一日千里の勢いであると感じ、また国内の芸術を志す青年の前後して日本に留学する者が増大したのを受け、多くの同志を糾合して中華留日美術研究会を組織し、互いに切磋琢磨させることが留日美術会の恒久的便宜となるとの考えから、東京の一角の相応の場所に施設の整った研究所を建設することを計画、その建設資金予算は約二万元、国内外の重要団体に寄付を募る外、この春休みに、東京中華青年会において募金遊芸会を開く予定で、現在準備を着々と進めており、研究所も本年夏休みには実現をみる運びである。

ここに見える中華留日美術研究会の研究所を建設するために行った「募金遊芸会」というのが、倪貽徳が「王道源」の中でいう「中国留日美術研究会」の「経済面での問題」を解決するため行ったという演劇の上演である。その時上演されたのは秋田雨雀の「北国の夜」で、王道源はそれを数日かけて中国語に翻訳し、キャストは中国留日美術研究会のメンバーが務め、王道源の指導の下で一ヶ月ほど練習して、中華留日基督教青年会館大講堂で上演した。主役は王道源、長女役には留日学生の間で「中国のバラ」と呼ばれていた女子学生が扮し、当日、会場は水も漏らさぬほどの大入りだったという。倪貽徳は、その時の王道源を、「演技力は力強く、主人公の前半部の冷酷、非情さと、後半部の恐懼し、戦く姿を見事に演じ切っていた。顔の表情をはじめ、わずかな動きまで深い味わいがあり、中でも会話の科白の accent が観衆の心を捉えた。彼の演劇芸術は私に映画のエミール・デニスの作風を連想させた」と絶賛している[47]。

この「中国留日美術研究会」が先の「東京美術研究会」と同じものを指していることは言うまでもないだろう。では、なぜ彼らは二八、九年の時点で「東京美術研究会」的なものを組織替えし、「青年芸術家連盟」を結成したのであろうか。その目的とは何だったのであろうか。

それは、次の沈起予、沈学誠、許幸之等の文章を見れば明らかであろう。

沈起予は一九〇三年一月生まれで、四川省巴県の人。二〇年に来日し、二七年に三高を卒業、その後京都帝国大学文学部文学科に進んだ。彼は日本留学中、「無産文芸研究会」を組織し、「沈綺雨」名で「日本的普羅列塔利亜芸術」（『日出』第三期～第五期　一九二八年一一月二五日～一二月一五日）を発表するなど、早くから日本のプロレタリア文学運動と関わりがあった。彼は二七年に一時帰国し、第三期創造社の活動に加わり、上海芸術大学で教鞭を執るなどしていたが、二九年に再び来日している。

この沈起予は、二八年の八月『創造月刊』第二巻第一期に「演劇運動之意義」という一文を発表している。この一文はその表題からもわかるように、中国における無産階級演劇運動の必要性を説き、「プロレタリアートを中心階級として創造される芸術は当然集団主義的芸術」でなければならない、この点において演劇は「音」、「色彩」、「動的立体」、つまり「空間及び時間で人間の生活を直接表現する芸術であり、それは一切の感覚の総合を基礎として人に感動を与えるものなのである」と、演劇の無産階級文芸運動における重要性を強調したものである。沈起予は、「我々の現段階における唯一の任務はつまり武器的芸術を製作し革命の完成を促進させることである」と言う。

沈学誠が「沈一沈」という筆名で書いた「演劇運動的検討」（『創造月刊』第二巻第六期　二九年一月）は、この沈起予の文章を受けて書かれたものである。執筆は二八年一〇月一〇日。沈学誠はそこで、沈起予と同じように、演劇の無産階級文芸運動における重要性を説き、その具体的方策に触れながら、沈起予の論をさらに進め、芸術運動とは決して独立したもの、芸術それ自身の運動のために運動するものではない。それは「社会行動の目的と一致して行われる、いわゆる政治の補助工作」、「武器の芸術、闘争の芸術」でなければならないと主張している。

許幸之もまた、二九年一二月一二日に書いた「新興美術運動的任務」（『芸術月刊』第一巻第一期　三〇年三月）の中で、「新興美術運動の問題とは決して単純な美術運動の問題なのではなく、文化運動一般の問題であることをはっきりと認識しなければならない。同時に我々はまた、文化運動一般の問題の背景というものも、決して単純な文化運動一般ではなく、階級関係と階級意識の問題であるということをはっきりと認識しなければならない」と述べている。

もはや説明を要するまでもないであろう。ここに見える「武器の芸術」、「闘争の芸術」、「階級関係」、「階級意識」などの用語は、第三期創造社が無産階級革命文学論の中で繰り返し使っていた用語である。これが示すように、彼らはこの時、中国国内の「革命文学」派の動きを意識し、それと呼応するかたちで「青年芸術家連盟」を結成した。つまり、彼らはその時、自らの芸術活動を「武器」とし、彼らなりの日本における無産階級芸術運動を展開しようとしていたのである。(49)

（二）「青年芸術家連盟」と秋田雨雀等、日本の進歩的文化人、日本の左翼演劇との交流

青年芸術家連盟の活動で特筆すべきは、彼らがこの時、秋田雨雀、村山知義、藤森成吉、藤枝丈夫等の左翼文化人と交流を持ち、さらには築地小劇場など日本の左翼演劇運動と関わりを持っていたことである。

司徒慧敏は「五人の学友たち」の中で、こう書いている。

活動をすすめるなかで、わたしたちは何人かの日本演劇界の先輩や進歩的な友人とつながりをもった。日本の有名な演劇人である秋田雨雀、村山知義、藤森成吉などの諸先生は、いつもわたしたちと連絡をとり、講義もしてくれた。秋田雨雀先生には、いまなお忘れられない思い出がある。先生は、当時、五〇歳そこそこだったと思うが、すでにまっ白な髪をしていた。ソ連を訪問し帰国してまもなく、われわれの左翼芸術家連盟が神田の文化

会館でひらいた会議の席上で、当時のソ連戯劇界の状況を詳しく紹介してくれた。[1]

秋田雨雀が約八ヶ月にわたるソビエト旅行から東京に戻ったのは二八年五月一八日のことである。[2] 彼らが帰国したばかりの秋田雨雀に講演を依頼したことは許幸之の回想からも窺える。許幸之はこう書いている。

　秋田雨雀先生がソ連から帰国後ソビエト旅行記を出版した。わたしは一読後とても面白いと思って、わたしと沈西苓は先生を呼んで講演していただくことにした。わたしたちは秋田先生と面識がなく、当時、左翼文化人と関係が深かった中国研究家の藤枝丈夫氏を通じて先生に話してもらった。わたしたちが秋田家を訪問すると、ソ連で見聞したことを話してくれ、わたしたちの希望を心よく承諾してくれた。その後先生は日華学会で講演され、通訳は藤枝丈夫さんにお願いした。[3]

だが、許幸之がここで秋田雨雀の帰国後に出版された「ソビエト旅行記」を読んで感銘を受け、秋田雨雀と連絡を取ったというのは許幸之の記憶違いであろう。秋田雨雀の紀行随筆集『若きソヴェート・ロシア』が足助素一の叢文閣から刊行されたのは二九年一〇月一〇日のことである。これは、のちに触れる「日本特支」事件後のことであり、時間的に合わない。

彼らは、その時日本の左翼演劇運動、そして、ソビエトの美術運動に深い関心を抱いていた。そんな彼らは、演劇人秋田雨雀を、また生きたソビエトの紹介者秋田雨雀をまぶしい眼で見ていたに違いない。彼らが読んだ秋田雨雀の「ソビエト旅行記」とは、秋田雨雀が帰国後『戦旗』や『改造』に発表した「モスクワの国際婦人会」（『戦旗』二八年七月号）、「露西亜土産」（『改造』同七月号）、「ソヴェートの農村生活」（『戦旗』同八月号）、「ソビエト・ロシア観劇記」（『改造』同八月号）などであろう。

許幸之が秋田雨雀への仲介役を頼んだという藤枝丈夫は一九〇三年、明治三六年に福岡県に生まれた。藤枝丈夫は一九三〇年代の日中近代文学の交流を見る際、欠くことの出来ない人物である。藤枝丈夫は、福岡西南中学時代に銃剣の師範だった玄洋社の東久世賛二郎を知り、その考えに共鳴し、東久世の指示で二〇年中国に渡り、大陸浪人たちの連絡役を務め、郭松齢軍に参加、郭松齢の近くにあり、いわゆる郭松齢事件で二五年末日本に送還された。帰国した彼はその後、村山知義と知り合い、前衛芸術家同盟に参加、二八年四月全日本無産者芸術連盟（ナップ）の結成に参画し、五月に創刊されたナップの機関誌『戦旗』の編集部に入った。[4]

藤枝丈夫は、前衛芸術家同盟時代に「政治部の副委員長として、対支非干渉同盟へ派遣され、一書記として専ら使い走りをしていた」[5]経験がある。そうした藤枝は、二八年に済南事変が勃発すると、『戦旗』第二号（二八年六月号）で特集を組み、鹿地亘「何の為に武器を取るか」、小川信一「支那の同志へ」などと共に「禁戦区域」を発表、日本の山東出兵を批判した。藤枝は、「これに対する国内からの反響は、相当なものであった」、「中国人留学生が昂奮し感激したことは言うまでもない。編集局には電話が殺到した。私のアドレスを問い合わせる電話であった」と語っている。[6]

おそらく、許幸之たちはこうした中で、藤枝丈夫を知ったのであろう。

藤枝丈夫と秋田雨雀との関係は「国際文化研究所」に求められる。国際文化研究所は、「左翼文化人の総結集」を図るべく一九二八年一一月に設立され、機関誌『国際文化』を創刊した。この所長に推されたのが秋田雨雀だった。[7]

国際文化研究所設立の動きは、二八年夏頃から始まり、秋までに数回会合を重ねたという。秋田雨雀と藤枝はその過程で知り合ったのであろう。創設時の「国際文化研究所員」は、所長が秋田雨雀、主事が小川信一、所員が藤枝丈夫、林房雄、平林初之輔、片岡鉄平、川口浩、蔵原惟人、村山知義、永田一脩、仲小路彰、佐々木孝丸、茂森唯士、外村史郎、杉本良吉、辻恒彦である。[8]

藤枝丈夫は、その後国際文化研究所内に武藤丸楠、寺島一夫等と「支那問題研究会」を作り、その責任者を務めた[9]。

藤枝丈夫は、『国際文化』第一号の小特集「世界左翼新聞雑誌の研究」に「中国に於ける左翼出版物」を発表、そこで『新生命』、『思想』、『創造月刊』、『流沙』、『太陽』月刊について紹介している。また、同じ『国際文化』第一号所載の「国際文化研究所彙報」には、「所員以外にて『国際文化』に執筆を快諾された人々」として二四名の名前があり、その中には「素克昂、銭杏村、蔣光慈、石厚生、李初梨」の名が見える。「素克昂」とは郭沫若、「銭杏村」とは蔣光慈と共に太陽社の中心人物である銭杏邨、「石厚生」とは成仿吾、「李初梨」は「第三期創造社」のところで記した李初梨その人である。

これが示すように、国際文化研究所は早くから中国の「革命文学」派と深い繋がりを持っていた。

これまでこうした国際文化研究所と中国との関係は、藤枝丈夫と郭沫若、盧森堡等との関係によって説明されてきた。

藤枝丈夫は、回想「中国問題研究会の周辺——わが半世紀の回想」（運動史研究会編『運動史研究』二　三一書房　一九七八年八月）の中で、「二八年の六月中旬、私の家に突然、一人の中国人留学生が来訪した。『戦旗』の私の文章を読んだので、編集局で住所を聞いて来たという。楼森堡と名乗った。勿論、ローザ・ルクセンブルクの漢訳である。広東省梅県の出身で、日本に来てから、もう三年になると言っていた。詩や小説を書き、上海から出ている『太陽』月刊に発表しているという」と記している。

「楼森堡」とは次の「太陽社東京支部」のところであらためて触れる「盧森堡」、任鈞のことである。このため、藤枝丈夫と中国人日本留学生との関係のはじまりは任鈞と藤枝との出会いに求められてきた。だが、これは藤枝の記憶違いである。任鈞は二八年の段階ではまだ日本に来てはいない。彼が来日したのは、後に見るように「二九年夏」のことである。

その当時、藤枝丈夫と郭沫若とに繫がりがあったことは事実である。藤枝丈夫は、『戦旗』二八年七月号に郭沫若・成仿吾との会見記「中国の新興文芸運動」を発表している[10]。

しかしながら、その時、秋田雨雀、国際文化研究所と中国人日本留学生とを結ぶ線は何も郭沫若を介するものだけではなかった。いやそれ以上に、許幸之等「青年芸術家連盟」が藤枝丈夫を介し秋田雨雀に講演を依頼した等々の事実は、その時、藤枝丈夫、秋田雨雀、国際文化研究所、『戦旗』、「ナップ」に連なるもう一つの確かな線があったことを意味している。この意味で、青年芸術家連盟と秋田雨雀、藤枝丈夫等との交流は特筆に値すると言わなければならない。

秋田雨雀は、モスクワからの帰路、シベリア鉄道の列車の中でベルリンやモスクワなどから帰る中国人留学生の一団と出会い、彼らが、「今祖国の危難のために赴く人々だということを知って大きな驚きと敬意とを感じた。彼等の中の二、三のものは民族主義的なところもあったが、誰もかれも熱烈な改革的精神の所有者であった」、「私はこの支那青年たちとの会合によって、強い反省を自分の胸に打ちこまれたような気がした」という。秋田はまた、帰国後、小川信一や蔵原惟人等の指導で「一個の芸術家としてソヴェートの新建設、すなわち教育、文学、演劇、一般社会施設の忠実な報告者として活動をつづける」ことに、「自分の働くべき領域を発見していた」とも述べている[11]。

こうした考えに立つ秋田雨雀は、その人柄も加えて、中国人日本留学生に実に暖かい、まるで慈父のような態度で接した。その心暖まる交流の様子は、司徒慧敏の回想「五人の学友たち」の中に次のように描かれている。

秋田先生はそのころ早稲田大学の近くに住んでいた。わたしも一時、下落合に住んでいて、さほど遠くない。そこで、夜は高田馬場駅の高架電車ガード下にある焼きとり屋で、わたしたちとおしゃべりし、日本およびヨーロッパの文学、演劇について話してくれたのである。[12]

彼らに村山知義、藤森成吉等を紹介したのも秋田雨雀だったろう。

許幸之は「東京でかいた一枚の絵」の中でこう書いている。

また劇作家の村山知義先生にも講演していただき、日本演劇界の状況を紹介してもらった。一九二九年春、土方与志、丸山定夫氏らが「築地小劇場」から分かれて「新築地劇団」を結成した。村山先生らと彼らが合同で中国の港湾労働者の闘争を描いた「吼えろ、中国」を上演したが、わたしをそのための舞台衣裳、舞台稽古の顧問にした。仕事は演技、メーキャップなどが中国人らしいかどうかをアドバイスすることだった。

許幸之はこのため何回か「吼えろ、支那」の稽古場に行ったことがあるという。彼はまた「『吼えろ、中国』が上演されると、わたしや沈西苓、司徒慧敏、余炳文さんなどの演劇に関心のあるものは左翼劇作家連盟主催の講習会に出て、左翼劇作家の演劇に関する講演を聞いた」とも語っている。[13]

司徒慧敏はこうした日本の左翼演劇運動との交流について次のように記している。

一九二八年末から一九三〇年頃までの間、わたしは左翼芸術家連盟の友人たちといっしょに、よく築地小劇場へいって勉強したり、その公演活動に参加したりしていた。たしか中国の「暴力団の記」や、「西部戦線異状なし」、「ガスマスク」などを公演した憶えがある。[14]

ただ、これらの回想は上演の日時などを含めかなりの補いが必要である。このため、以下それを日本側の資料で補い、整理しながら、彼らと日本の左翼演劇運動との関わりを見ていくことにしたい。

日本の左翼演劇運動は、ナップ結成前までは「プロレタリア芸術連盟」、「労農芸術家連盟」、「前衛芸術家同盟」のそれぞれが「プロレタリア劇場」、「前衛座」、「前衛劇場」の三劇団を有し、それが鼎立していた。だが、二八年四月、ナップが結成されると、「プロレタリア劇場」と「前衛劇場」が合流し、「左翼劇場」が結成された[15]。村山知義はそれまで「前衛劇場」に依っていたが、合流後は「左翼劇場」で演出、装置などを担当し、「国際文化研究所」の創設にも参画した[16]。

「ナップ」は、二八年一二月に「全日本無産者芸術連盟」から「全日本無産者芸術団体協議会」へと再編成された。これに伴い、二九年二月、「日本プロレタリア劇場同盟（プロット）」が組織される。「プロット」中央部は実質上、「左翼劇場」によって占められていた。

すでに見たように、「青年芸術家連盟」は二九年の二月頃秋田雨雀、藤森成吉、村山知義を来賓に招いて、組織変えと名称の変更を行っていた。おそらくこの組織変えとは、ナップ再編、プロットの成立などど、どこかで連動するものでもあったろう。

「築地小劇場」は小山内薫の死後、許幸之の回想にも見えるように、内部での「対立」が表面化し、二九年四月土方与志、丸山定夫等の「新築地劇団」と「残留組」である青山杉作、北村喜八等の「劇団築地小劇場」に分裂した[17]。

村山知義はその時、「プロット」にあって「左翼劇場」で活動していた。

司徒慧敏の回想に見える村山知義の代表作「暴力団記」は、二九年六月二七日から七月三日まで築地小劇場で「左翼劇場」によって上演された。上演時のタイトルは「全線」。演出は佐野碩。この「暴力団記」は「現代日本プロレタリア戯曲の最高」と言われ、村山自身も「日本の新劇でこの時のように訓練された集団的演技が示されたことはなかつた」と述べている。「左翼劇場」は、「暴力団記」公演の成功によってその地位を確固たるものとし、彼らが中心になって進めていた左翼演劇運動の再組織化にも大きな影響を与えることになる[18]。

司徒慧敏は、彼らがこの公演に参加したという。だが、公演のスタッフ、キャストのリストを見るかぎり、司徒慧敏等の名前はない。司徒慧敏等は、おそらく「吼えろ、支那」における許幸之のように「舞台衣裳、舞台稽古の顧問」として加わったか、あるいは「その他」の一人として舞台に立っていたのであろう。

許幸之が村山知義を通して「舞台衣裳、舞台稽古の顧問」を務めたというトレチャコフの「吼えろ、支那」は、一九年八月三一日から九月四日まで「劇団築地小劇場」によって本郷座で上演された[19]。「吼えろ、支那」は「集団的演技」を目指し、その舞台には多くの「大衆」が登場する。雑誌『築地小劇場』二九年九月号所載の「『吼えろ、支那』配役」を見ると、そこには「その他」として「車夫、案内人、警官、水夫、苦力等大勢」と記されている[20]。

この公演は「劇団築地小劇場」の友田恭助等が松竹の専属となり、小劇場から大劇場に出た最初の公演だった。ただ、この時、「吼えろ、支那」の演出を務めたのは、「劇団築地小劇場」の青山杉作、北村喜八で、村山知義が演出したのは同時に上演された江馬修「阿片戦争」の方である[21]。

「プロット」は分裂した二つの「築地」に働きかけて両劇団をプロットの影響下に置き、左翼演劇運動の新たな組織化を図ろうとしていた[22]。村山知義が「劇団築地小劇場」と合同で公演を行ったのは、そうした流れの一環であり、彼が許幸之を「舞台衣裳、舞台稽古の顧問」としたのも「暴力団記」の時と同様、舞台における考証を確かなものにしたかったからであろう。

許幸之、司徒慧敏等「青年芸術家連盟」の人々は、このようにして日本の左翼演劇運動に直に触れていった。司徒慧敏は、これが「一九三〇年代はじめの中国の新劇運動にあたえた影響は、きわめて大きい」と振り返っている[23]。

彼ら「青年芸術家連盟」と秋田雨雀、村山知義、藤森成吉、藤枝丈夫等との交流は、この後に述べる東京左連、一九三〇年代日本における中国人日本留学生と日本の左翼文化人、日本プロレタリア文学運動との交流の「先駆け」をなすものとして特筆に値しよう。そしてそれはこの後も豊かに続いていくはずだった。

だが、それはやがて起きる「日本特支」事件によって無惨にも打ち砕かれてしまうことになる。

第四節　「太陽社東京支部」

「太陽社東京支部」は、太陽社の中心的メンバーである蔣光慈が二九年夏に来日したのを機に二九年九月一一日に結成された[1]。太陽社東京支部のメンバーだったのは蔣光慈の外に馮憲章、任鈞、古公堯、伍勁鋒、胡暁春、楼適夷等である。

蔣光慈は、四・一二クーデターが勃発すると、武漢政府に期待を寄せ、武漢に入ったが、武漢でも「清党」が始まると再び上海に戻り、二八年一月一日機関誌『太陽』月刊を創刊、第三期創造社、魯迅との間で三つ巴の「革命文学論戦」を展開し、太陽社の中心的存在として活躍した。蔣光慈は二九年の夏に持病の胃病治療のためという名目で来日した[2]。

馮憲章、任鈞、伍勁鋒、古公堯の四人はいずれも広東省の出身で、広東省梅県東山中学の同級生である。

馮憲章は、一九〇八年七月三日の生まれ、広東省興寧の人である。馮憲章は、二三年広東省興寧第一区私立立範高小を卒業後、東山中学に入学した。馮憲章はそこで任鈞、伍勁鋒、古公堯等と一緒になる[3]。

任鈞は、原籍が広東省梅県。彼は一九〇九年一二月オタンダ領セレベスで南洋華僑の子として生まれ、母親が亡くなったために、郷里である梅県で祖母の手によって育てられた。「任鈞」とは三五年から使い出した筆名で、本名は盧嘉文といい、のちに奇新と改めた。彼の筆名としては「盧森堡」が知られているが、これは彼が「盧」姓で、リープクネヒト、ローザ・ルクセンブルグを敬愛していたことから太陽社時代に使っていた筆名である[4]。

馮憲章は、東山中学時代に学生運動に身を投じ、司徒慧敏も参加していた「新学生社」に入り、『東山中学』などに寄稿、二五年一〇月中国共産主義青年団東山中学支部が組織されると共青団に加入し、機関誌『少年旗織』半月刊の主編などを務めた。(5) 任鈞も二六年に共青団に加入しているから、馮憲章と同じ頃に共青団に入ったのであろう。(6) そしてそれは伍勁鋒、古公尭の二人も同じであったろう。任鈞は、伍勁鋒、古公尭の二人も中国共産党員だったという。(7) 東山中学は黄遵憲が開いた東山初級師範が前身である。任鈞は、彼らが当時その精神、「読書は革命を忘れず、革命は読書を忘れず」の気概を常に抱いていたという。(8)

だが、二七年四・一二クーデターが勃発し、広東でも「清党」が始まると、東山中学は閉鎖となり、馮憲章、任鈞等にも逮捕状が出され、彼らはやむなく東山中学を離れ、西陽という小さな町で別れ、個別に活動することになる。(9)

馮憲章は、その後郷里に戻り、劉光夏率いる赤衛隊に参加した。しかし、まもなくして赤衛隊は瓦解し、馮憲章は追及の手を逃れて広東に行き、広東コンミューンに参加した。広東コンミューン崩壊後は上海に出て、上海芸術大学に入った。(10) 上海芸術大学はその当時中華芸術大学と並んで中国共産党が関与していた大学である。(11) 馮憲章はそこで太陽社の蒋光慈、銭杏邨を知り、太陽社の活動に参加し、『太陽』月刊創刊号（二八年一月一日）から詩「到――」などを発表した。蒋光慈は彼の詩を、『太陽』月刊創刊号の「編後記」の中で、「憲章は我々の弟分的存在で、今年わずかに一七歳。だが、彼の革命詩歌に流れている情緒は火よりも熱く、前途に大きな期待が持てる」と絶賛している。太陽社は元来が党員作家の集まりである。馮憲章はこの年中国共産党に入党したといわれている。(12)

任鈞も四・一二クーデター後に入党している。(13) 任鈞は二八年に馮憲章の援助で上海に出て、二八年秋上海復旦大学に入学、馮憲章の紹介で太陽社に参加した。(14)

馮憲章は、二八年の秋、伍勁鋒と一緒に日本に来た。二九年三月一〇日発行の太陽社の機関誌『海風週報』に、任鈞の「送行曲――送憲章、勁鋒二兄留日」という詩が掲載されている。これは、副題が示すように、馮憲章、伍勁鋒の渡日に際し任鈞が書いた詩である。

この詩は四連からなり、そこには、「西陽」で別れて以来、それぞれが「革命」のために艱難辛苦を経てきたことが歌われ、「友よ！私たちはまた握手をして別れなければならない」、「だが見よ、炎の中に相見える時は近い！」と結ばれている[15]。

彼らはこうした気概と情熱を抱いて日本に来たのであろう。

来日した馮憲章は、「正規の学校には進まず、独力で日本語を勉強した」。馮憲章は努力の末、一年足らずの間に翻訳が出来るまでになり、『葉山嘉樹集』、『新興芸術概論』などはすべて日本留学時代に翻訳をはじめたものだといわれる[16]。「正規の学校」に入らなかったのは後に見る楼適夷の場合も同じである。楼適夷はその理由として、正規の学校はそこにいる人たちが複雑で、簡単に素性を暴露される危険性があること、官費を貰おうという気持ちがなかったことなどを挙げている[17]。あるいは馮憲章の中にもこうした慮りがあったのかも知れない。

任鈞は、「当時の留学生の中には多数の共産党員がいて、党組織まで作っていた」、「馮憲章も東京へ来ると、その工作と活動に積極的に参加していた」という[18]。馮憲章が青年芸術家連盟に参加していたことはすでに見た通りである。馮憲章は来日後も、太陽社の機関誌『海風週報』に詩「是〝凛烈的海風〟」（『海風週報』第九期　二九年三月）などの作品を発表している。

任鈞は、馮憲章たちよりも一年ほど遅れて日本に来た。任鈞は二九年七月頃に来日した。任鈞は日本に来ると、馮憲章の下宿に入る。馮憲章の下宿とは「東京市牛込区喜久井町二九番地」にあった「青光館」である。そこには古公堯も住んでいて、馮憲章、任鈞、伍勁鋒、古公堯の四人はここでまた一緒になる[19]。

蒋光慈が来日したのはそれからまもなくのことである。蒋光慈は二九年の八月にはもう東京に来ている[20]。日本にきた蒋光慈は、馮憲章の世話で、高田馬場近くの「諏訪」という人のアパートに住んだ。このアパートは青光館に近く、馮憲章等はこれ以降しょっちゅう蒋光慈のところを訪れるようになる[21]。太陽社東京支部はこうした蒋光慈と馮憲章、任鈞等との触れ合いの中から生まれた。このことは蒋光慈の日記『異邦与故国』（上海現代書局　一九三〇年四月）に詳しい。

蒋光慈の『異邦与故国』「二九年九月一一日」の項には、太陽社東京支部結成のことが次のように記されている。

昨夜寝る用意をしようと思っていたら憲章、森堡、谷君がやってきた。はじめはあれこれ取り留めの無い話をしていたが、そのうち私は谷君に、生涯、文学に従事するつもりか?と尋ねた。…彼はそうだと答えた。そこで私は、太陽社東京支部を作ることを提案、彼ら三人はいずれも賛意を示してくれた…今日の午後、彼らの下宿に行き、正式に太陽社の東京支部を成立させた。参会者は憲章、森堡、谷君と伍君。私はまず彼らに東京支部の中国プロ文学に対する任務を説明し、次に本支部の現時点での工作について話した…

「憲章」とは馮憲章、「森堡」は任鈞、「伍君」とは伍勁鋒、「谷君」が古公尭である。「彼らの下宿」とは青光館に他ならない。

こうして結成された太陽社東京支部は、九月一五日に最初の例会を開き、昼食後、皆で浅草に遊んだりするなどしている。

やがてここに楼適夷が加わる。楼適夷は二九年九月二七日東京に着いた[22]。東京に着いた楼適夷は円タクで馮憲章たちのいる青光館に入った。楼適夷は中国を出る時、太陽社から馮憲章宛の紹介状を書いて貰っていた[23]。

楼適夷は、一九〇五年一月三日の生まれで、浙江省余姚県の人、本名を錫椿という。楼適夷は小学校しか出ていない。彼は一三才で父親に付いて上海に出て、銭荘の徒弟となった[24]。楼適夷は、そこで働くかたわら、三徳里A一一にあった創造社出版部に出入りするようになり、第二期創造社の周全平、葉霊鳳、潘漢年等と知り合い、同じ三徳里のA一六にあった上海通信図書館の応修人等とも親しくなる[25]。楼適夷は、二五年、五・三〇事件後に中国共産主義青年団に加入し、翌年中国共産党に入党した。四・一二クーデター勃発した時は、郷里で国民党県党部組織部長（実際は中国共産党余姚県第一支部書記）の肩書きで、農民運動などを組織していたが、白色テロが始まると地下に潜り、二七年五月に上海に戻った。楼適夷はそこで銭杏邨、蔣光慈等の太陽社の人々を知り、太陽社の活動に参加した。楼適夷はまた、同年九月第三期創造社の馮乃超の手引きで、学歴がないにも拘わらず上海芸術大学に籍をおき、大学の授業にはほとんど出ないで「学校の支部」組織で活動していた[26]。上海芸大には相前後して、馮憲章、沈起予の妻となる李蘭等もいたはずである[27]。楼適夷は、上海芸大が「治安妨害」の廉で閉鎖されると上海芸大を離れ、日本留学まで太陽社の党支部で活動を続け、『海風週報』などに文章を発表していた[28]。

楼適夷が日本に来たのは、共産主義青年団に入っていた従兄弟が逮捕され、その身に危険が迫ったからである。楼適夷は、その時「林南」という偽名で来日した。楼適夷は自分の日本留学はまるで「亡命」のようだったと振り返っている[29]。

蔣光慈は二九年九月一七日に藤枝丈夫の来訪を受け、その日藤枝丈夫の家に案内された。おそらくこれが蔣光慈と藤枝丈夫の出会いだと思う。藤枝丈夫と知り合った蔣光慈は、二二日、二六日と立て続けに藤枝の家を訪れている。二六日は、藤枝の家で夕食を馳走になった後、藤枝夫妻と一緒に帝国劇場に行き、藤枝の紹介で藤森成吉、杉本良吉、黒田辰男等の面識を得た。蔣光慈は、日本プロレタリア文学の理論的指導者でロシア文学に詳しい蔵原惟人に会いたいと思っていた。蔣光慈は一〇月一日に昼食を取った後、藤枝丈夫の家を訪ね、藤枝の案内で蔵原の家を訪ね、蔵原とはじめて会っている(30)。
「日本特支」事件が起きたのはそれからわずか二日後のことである。

第三章　「日本特支」事件

第一節　「反日大同盟」のことなど

「日本特支」事件は二九年一〇月三日に起きた。「日本特支」事件は中国人日本留学生に対する最初の大規模な検挙事件である。本書に「資料」として収めた「中国共産党日本特別支部の検挙」（以下、本文で「資料」と言う時は、この「中国共産党日本特別支部の検挙」を指す）も『赤色支那』もその「発端」として二八年三月の孫中山逝去紀念会における社会科学研究会の行動を挙げている(1)。

すでに述べたように、二八年三月一二日の孫中山逝去紀念会における社会科学研究会の行動は、彼らが東京特支の指導の下に公開で行った最初の活動だった。彼らが、その後、パリコンミューン紀念会、済南事変反対運動と続けて行動を起こし、そこで大きな「打撃」を受けたことはすでに見た通りである。そこでは、童長栄、鄭漢先、黄鼎臣、廖承志等が帰国を余儀なくされた。だが、東京特支や社会科学研究会の活動がそれによって途絶えたというわけでは決してない。たとえば、「反日大同盟」の運動一つを取ってみても、この時帰国させられた人々によって中国国内で改めて組織化され、それが逆に日本の留学生運動に作用し、新たに日本に留学してきた人々を新戦力としながら更なる展開を見せていくことになるのである。

済南事変反対運動の中で強制送還になった黄鼎臣は、帰国後直ちに「反日大同盟上海分会」に入り、活動を継続している。黄鼎臣の帰国は、すでに触れたように葉仲豪によって反日大同盟上海分会に伝えられていた。上海の埠頭には、先に帰国していた杜君慧等が出迎えた。黄鼎臣はその足で上海大同大学を本拠地としていた反日大同盟上海分会に入った。そこには黄鼎臣より一足前に帰国させられた廖承志もいた。(2)

黄鼎臣は、反日大同盟上海分会は、党組織としては「南市区委」に属し、工作面では「江蘇省委」の指導を受けていたという。その理由は、反日大同盟上海分会を組織するため先に帰国していた関健が「東京特支」からの紹介状を携えていたことで、直ちに江蘇省委と連絡が付いたからだという。(2)

これが示すように、東京特支と中国共産党江蘇省委員会との間にはその時密接な繋がりがあった。その時、江蘇省委の指導の下にあった「閘北区委」には先に帰国していた鄭漢先、童長栄等がいた。黄鼎臣は、彼らが「分会（反日大同盟上海分会——小谷）についても具体的な指導をしてくれ、同時にまた分会の成員でもあった」と証言している。(3)

鄭漢先が「閘北区委」にいたことは夏衍の回想『懶尋旧夢録』からも確認できる。夏衍は、鄭漢先が「私の同学、入党の紹介者であり、また閘北区委の責任者の一人（当時彼は区委で宣伝工作の責任者だった）でもあった」。夏衍が入党すると、鄭漢先は上海虹口下海廟の孟超のところに連れて行き、彼がこの小組の長だと教えてくれた。「この小組は全部で五人、つまり孟超、戴平萬、童長栄、孟超の奥さんと私で、区委、支部を代表してこの小組を指導していたのは洪霊菲である。まもなくして、銭杏邨が孟超に代わって長になった。私を除くとこの小組はすべて太陽社の作家だった」と書いている。鄭漢先はその頃、陳徳輝と名乗っていたという。(4)

反日大同盟上海分会は、先に述べたように上海大同大学を本拠地としていたが、その後国民党上海市党部が学校側に圧力をかけてきたため、拠点を移さざるを得なくなった。黄鼎臣は、この時廖承志が資金を用意してくれたおかげで光華大学に移すことが出来たという。(5)

「反日大同盟」はその後「反帝大同盟」に発展した。黄鼎臣は、二八年八月初め江蘇省委から「いまや反日だけではなく、更に広げて反帝組織とする必要がある」という指示があった。準備に当たったのは反日大同盟上海分会を中心に、思想社、大夏大学、新濵社、上海芸術大学などの七つの単位で、上海芸術大学で成立大会を開いた。「反帝大同盟」の下には総務、組織、宣伝の三つの委員会が設けられ、総務委員会は思想社の責任で潘漢年が、組織委員会は反日大同盟の責任で黄鼎臣が、宣伝委員会は新濵社の艾誠（艾志誠）が主任を務めたという[6]。

日本での中国人留学生の動きもこの「反帝大同盟」の結成とほぼ時を同じくして再び活性化してくる。『赤色支那』には、二八年八月下旬に「中国共産党日本特別支部」の結成に向けて「結党協議会（第一回代表大会）」が開かれたとあり、次のように記されている。

昭和三年八月下旬帝大生鄭疇、日大生廖以仁、鉄道教習所生史謙ほか数名が中心になり一種の秘密結社を結成した。未だ一定の名称、組織を持たなかつたが、同志の獲得、主義の宣伝に努めつゝ着々と中国共産党支部結成へと準備を進めてゐた。果して、同月末、第一次代表大会と認められる結党協議会が荏原区碑衾町大岡山の某所でひそかに開催された。集つたものは鄭疇、何徳温、五哲明、史謙、張若龍、廖以仁、五慈慕、ほか二名だつた。当日の会議は鄭疇が議長となり、閻づ中国共産党日本支部の即時設立の必要を力説したのに対し満場一致で可決。スローガンとして、……中略……その他を決定したのち鄭疇が書記、史謙が組織、廖以（仁）が宣伝とそれぞれ責任者の選挙を行ひ、こゝに『中国共産党日本特別支部』（日本特支と略称）は事実上の結成を見たのである[7]。

ここで注目すべきは、そこに鄭疇の名が見えることであろう。鄭疇は、すでに述べたように、済南事変反対運動後も日本に残ることが出来た数少ない東京特支のメンバーの一人である。ここに見える鄭疇等による「結党協議会」の結成とは、これまでの流れから見て二八年の済南事変反対運動の中で「打撃」を受けた「東京特支」の再建と見ていいだろう。

『赤色支那』と「資料」の「中国共産党日本特別支部の検挙」にはその後の「東京特支」の動きがかなり詳しく出てくる。いまそれを辿ってみると、彼らは、二八年一〇月一〇日に機関誌『学校生活』(「革命紀念号」)を創刊し、一二月一一日「中共日本特支委員会」の名称で宣言「広東暴動一周年紀念日について」を発表、二九年一月には「レーニン、リープクネヒト」五〇周年紀念ビラ、二月七日には「二・七」六周年紀念ビラを頒布。二九年一月と二月一五日に機関誌『火花』第一期、第二期を発行し、四月上旬には杉並区阿佐ヶ谷の陳啓宇宅で第二次代表大会を開催、出席者は三〇名、四月末『学校生活』に第三期四月特別号、五月に『火花』五月特別号を発行し、七月七日から五日間、杉並区馬橋三二の鄭権方その他で党員約二〇名が参加して第三回代表大会を開いたという。ただ残念なことに、ここに見える雑誌の所在等はすべて不明である。

同じように、社会科学研究会の動きも二九年五月頃から活性化してくる。『赤色支那』が「東京特支」の外郭団体の一つとして挙げている「時代工程社」の項にはこう記されている。

昭和四年五月揚大朝(大岡山日語学校生)の提唱で社会科学研究会を開催し、六月二六日に中野区明大生江裕基方で会合を持ち「無産階級の革命遂行に同情し、これを幇助する」と目的を表明し発会したが、九月二四日に解消して社研に合併した。(8)

第二節 「梅電龍事件」、「銀座デモ事件」

『赤色支那』と「資料」「中国共産党日本特別支部の検挙」は、「日本特支」事件に先行して「梅電龍事件」、「銀座デモ事件」という二つの事件があったという。

「梅電龍事件」とは、一九年八月上旬、「中国共産党中央党員」梅電龍が秘密里に来日し、日本共産党の「田中某」と連絡を取ろうとして、田中宅の付近に張り込んでいた警視庁外事課員に検挙された事件である。

『赤色支那』と「資料」「中国共産党日本特別支部の検挙」には、梅電龍が中国共産党中央の重大使命を携え、偽名で神戸から潜入、上京して直ちに党員廖体仁宅に入った。彼は「日本共産党員田中某に対し佐野学が上海に於いて逮捕された旨の報告及び日本に於ける革命運動犠牲者の家族救済資金二千円の交付方を委任せられていた」。彼の逮捕によって「九月四日夜銀座の街頭デモ計画」が発覚したとある。

「田中某」とは田中清玄である。廖体仁の名は先にも出てきた。京都帝大経済学部に在籍し、四・一二クーデター後、王学文と一緒に京都で中国共産主義青年団に加入したというのがこの人である。廖体仁は、「資料」の「第二表」「中国共産党日本特別支部関係被起訴者一覧表」に、逮捕時の住所が「東京府荏原郡碑衾町衾一一九番地三仁居方」で「東京帝大大学院生」、「二三歳」とある。梅電龍が上京後に身を寄せた「廖体仁宅」がここであろう。梅電龍については同じ「被起訴者一覧表」に、本籍「安徽省」、原籍「江蘇省上海士慶路東陸里六号陸仲之方」、職業「著述業」、「二六歳」で、「備考欄」には「渡来後一定の住所なし」と記されている。

先の二資料はまた、「二九年九月現在」で廖体仁が再建された東京特支の執行委員会の「候補委員」で、「中華留日反帝同盟」は彼によって組織されたという。「資料」の「第四表」「中国共産党日本特別支部組織」には「昭和四年一〇月三日現在」として、候補委員八名の中に廖体仁の名が見え、「八月検挙の為支部所属なし」とある。「八月検挙」ということは廖体仁もまた梅電龍事件の中で検挙されたのであろう。

『赤色支那』は、「中華留日反帝同盟」について、「昭和四年七月二二日「日本特支」は中国共産党中央部の指令にもとづいて、党外団体を連絡提携せしめて反帝同盟を組織せしめることを決定したゝめ廖体仁、房斌がこの組織に当たつた。まづ同月二九日反帝成立宣言書を発表、八月一日紀念宣言書を発表し、機関紙『反帝戦線』を二回に亘つて発刊、八月二三日には反帝第二回代表者会を開催し、その決議として、一、東支鉄道を露国に返還させる示威運動を九月一日を期して日本人側と共同して行ひ支那公使館及び×××を襲撃する。二、『反帝戦線』を毎週一回出版すること、ほか二項を決定した」と記している。

これが示すように、「中華留日反帝同盟」の結成とは、「東支鉄道を露国に返還させる示威運動」、すなわち「中東路事件」と繋がりがある。

「中東路事件」とは、二九年七月一〇日、中東路督弁呂栄寰（中東路中国側理事長）が張学良、蔣介石と連絡の上で、武力で中東鉄道を接収し、ソ連側の要員を逮捕、強制送還させたことに端を発する一連の事件である。ソ連側はこれを受けて七月一三日南京政府に対し、直ちに会議を召集して中東路に関する問題を処理すること、身柄を拘束した人々を釈放し、ソ連側人員、機関に対するすべての処分を停止することなど三項目にわたる時限通牒を出した。だが、結局中国側からの回答はなく、一八日に国交断絶、武力衝突を起こすに至った。郭雄の「〝中東路事件〟簡介」（中国革命博物館党史研究室編『党史研究資料・第二集』四川人民出版社　八一年九月）によると、中国共産党中央はこの時、コミンテルンの指示を受けて七月一二日に「宣言」、「中央通告」第四一号、第四二号を発し、「帝国主義国民党のソ連侵攻に反対することが、中国革命の最も切迫した主要任務に成った」として、「武装してソビエトを防衛する」をスローガンに、各地の党組織に対し、広範な大衆を組織して、直接革命行動を起こし、国民党の統治を破壊し、帝国主義のソ連侵攻の力を弱めることによって革命的勝利を収めるよう指示している。

中国国内では「反帝大同盟」、「青年反帝大同盟」などが直ちにこれに呼応し[1]、国内での活動を展開すると同時に、日本国内にも働きかけた。『戦旗』二九年九月号には「一九二九年七月上海」という日付の入った「支那反帝国主義青年連盟」による「全青年労働者農×卒学生諸君に檄す」が掲載されている。「支那反帝国主義青年連盟」とはおそらく「青年反帝大同盟」のことであろう。彼らはここで、「同志諸君、支那国民政府は、一かたまりの支配的反××資本家共、軍閥、地主及び買弁はロシアに対し前代未聞の不法の攻撃を行つた。国際法と関税ロシアとの協約を全然無視して、彼等はサヴエート大使館を襲撃し、サヴエート市民を投獄、放逐し、サヴエート商店を強制的に閉鎖し、鉄道従業員組合を解散して東支鉄道を乗つ取り、サヴエート労働者を白系のロシア人と代らせ、其他あらゆる方面に於て彼等はサヴエート連邦を侮辱した」、「同志諸君、サヴエート・ロシアの××に邁進せよ。あらゆる場処で工場、鉱山、職場、農村、××、学校に於て反ソヴエート戦争商人共に対抗する諸君の声をはり上げろ、ロシアに対する×ひを妨ぐため各所でデモを敢行しろ」と呼びかけている。

「中華留日反帝同盟」の結成、そして、「九月一日」に予定されていたデモとは、こうした中国共産党の指示や「反帝大同盟」などの呼びかけに対し、東京特支、中華留日反帝同盟が応えたものである(2)。

中国共産党中央はこの時、①中東路は完全に中国の主権に属するものではない。②中東路は帝国主義がソ連に侵攻する根拠地である。③中東路事件は第二次世界大戦を誘発するであろう、という認識の下に、「武装してソビエトを防衛する」をスローガンとし、その具体的行動要求として、一つにデモ、ストライキ、授業放棄、二つには武装暴動を起こすよう指示し、さらに、「もし、この時一国革命のかたちに拘り、このたびの直接的行動に疑いを持つ者がいれば、それは帝国主義の勝利を手助けしていることに外ならない」と強調していた(3)。おそらく彼らはこの時、こうした中央の呼びかけに応えるべく、それまでにない大規模な闘争を組織していったものと想像される。

すでに見たように、東京特支、社会科学研究会、青年芸術家連盟は、その時『戦旗』、ナップ、国際文化研究所な

ど と繋がりを持っていた。『赤色支那』は、東京特支がその時、「無産者新聞の授受」を含め、「国際文化研究所、日本反帝同盟並に日本労働組合全国協議会」と連絡があったとしている。[4] 青年芸術家連盟などがこの時、国際文化研究所、産業労働調査所などと連絡があったことは『国際文化』に掲載された沈起予の文章によっても確認できる。

沈起予は『国際文化』二九年八月号に彼の筆名である「沈綺雨」という名で「日本と満蒙」（藤枝丈夫訳）を発表している。この一文は、日本の満蒙に対する投資額を鉄道、商業、工業別に図表入りで示し、その巨大さからいって日本の満蒙侵略が必然であることを説いたもので、これを掲載した『国際文化』の「編輯後記」には「『日本と満蒙』は、実は『インターナショナル』に掲載さるべきものであつたが、最近同誌の頁が著しく制限されて居るので、本誌にも向くから載せてくれとの事で重大問題故掲載したのである」と記されている。[5]

『インターナショナル』は産業労働調査所編集の『産業労働時報』の一部、『インターナショナル通信』が二七年二月から月刊として独立したものであり「内容は、ほとんどが『K・I・』『インプレコール』『R・G・I・』『インゲウプレックス』『プラウダ』等の論文の翻訳で、コミンテルン、プロフィンテルンの各大会、評議界、執行委員会等における報告演説がその中心を占め、欧米各国（特にドイツ）の革命運動、経済闘争およびアジア各国の反帝民族運動（特に中国革命）の記事がこれに次ぐ」、「その時々の世界情勢を敏感に反映して、創刊当初は『支那問題』『極東に於ける帝国主義』等をしばしば特集、その後世界恐慌の深化に伴って激しくなる資本主義の矛盾に焦点を合わせた」[6]といわれる。彼らはおそらく、こうしたルートをも使いながらこの時、活動を展開していたのであろう。

日本にはそれまで「反帝大同盟」的な組織がなかった。日本においてそれが組織されるのもこの頃からで、『戦旗』を見てみると、この動きは二九年一〇月から認められる。

先の「支那反帝国主義青年連盟」の「檄文」が掲載された翌月号、二九年一〇月号の『戦旗』には「反帝国主義同盟日本支部準備会」名の「反帝同盟日本支部準備会創立の檄！」が掲載されている。彼らはそこで、「一切の帝国主義に反対し、植民地解放の為に闘争する反帝同盟はブラッセルの創立大会以来二ヶ年の闘争を経て、目下パリーに於いて第二回大会を挙行しつゝある。植民地、反植民地民族並びに帝国主義列強内プロレタリアの代表を一堂に集める反帝第二回大会は、疑ひもなく凡ゆる国々に於ける解放運動を限りなく強化し、植民地民族と国内プロレタリアとの鉄の如き靭帯を鍛え上げるであらう。かくて反帝同盟は帝国主義者にとつて、絶大の脅威にまで発展するであらう。反帝同盟日本支部に入れ！」、「第二回世界大会を期して生まれた同盟日本支部準備会は、一一月、日本支部創立大会挙行の目標をもつて着々闘争を進めつゝある」と呼びかけている。

「中東路事件」は「ソビエト・ロシア」を守れという観点から、日本の労働運動、左翼に運動にとっても重要課題の一つであった。この「檄文」ではそれが「今や東洋に於ける反ソヴエート××は東支鉄道問題を中心として刻々に形成されつゝある。東支鉄道は、ロシアプロレタリアと支那、××のプロレタリアとを結ぶ最も重要な物的基礎である。之に対する帝国主義の攻撃は、直ちに之等各国プロレタリアの結合を断ち切る陰謀である。支那、××、××のプロレタリアは、ロシアのプロレタリアと共に、この陰謀と戦はねばならぬ」と提起されている[7]。

「九月一日」のデモとは、このように、中国人留学生と日本の進歩的勢力が時を同じくして行動しようとしていた点において注目に値する。

「九月一日」は「国際無産青年デー」である。彼らはこの日を期して行動を起こす予定であった。だが、この日のデモは「反帝国主義闘争週間のカンパニアの最後の日」である「九月四日」に延期される[8]。その背景らしきものについては、実藤恵秀『中国人日本留学生史』（くろしお出版　七〇年一〇月）の第八章「留日学生の革命運動」の中に、典拠不明のまま次のように記されている。

このころ、ロシアと中国との、あいだに中東鉄道問題がおこった。中華留日反帝同盟では「中東鉄路をロシアに還せ」というスローガンをかかげ、中国公使館や日本の官庁にむかって示威運動をすることになった。それは九月一日に決行する予定であったが、日本がわの同志の準備ができないためと、日本がわの同志が公使館などにむかってすることに危険を感じたので、ときは九月四日夕刻、ばしょは銀座街頭にかえた。

「銀座デモ事件」とは、この九月四日に変更されたデモに対する検挙事件のことである。

当時の『朝日新聞』夕刊（九月五日）はこの事件を「銀座を騒がせ五十余名の検束　革命歌を高唱してゆうべ左翼団体の示威」という見出しで、こう報じている。

震災記念日を期として左翼団体が一大デモンストレーションを行ふとの情報があるので警視庁特高課ではかねて警戒中であつたが四日午後七時頃日鮮支人よりなる一団がよひの銀座を荒さんと革命歌の高唱しつゝ、現れたので直ちに築地北紺屋両署員が検束を行ひ築地署に三〇余名、北紺屋署に二〇余名を引致して警視庁からは石井特高係長が出張して取調べを行つた。尚検束を逃れた一隊は東支鉄道のロシア返還を迫るため麻布飯倉の支那公使館に押し寄せるとの事で、特高、外事各係員は鳥居坂六本木両署員と共に厳戒を行つたが六本木署に日本人六名、鳥居坂署に支那人五名を検束しただけで騒ぎには至らなかつた。

また、実藤恵秀の『中国人日本留学生史』（前出）には次のようにある。

その日の夕刻日本がわの同志としては全協の人が動員され、中国がわは八班を組織してデモにうつるつもりで、日・中両文のビラを　たずさえ、三々五々銀座にあつまったが、まだデモにうつらないさきに築地・北紺屋両署員に逮捕された。中国人一四名、日本人二一名、朝鮮人五六名であった。

「全協」とは日本労働組合全国協議会のことである。「全協」からこの日のデモに参加した関東出版労働組合の町田晃は、『戦旗』三〇年一月号に「銀座街頭のデモ」という一文を寄せている。それによって緊迫した九月三日から四日夜までの動きを見てみよう。

関東出版労組には「協議会」からの指示は前日の三日になってもまだ届いていなかった。「吾が組合は今か今かと協議会からの指令をまつて居たが、中々来ないので三日正午、各支部代表者の会合を持つて、各支部別に集合させ本部を日比谷公園の中に置いて連絡を取り、デモの進む方向を指令すると云ふ事に決めて散会し、各支部代表は各々自分の支部へちつて行つた。その会合には自衛団の責任者も出席していたので、その夜（三日の夜）各支部自衛団責任者の会合を開いてデモの対策を協議する事に決めたのであつた」。「協議会」から移動本部に「四日夜八時銀座松坂屋の前に突如表はれろ！」という指令が来たのは午後の五時であった。「夜の九時、自衛団各支部責任者会議が開かれ、地図が会合者の前に持ち出されて、四日七時四〇分に各支部別に松坂屋附近に集合する事が決定され本部を松坂屋の前に置き、連絡員が上げられた」。「夜の一一時半責任者は各支部へ消へて行つた」。「四日の夜が来た」。「俺は六時四〇分に同志Iと打ち合はせのために松坂屋の裏の或る地点にビラを持つて新橋駅から急いだ。ところが、どうしたことか、正服がいやに沢山モボ、モガの中にまじつて銀座街をブラブラして居る。俺の頭には『畜生バレタな』という直感がピンと来た」。「俺は七時四〇分までどんな事があつても松坂屋の前を去る事は出来ない義務がある。スパイと正服の一ぱい居る銀座街をパラリパラリと京橋を渡つて日本橋の方へ歩き始めた。辻々にスパイと正服がどこまで行つても立つてゐる。時間を正確に守らねばならないと思つて松坂屋へとつて帰した。その中に時間は近づいて来た。ボツボツ怒りに燃えた労働者の顔が見へて来た。正服の活躍が始まつた。検束がほうぼうで起る、立ちどまると歩かせたり検束したりしやがる。七時四〇分が来た。しくじつた。予定地に集まつた同志はやられたり、ちらされたりして。俺は二三人の同志と歯ぎしりしながら奴等のすることを見てゐなければならなかつた。八時が来たが大衆は集まらなかつた」とある。

「協議会」はこの日六〇〇名規模の動員をかけていたという。町田晃は、反省点として動員がうまくいかなかったこと、連絡がまずかったこと、集合地点をデモの出発点である銀座街頭にしたことなどを挙げている。

この銀座デモ事件では中国人留学生一四名が逮捕された。『赤色支那』には、デモに参加した留学生は全部で約七〇名、このうち九月四日当日に一四名（うち党員四名）が逮捕されたとある。[9]

銀座デモ事件のことは蒋光慈の日記『異邦与故国』（上海現代書局　一九三〇年四月）の中にも出てくる。蒋光慈は「一九年九月五日」の項で次のように書いている。

> 昨晩一部の日本人、高麗人、中国人が銀座大通りでデモを行った。彼らのスローガンは〝帝国主義の戦争反対〟、〝中東路回収……反対〟、〝中国革命擁護〟である。……デモの結果、百余人が逮捕された。これは日本の新聞紙上に掲載されたニュースである。

しかし、この約一ヶ月後、これに続く大規模な検挙事件が起きようとはその時まだ誰一人として予想していなかった。

第三節　「日本特支」事件

「日本特支」事件が起きたのは一〇月三日早朝である。

「資料」「中国共産党日本特別支部の検挙」は、治安維持のため見過ごすことの出来ない状況になったと判断、「在留党員一斉検挙の計画を樹て、検事局方面とも打合の上昭和四年一〇月三日午前五時を期し、東京、札幌、仙台、名古屋及京都の五市に亘り之を決行し、同時に新聞記事掲載を差止めた」。その後、「被検挙者取調の結果、横浜、神戸、長崎及岡山等にも被疑者あることを発見して之亦同様検挙」、「右検挙の結果は八四名の党員に付き取調の上一件記録を当該所轄検事局に送致したるに、内三六名（警視庁三四名、京都府一名、兵庫県一名（別表参照））治安維持法違反被疑者として起訴」、「起訴猶予（又は不起訴）処分に附せられたる」「党外団体員併せて五五名」に対しては「内務大臣より退去命令を発し、帝国領土外に追放した」と記している。また、『赤色支那』は、この日検挙された者一一三名、その後の中間検挙で一六名、合計一二九名（うち党員五五名）が検挙され、うち起訴された者三四名、「内務大臣より本邦退去命令を受けた者」四〇名、諭旨退去九名と記している。この事件がいかに大掛かりなものであり、いかに大規模な検挙事件であったのかは、この数字を見ただけでも明らかであろう。

成立して間もない太陽社東京支部はこれによって瓦解する。太陽社東京支部ではこの事件で、馮憲章、伍劲鋒、古公尭が検挙され、強制送還になった。

蔣光慈の日記『異邦与故国』（前出）には事件のことが次のように記されている。

一〇月三日　午後森堡が来た。彼が言うには、憲章、公尭……たくさんの人が今日の明け方に警察に拘引された。理由はわからないという……だが、私にはどうしても腑に落ちない……

一〇月四日　夜、建南、暁春、森堡の三人が来た。私が憲章たちのことを尋ねると、暁春は心配ない。日本の警察は一定の期間に、中国の留学生を呼び出し、「清検」をする。今回もそれで、特別なことは何もない。だから何日か拘留された後、釈放されるだろうという……

「森堡」が任鈞、「憲章」が馮憲章、「公尭」が古公尭、「建南」が楼適夷、「暁春」が胡暁春であることは言うまでもない。彼らはこの時、蔣光慈に余計な心配をかけまいとして、本当のことを蔣光慈に話していない。

任鈞に「森堡」名で書いた「一〇月三日」（『拓荒者』創刊号 三〇年二月）という詩がある。この詩は、「二九年一〇月五日」、つまり「日本特支」事件から二日後に書かれたもので、そこには「一〇月三日」早朝の出来事が生々しく描かれている。そこにはこうある。

忘れもしない一昨日の朝である／私は甘い眠りの郷を離れたばかりだった／すべてがいつものように平和で穏やかだった／大家の子供もいつもの通り歌を唄っていた
私の心は喜び勇んでいた／というのは徹夜でビラを一枚作り上げていたから／私はそれを持って／あなたたちと相談するつもりだった
古の部屋を開けてみると／驚いたことにあなたたち二人がいない／机の側には見知らぬ男が座っていて／電灯が疲れきった光を映じていた……
馮の部屋に走って行ってみると／空のままの蚊帳があるだけ／椅子にはまた見知らぬ男が／古の部屋と同じように
ひょっとしたらと／ある思い抱きはじめながらも／私は迂闊なことに／あの見知らぬ奴等の獰猛な顔つきの意味に気づいていなかった
私は伍のところに急ぎ／聞きに行った／だがいったい誰が知ろう／自ら網に飛び込むことになろうとはそこでは、狗共が部屋中をひっくり返し／調べていた
洞窟の中で電光が走ったように／私はその時すべてに気づいた
しまった／私は飛び出し、急いで逃げようとした／だがもう遅かった／何本もの鉄のような腕が、一斉に肩の上に襲いかかった

「古」とは古公尭、「馮」とは馮憲章、「伍」とは伍勁鋒に他ならない。所は青光館である。

幸いなことに任鈞はその日の中に釈放された。任鈞が釈放されたのは、来日してまだ日も浅く、日本語能力も不十分で、検挙の対象から外れていたからであろう。任鈞は釈放された後、その足で蔣光慈のところを訪ね、事件のことを蔣光慈に伝えていたのである。

事件には楼適夷、胡暁春も巻き込まれている。

「資料」「第四表」の「東亜予備校支部　一〇名」の中には丸印が付いて「胡暁春」の名が見える。丸印が付いているということは「一〇月三日現在」で「拘束中」であることを示す。だが、彼は一〇月四日の夜には楼適夷、任鈞と共に蔣光慈のところを訪れている。ということは、胡暁春もこの事件に巻き込まれながら、任鈞、楼適夷と同じように検挙の対象外だったことなどによって即日釈放になったものと思われる。

楼適夷に「泥濘」（『語絲』第五巻第三九期　二九年一二月九日）という文章がある。この文章は事件から八日後の「一〇月一一日」に書かれた。

それによると、楼適夷は、東京に着いてから五日間は雨だったので、楼適夷は、東京に不案内でもあったので、その間ずっと下宿に籠っていた。一〇月一日になってはじめて一人で街に出てみた。一〇月二日、友人の「U」が訪ねてきたので、午後から出かけ「上海城隍廟のような浅草寺」を見て、「地底の鉄道」に乗り、遅くなってしまったので、「U」の下宿に泊めてもらうことにした。「U」の所には日本に来てもう二年以上になるという「W」もいて、皆で話をし、夜遅くに眠った。そして、この翌日早朝三人がまだ眠っているところに五、六人が踏み込んできて拘束された。「W君は正犯で、そのまま警視庁に送られ、我々二人は何の嫌疑も示されないまま、ことが漏れてはまずいというだけで留置された」という。

楼適夷が入れられたのは「保護室」だった。楼適夷は、これをはじめ「留置場」と勘違いし、「病院のように清潔な留置場に入れられ、資本主義の国家はさすが違うなと思った」と書いている。この楼適夷「泥濘」は、ことの深刻さにも拘わらず、どこか惚けたような味があり、それでいて痛烈な日本批判などもあって、いかにも楼適夷らしいおもしろい文章なのだが、そうしたことはすべて措く。

楼適夷は一二時間にわたる拘留の後、「U」と共に釈放になった。楼適夷は、「W」君は何の音信もなく、同じ下宿にいた「F」、「K」も同時に逮捕され、いまだ何の消息もないと書いている。「F」、「K」、「W」とは、馮憲章、古公尭、伍勁鋒に他ならない。

「資料」の「第四表」「中国共産党日本特別支部組織（昭和四年一〇月三日現在）」は、「執行委員会」の下に、東京には六つの支部があったとし、その中の「牛込支部　一二名」の中に馮憲章、伍勁鋒、古公尭を位置付けている。また、続く「第六表」「中華留日社会科学聯盟組織」には、「東京社研」の下にあったという八つの組織の一つ「牛込組」の「組長」として古公尭を、そしてその成員の一人に伍勁鋒を挙げている。(1)

馮憲章と伍勁鋒は不起訴となったが、蔣光慈が帰国した二九年一一月頃、強制送還となった。

三人の中、古公尭だけが起訴された。この時、警視庁関係で起訴された中国人留学生は三四名にものぼった。任鈞は、古公尭は他の何十人もの留学生と共に一年以上も拘禁され、その上で帰国させられたと書いている。(2)

このように太陽社東京支部は、二九年九月一五日に一度会合を持っただけで瓦解してしまう。

「日本特支」事件で大きな打撃を受けたのは青年芸術家連盟も同じだった。

司徒慧敏は、「社会科学研究会」、「中華留日反帝同盟」に参加していたという咎で逮捕された。先の「第四表」「東京連合支部　一三名」の中に司徒慧敏の名が余炳文、葉仲豪、鄺道之、劉之匯等と共に見える。鄺道之は、すでに見たように東京特支のメンバーで、二八年三月の「パリコンミューン紀念」、「三・一八」惨案紀念、「三八婦女節」紀念を指導した人物であり、そこには司徒慧敏、劉之匯、葉仲豪も参加していた。この中、起訴されたのは鄭道之、劉之匯、余炳文の三名である。

「資料」「第二表」「被起訴者一覧表」には、劉之匯について、「雲南省」、「東京府豊多摩郡杉並町馬橋一四番地西湖方」、「東京高等師範学校生」、年齢「二二年」とある。また鄭道之については「広東省」、「東京市本郷区追分町三一番地桜州館」、「慶応大学生」、「二八年」とある。「桜州館」には葉仲豪も住んでいた。葉仲豪が黄鼎臣の「帰国」に際し、「反日大同盟上海分会」と連絡を取っていたことはすでに述べた通りである。このことは、葉仲豪が社会科学研究会の一人として許幸之、司徒慧敏等の青年芸術家連盟と関係していたというだけでなく、「東京特支」の鄭道之とも近かったことを意味している。

余炳文が青年芸術家連盟に参加していたことはすでに見た通りである。余炳文については先の「被起訴者一覧表」に「四川省」、「東京市麹町区飯田町二丁目五三番地穆紹伊方」、「東京帝大生」、「二八年」とある。

司徒慧敏は、事件のことをこう書いている。

一九二九年の秋、日本各地にいる多くの進歩的な中国留学生が日本の警察に逮捕され留置のうえ取調べをうけた。それは千数百人にものぼった。拘留期間は長短いろいろで、長い者で半年以上、短い者で一、二カ月だった。わたしもこの時逮捕された学生のひとりだった。当時わたしは社会科学研究会と左翼芸術家連盟に参加したほかに、帝国主義戦争反対同盟の活動にも参加していたためであった。——中略——わたしはまず本所区の警察に三週間あまり留置されたあと、銀座の日本橋よりの小さな通りにある警察署に移されてまた三週間ほど留置された。母校の千頭庸也教授が警察に足を運んでくれて、やっとわたしは釈放された(3)。

司徒慧敏は拘留期間を伸ばすための「たらい回し」に遭い、二ヶ月近い拘留の後、三〇年春に帰国を余儀なくされた。(4)

この事件では、沈学誠もまた帰国している。沈学誠は二九年一〇月一五日に帰国した。

蔣光慈の『異邦与故国』（前出）「一〇月一三日」の項には次のように記されている。

夜、沈葉沈君が来た。彼はあさって上海に帰るつもりだという。私は彼に最近の中国文芸界の状況を少し話した。彼は帰国したら芸術運動をやるつもりだという。私は彼にこう進言した。もし、絵画をやるなら、革命的絵画を画かなければいけない。もし、文学に従事するなら、革命的小説や詩を作らなければいけない。から騒ぎし、きれい事を並べるだけで、実際的行動に従事しないのならば、それはまったく何の役にも立たない！……沈君はとても誠実で、いわゆる〝留学生〟の驕ったところがまったくない。

沈学誠がこの時帰国を決意した背景には、間違いなく「日本特支」事件が関係しているであろう。

事件は京都にいた沈起予の身にも及んだ。当時、沈起予と一緒に住んでいた李蘭はこう証言している。

沈起予同志は京都帝大に在籍して六年目になっていた。規定によると、この年の春学校が始まる前に、論文を提出することが出来れば、さらに三年続けて在学することができた――中略――彼は、論文題目提出の最終日、午後三時頃に何ごともないように出かけて行った。彼が出た後、机の引出しを開けてみると、提出しなければならないはずの論文題目の用紙があった。私は、それで、彼が帰国の意志を固めたことを知った。――中略――沈起予同志は、もはや日本で落ち着いて暮らすことが出来なくなっていた。というのは、〝東京大逮捕〟で逮捕され、出獄して以来、私服警察の尾行が、以前にも増してひどくなり、まるで〝へその緒〟のように、終始、付かず離れず付きまとっていたからである。翌日、私たちは急いで帰国の準備をし、数日後にはもう上海の地にあっ

た。(5)

ここに見える「東京大逮捕」が「日本特支」事件であることは言うまでもないだろう。「資料」の「第五表」「地方支部組織」「被起訴者一覧表」を見てみると、その時、京都で検挙されたのは史殿昭、李亜農等四名で、李亜農だけが起訴された。李亜農については、「四川省」、「京都市左京区浄土寺真如町四〇番地笠井方」、「京都帝大生」、「二七年」とある。李亜農は、二九年七月一五日から八月一五日まで開かれた国際文化研究所外国語夏期大学で、「陳殿震」の名で、京都帝大「史某」と中国語講座の講師を務めている。(6)李亜農は、二七年に三高から京都帝大文学部文学科に入学、沈起予とは三高時代からの同級生である。(7)「史某」とはおそらく李亜農と一緒に検挙された史殿昭であろう。

同じ頃、許幸之もまた帰国している。許幸之は、二九年九月に上演された「吼えろ、支那」に参加した後、帰国した。李暢の「中国近代話劇舞台美術片談」(『中国話劇史料集・第一輯』文化芸術出版社　八七年一二月)によると、許幸之がその時帰国したのは夏衍から中華芸術大学に呼ばれたからだという。

このように、青年芸術家連盟は、事件の中で、許幸之、司徒慧敏、沈学誠、沈起予、余炳文等がことごとく帰国、強制送還となり、その活動を停止してしまうことになる。

事件の中で帰国した人としては、この外に王任叔、石凌鶴、周揚がいる。

王任叔は、浙江省奉化県の人で、一九〇一年の生まれ、巴人の名でも知られる。彼は二二年頃から創作活動をはじめ、文学研究会に参加。二五年に張秋人の紹介で中国共産党に入党。二九年一月末に社会科学とプロレタリア文学を学ぶために、潘念之を頼って来日し、潘念之と早稲田に住んだ。王任叔は、潘念之を介して社会科学研究会に参加している。この王任叔は、一〇月三日の早朝、一時間ほどの間に中国人留学生が六七人以上も検挙されたことを知ると、

これ以上日本にいるのは「恥辱」と考え、帰国している。(8)

石凌鶴は、本名を聯学といい、一九〇六年の生まれで、江西省楽平県の人。三〇年代以降、演劇、映画人として知られている。彼は小学校の教員をしていた二六年に国民党に入党。二七年共産党に入党し、二八年危険が迫ったために、「石煉頑」と名を代え、上海に出て、二八年末に来日した。来日後は、「神田の青年会」にあった劇団に参加、彼らが上演したゴーリキーの劇「どん底」で、「役者」を演じている。石凌鶴は、「銀座デモ事件」にも参加し、二度逮捕されたが、証拠不十分のまま、強制送還になった。(9)

周揚については多くを語る必要がないだろう。周揚は、本名を周起応といい、一九〇八年の生まれで、湖南省益陽県の人。周揚の日本留学の経緯について、張大明「周揚」（『三十年代在上海的〝左連〟作家・下』上海社会科学院出版社八八年四月）は、「〝四・一二クーデター〟後に中国共産党に参加したが、まもなく組織関係を失った。一九二九年大学（大夏大学――小谷）を卒業し、党との関係を求めて日本に渡った。――中略――後に蔵原惟人と行き来するようになり、蔵原を通して党と連絡が取れるよう求めた」と書いている。だが、その具体的なことはよくわからない。そうした中にあって来日後の周揚を知る貴重な証言に、譚林通の回想「難忘相識在東京」（王蒙・袁鷹主編『憶周揚』内蒙古人民文学出版社　九八年四月）がある。

譚林通は、二九年、東京小石川区林町の下宿屋「国師館」で周揚と知り合った。譚林通はその時初級中学を出たばかりで一六歳、周揚二一歳だった。国師館は木造の二階建で、二〇以上の部屋があり、住んでいたのはほとんどが中国人留学生だった。周揚の隣の部屋には、演劇に関心を持ち、欧陽予倩と同じ舞台に立ったことがあると自称する「唯美主義」を信奉する江西省出身の方信がいた。譚林通は、周揚と方信の二人が文学について議論するのを傍で聞いたり、周揚からオスカー・ワイルドの「サロメ」、「ドリアン・グレイの画像」などの「進歩的文芸作品」、「社会科学の著作」を教えてもらうなどしたという。

周揚は、二九年七月一五日から八月一五日まで神田駿河台の文化学院で開かれた国際文化研究所主催の外国語夏期大学英語部に参加している。松本正雄は、その時、国際文化研究所の所員で、外国語夏期大学の英語部の講師を務めた。その松本正雄は回想『過去と記憶』（光和堂　七四年一〇月）の中で、二九年一一月、周揚が突然訪ねてきた。「上海へ帰るのでお別れに来たという」。周揚は、「もっと早く来るつもりだったが」、「夏期大学が終わってすぐ私のところへこようとして、彼は戦旗社へ私の住所と道順をききに行ったところ、私服刑事につかまり、豚箱にほうりこまれ、日本語がよく通じないため、ひどい拷問をうけ、二九日の拘留を三回も蒸し返され、昨日ようやく釈放されたばかりだ、とのことだった」と書いている。

譚林通は、周揚の逮捕を、一週間ほどしてから、国師館の主人のところで知ったという。譚林通は、その後、国師館に戻ってきた周揚が語ったこととして、「ある左翼人士（団体だったかも知れないが、よく覚えていない）を訪ね、そこで逮捕された。警察で尋問を受けた時、自分は一学徒で、如何なる活動、組織とも関係がないと抗弁した。官憲は彼の部屋を捜索し、何の証拠も見つからなかったため、彼の申し出を認め釈放した」と書いている。ここに見える「ある左翼人士（団体だったかも知れないが、よく覚えていない）」というのが戦旗社のことであろう。周揚は、三〇年に帰国した。周揚は帰国する時、譚通林にブハーリンの『唯物史観』の英訳本を譲ってくれたという(10)。

「日本特支」事件の状況を伝えるものとしては、二九年一〇月二一日発行の『語絲』第五巻第三二期に掲載された君隠「関於日本逮捕留学生事件」、三〇年三月一日発行の『萌芽月刊』第一巻第三期の辛民の詩「拷刑」などがある。辛民の詩「拷刑」は、その時の取り調べの過酷さを綴ったものである。

中共中央は事件後、二九年一〇月一八日付で「中央通告第五二号」を発し、この度の事件は、済南事変、満州侵攻、中東路問題などに連なる「日本帝国主義の一貫した政策の表れである」と非難、民衆会議を開いて逮捕された学生を援助する後援会を組織し、日本領事館に抗議行動を起こすよう呼びかけた。上海芸大ではこれに応えて、後援会が組織され大規模な救援募金運動が展開された[11]。

「日本特支」事件は、「社会科学研究会」、「太陽社東京支部」、「青年芸術家連盟」など、時の中国人日本留学生の文学・芸術活動に大きな打撃を与えた。

『赤色支那』は、これによって東京特支が「日本共産党並に左翼団体との共同戦線を張る間もなく壊滅した」と言い、「資料」「中国共産党日本特別支部の検挙」は、「斯の如く本秘密結社に対しては其の本邦に対する実害の未だ大ならざるに先ち、適時に之が検挙を行ひ、禍根を未然に一掃することを得たのである」と記している。

だが、中国人日本留学生の文学・芸術活動はその後も途絶えることなく続いていく。その活動は、この後、任鈞、楼適夷等によって受け継がれていくことになる。

第四章　「東京左連」

第一節　「東京左連」の成立をめぐって（その一）

「東京左連」とは、三〇年三月二日上海で結成された「中国左翼作家連盟」の「東京支部」のことである。東京左連の存在は、すでに述べたように、林煥平が一九八〇年に回想「従上海到東京」の中で、三三年に起きた「華僑班」事件で東京左連が壊滅的な打撃を受けた後、三三年秋に来日し、東京左連を再建したことを明らかにしたことで注目されるようになった[1]。しかしながら、この「東京左連」については多くのことが分かっていない。創設期の東京左連は機関誌的なものを持っていなかった。しかも、舞台は、日中戦争が激しさを増していく中での東京である。このため、東京左連に関する一次資料的なものがほとんど残っていない。また、関係者の回想、証言もほんのわずかしか残されていない。加えて、その回想、証言には多くの異同が認められる。したがって、そこでは関係者の回想、関係資料を篩にかけ、他の資料によってそれを補いながら、同時に新たな一次資料、関係資料を発掘していく作業が必要とされる。

東京左連は成立した時期も分かっていない。このためここでは東京左連に関する各資料間の異同を確認し、整理してみることからはじめてみたい。

東京左連の関係者の一人である任鈞は、東京左連の結成時期を「一九三一年初め」だという。任鈞は一九七九年一二月四日上海師範学院図書館資料組が行った本人への聞き取り調査に対し、「一九三一年初めから〝九・一八〟にいたるまでの間、私は東京にいて〝左連〟東京分盟に参加していた」と答えている。(2)

それは、上海師範学院図書館資料組が七九年一二月三一日に行った再度の聞き取り調査でも同じで、任鈞は、そこで、「一九三一年初めに、私は日本の東京で葉以群、謝冰瑩等一〇人足らずの人と東京分盟を組織した。楼適夷もいたと思う。〝九・一八〟後、我々は皆帰国し、この組織もそれまでになった」と答えている。(3)

だが、この聞き取り調査を行った当の上海師範学院図書館資料組は、聞き取り調査の結果をまとめた上海師範学院図書館資料組編「中国左翼作家連盟組織機構匯録」「八　〝左連〟各地分盟、支部、小組」の「日本東京分盟」の項（『中国現代文芸資料叢刊・第五輯』八〇年四月）で、「任鈞の回憶を材料にする」と断ったうえで、東京左連の「第一段階は、一九三〇年末から一九三一年の〝九・一八〟事変発生までである。はじめは留日学生によって組織されたが、その後、盟員が相前後して帰国したため、活動を停止した。当時分盟に参加していた者には、任鈞、葉以群、謝冰瑩、孟式鈞等の人がいる（孟式鈞だけは帰国しなかった）」と、その判断の根拠を示さないまま、東京左連の成立時期を任鈞のいう「三一年初め」ではなく「三〇年末」としている。

葉以群（華蒂）は任鈞と共に東京左連の成立に関係した人である。鮑義来は「以群伝略」（『中国現代社会科学家伝略・第八輯』山西人民出版社　八七年七月）の中で、「一九三〇年三月、左連が上海で成立した。この年の夏、以群は日本から帰国し休暇を過ごした。杭州で尹庚を訪ね、尹庚は沈従文を通じて丁玲を訪ね、丁玲の所でさらに偶然に馮雪峰と会って、そこで左連東京支部を作る計画がまとまり、以群が東京に戻って準備に当たった」と、東京左連の成立を「三〇年夏以降」だという。これは花建も同じで、花建は「以群」（『三十年代在上海的〝左連〟作家・下』上海社会科学院出版社　八八年四月）で、「一九三〇年三月、〝左連〟が上海で成立した。この年の夏、以群は日本から帰国し休暇を過ごした。杭州で『四風舞』特刊を責任編集し、幾篇かの革命を宣伝する進歩的な文章を書いた。この時期は、まさに反革命白色テロの厳しい〝子夜〟の時で、国民党反動派は狂気じみた文化〝包囲討伐〟をはじめたので、以群の真理を追求し、革命に身を投じたいという願望はますます強まった。彼は尹庚に〝左連〟と組織関係を付けるのを援助してくれるよう頼み、尹庚は沈従文を通じて丁玲を訪ね、さらに丁玲を通じて馮雪峰を訪ね、正式に組織関係を結び、〝左連〟東京支部を作る計画がまとまり、以群が東京に戻り責任を持つことに決まった」と、鮑義来同様、東京左連が「三〇年夏以降」に成立したという。

鮑義来、花建の記述は、葉以群と親しかった尹庚の回想「葉以群同志与〝左連〟東京支部」(『奔馬』八〇年第一期八〇年八月)に基づいているだろう。たとえば、花建は、葉以群が杭州時代に編集した雑誌について『四風舞』(尹庚の回想では『回風舞』——小谷)を挙げているが、こうした事柄はおよそ尹庚の回想を踏まえていないかぎり書けないものである。だが、にもかかわらず、鮑義来、花建と尹庚との間には東京左連の成立時期をめぐって次のような違いが認められる。尹庚はこう書いている。

一九三〇年三月〝左連〟が上海で成立すると、国民党反動派は反革命文化〝包囲討伐〟を起こし、魯迅先生を旗手とする左翼作家に大挙して攻撃を仕掛けてきた。一九三一年一月一七日、柔石、胡也頻、殷夫、李偉森、馮鏗五人の左翼作家が国民党特務に逮捕され、二月七日龍華警備司令部で密かに殺された。こうした白色テロが最も厳しい情勢の下で、葉以群が日本から杭州に戻り私を訪ねてきた。目的は〝左連〟と組織関係を取るためである。彼は私が上海の何人かの著名な作家と往来があるのを知っていたから、私を通して丁玲に会うつもりだった。私は沈従文を通して丁玲を訪ね、丁玲の所でさらに馮雪峰と会い、そこで〝左連〟東京支部を作る計画がまとまり、葉以群が東京に戻り、責任者となってこの支部を作った(4)。

これにしたがえば、「東京左連」の成立は、三一年「左連五烈士事件」の後ということになる。しかし、鮑義来、花建は、先に見たように、尹庚の回想を踏まえながらも、成立時期を「左連五烈士事件」後、「三一年以降」とはせずに、「三〇年夏以降」と「三〇年内」に東京左連が成立した可能性に含みを残しているのである。

このように、東京左連はその成立時期一つを取ってみただけでも、「三〇年夏以降」(鮑義来、花建)、「三〇年末」(上海師範学院図書館資料組)、「三一年初め」(任鈞)、「五烈士事件後」(尹庚)の四つに分かれる。しかも、中国側の研究者はいずれもその根拠を明らかにしていない。つまり、彼らも「決め手」を欠いているのである。

そして、ここにもう一つの可能性を挙げなければならない。それは、東京左連が三一年の九・一八事変後に成立した可能性である。

任鈞は、一九四六年に『文芸春秋』第二巻第五期に発表した「我的簡歴」の中でこう書いている。

> 上海に二年住んで、私は日本に行き、早稲田大学文学部の学生になった。まもなく、(蔣)光慈も病気療養のため東京に来た。(馮)憲章は私より先に日本に来ていた。こうして、私たちは東京で太陽社東京分盟を成立させ、会を開いて文学問題を討論した。同時に手立てを設けて国内の文壇とも連絡を取った。だが、その後、(蔣)光慈は帰国し、(馮)憲章も「刑務所」に入り、帰国させられた。太陽社東京分盟は自然消滅するしかなかった。幸いなことに、ほどなく、(葉)以群、(謝)冰瑩、……等が東京に来て、私たちは別の文学団体を成立させ、工作を継続した。日本留学中、私たちは日本の進歩的文化人と顔を合わせる機会がたびたびあった。秋田雨雀、小林多喜二、村山知義、窪川稲子……等はよく知っている。詩人では、中野重治、森山啓、上野壮夫……等と往来があった。私はまた彼ら詩人の団体に参加し、彼らの会議に出席し彼らが自分たちの詩を朗唱するのを聞いたことがある。さらにまた私もたどたどしい日本語で詩を書き、彼らの詩誌に発表したことがある。[6]

また、謝冰瑩は、のちに触れる三一年一一月一五日に書いた「郭沫若印象記（上）」（『読書月刊』第三巻第一・二期合刊　三二年五月三〇日）の中でこう書いている。

しかし、東京である文芸団体が成立したために、彼の意見及び運動方針に対する指示を仰ごうと思い、手紙を書いて簡単な情況を報告した。

問題は、任鈞のいう「別の文学団体」、謝冰瑩のいう「ある文芸団体」が何かということである。

このように、東京左連はその成立時期一つだけを取ってみてもこれだけの違いがある。

第二節　「東京左連」の成立をめぐって（その二）

さて、以上のように各資料の異同を確認した上で、今度は各資料の共通点、現時点でこれだけは間違いないだろうと思われる点を見ていきたい。というのは、一次資料に乏しく、しかも残されている数少ない資料の間に異同が認められる中にあっては、その異同を確認したうえで、今度は各資料間の共通点を探り、その上で次の段階に進むのが有効だと考えるからである。

各資料に共通しているのは、葉以群が何らかの理由で中国に帰国し、再び日本に戻ってきた後に東京左連が結成されたという点である。

任鈞は、「関于〝左連〟的一些情況」（『左連回憶録・上』中国社会科学出版社　八二年五月）の中で次のように証言している。

一九三〇年〝左連〟が上海で成立を宣言した後、華蒂が国内から日本に来た。当時我々は一つには〝左連〟と恒常的に連絡を取り、互いに情報を交換し、国内の文壇と疎遠になったり、隔絶したりしないようにするため、二つにはこれを機に日本の革命的文学組織〝日本プロレタリア作家同盟〟、及びそれに所属する進歩的な作家と連絡を取るために、その頃同じように日本に留学していた謝冰瑩等に働きかけ、国内の〝左連〟の責任者の同意を得、ささやかな〝左連〟東京分盟を結成した。

任鈞のこの回想には「八〇年夏」に書かれた「附記」が付されている。任鈞はそこで、「以上の回憶録は去年の夏（七九年夏――小谷）書いたものである。その第三部分、〝左連〟東京分盟に関しては〝日本プロレタリア作家同盟〟とそこに所属する何人かの作家との関係を記しただけになっている。その他のことは、すでに半世紀近い時が経ち、記憶力も年ごとに衰えているため、たくさんのことが思い出せず、省略するしかなかった。だが最近、〝左連〟の戦友である尹庚同志が友人を介して葉以群同志と〝左連〟東京分盟に関する一文を送ってくれ、私に意見を求めてきた。これはまさに私のそれの補いになっている」という。任鈞のいう「尹庚同志が友人を介して葉以群同志と〝左連〟東京分盟に関する一文を送ってくれ」とは先に挙げた尹庚「葉以群同志与〝左連〟東京支部」のことであろう。つまり任鈞のこの記述は、七九年の上海師範学院図書館資料組の聞き取り調査に答えた時とは異なり、尹庚の回想を目にしていることに大きな違いがある。

さて、任鈞と並んで東京左連の関係者である葉以群は、一九一一年五月二九日、安徽省歙県の生まれで、本名を葉元燦、別に華蒂ともいう。父親は杭州万豊当舗の経理などを務め、杭州の商工界に名の通った人だった。一家は葉以群が八歳の時、杭州に移り、葉以群は杭州第一小学、杭州蕙蘭中学で学んだ。彼は蕙蘭中学時代に尹庚、于瑞熹、石延漢と一緒になる。(1)

尹庚は本名を楼曦という。一九〇八年二月一七日の生まれで、浙江省義烏県の人。(2)彼は、葉以群より三才年上だった。

葉以群は、蕙蘭中学を卒業後、中学時代の友人と『国民新聞』のために「週刊」を編集する傍ら『浙江潮』に文章を発表していた。だが、彼は『浙江潮』に発表した一文がもとで逮捕された。鮑義来はこう書いている。「一九二九年以群は高級中学を卒業した。その時彼は一八歳でしかなかったが、進歩的思想の影響を受け、三人の同級生と共に杭州『国民新聞』の週刊を編集し、マルクス・レーニン主義を巧みに宣伝、読者から歓迎された。以群はさらに、『浙江潮』に文章を発表。その中の一つで、国民党反動派を攻撃し、青年学生は彭湃として沸き立つ銭塘江に学ぶべきで、小波が漂うだけの西湖を真似るべきではない。青年学生は実際行動で反動派を打倒しなければならないと暗に呼び掛けた。この一文が浙江省教育庁長官許紹棣の気づくところとなり、以群は逮捕、投獄された」[3]。

これについては、それを裏付ける藤枝丈夫の次のような証言がある。藤枝丈夫は、すでに述べたように、任鈞とは二九年の段階から往来があり、任鈞を介して蔣光慈とも行き来があった。その藤枝丈夫は、一九七四年八月九日静岡市のたちばな荘で開かれた「一九三〇年代文芸研究会」と「中国文芸研究会」との合同合宿で企画された藤枝丈夫聞き取り調査の中で、葉以群、任鈞について次のように話している。

そのうち、こんどは、突然盧森堡がやってきたんです。これはもちろん、ローザ・ルクセンブルグをひねって、自分でつけた名前です。本名はなんていうのか、ついに知りませんでした、最後まで。これは早稲田の角帽をかぶりまして、私服でやって来たんです。どこから見ても学生って感じでした。日本語がとっても達者で、その当時早大の文学部に籍をおいておったそうです。あんまり学校には行かなかったようです。それから、さらに葉華という青年をつれて来たんです[4]。

「盧森堡」とは任鈞、「葉華」とは葉以群のことである。

この時の藤枝丈夫に対する聞き取り調査のまとめは、釜屋修編、藤枝丈夫「談話要録および資料」として中国文芸研究会の機関誌『野草』第一七号（七五年六月）に掲載されている。「談話要録」とは、その時の藤枝の話と出席者のやり取りを起こしたものであり、「資料」とは、藤枝が所蔵していた左連関係資料を、編者の釜屋修が藤枝の了解のもとに整理し、解説を加えながらまとめたものである。

その「資料」の一つに「葉華の原稿『在前進的途上』について」がある。これは葉華の手書き原稿「在前進的途上」をまとめたもので、原題は「附録・在前進的途上——一個青年的囚人底日記」といい、その原稿は「帝都原稿箋」と題された縦書きの原稿用紙一六枚にも及ぶものだという。

釜屋は、その内容を、「藤枝氏の談話と照合すれば葉華本人の体験記ということになろうか。この獄中記の中では、「私」が「豪紳」を父親にもち、その父親が息子の出獄に奔走していること、逮捕は発禁雑誌「×××」に発表した〝那編長文〞が原因であること、同時に逮捕された一五人のうち七人の「『共党』嫌疑」の一人であること、執筆しかけの小説を残してきたことや獄中でも小説の構想をねっていたこと等が記録されている」と要約し、最後に原稿末に附されている葉華自身の「註」全文を収めている。そこにはこうある。

註：——以上は中国のある若き政治家犯の一九三〇年八月下旬から九月末に至る一ヶ月間の日記の選録である。公開するには不都合な記録がたくさんあり、それらはすべて削除せざるを得なかった。この日記をしるした地点は中国の南方、風光明媚で名の聞こえた美しい都市にある「公安局」の「看守室」の中である。[5]

もはや説明するまでもないと思う。これは、葉以群が体験した『浙江潮』での逮捕事件を綴ったものである。事件は二九年に起きたのだが、それを「三〇年八月下旬から九月末に至る一ヶ月間の日記」としたのは彼なりの「創作」であろう。

尹庚は事件が起きた時、『杭州市報』の記者で、于瑞熹、石延漢から葉以群が逮捕されたと聞くと、記者としての身分を利用して葉以群に面会を求めるなど、葉以群釈放のために奔走したという。[6] 葉以群はその後、父葉季奎、従兄弟葉元龍等の尽力で保釈になった。[7] 自由の身となった葉以群は、両親によって郷里に連れ戻され、家庭を持てば落ち着くだろうということで、結婚を強いられた。だが、彼はそうした両親を説得し、二九年秋蕙蘭中学の同窓、于瑞熹、石延漢と共に来日した。[8]

鮑義来、花建は来日後の葉以群について、共に次のように記している。

一九二九年秋、以群は東京に来て、法政大学経済学部に入学した。だが、彼の関心は、日本の左翼文芸理論、作品を読み、翻訳することにあった。というのは、その時ソ連の文芸理論が日本で数多く翻訳されていたからである。以群は、華蒂という筆名で、ゴーリキーの『英雄の話』、文芸書簡などを翻訳した。さらに、日本の進歩的学友の紹介で〝日本無産階級科学研究会〟、〝中国問題座談会〟に参加し、日本プロレタリア作家同盟と連絡を取り、秋田雨雀、小林多喜二、徳永直、中野重治、村山知義、森山啓、上野壮夫、窪川稲子等の作家、詩人、演劇人と接触し、訪問記、スケッチを書いて、上海の『文芸新聞』、『文学導報』に発表したことがある。[9]

だが、これは法政大学入学のことを除けばすべてが三〇年以降、三一年頃の話である。

葉以群が法政大学に入学していたことは、一九三一年の在学者名簿をもとに作成された『中華民国留日法大同学録』によって確認できる。そこには「在学生」、「経済学科二年級生」、「葉元燦　安徽　二三　浙江杭州板児巷三七号」とある。[10]

葉以群と一緒に来日したという于瑞熹は、一九三一年に一高特設予科を修了、同年第八高等学校文科乙類に配属された。石延漢は、于瑞熹と一高特設予科で一緒であり、三一年一高特設予科修了後、第一高等学校理科乙類に配属にされている。[11]

第三節　東京左連の成立をめぐって（その三）――東京左連の成立

すでに見たように、鲍義来、花建は、葉以群の帰国を「三〇年夏」の一回だけとし、尹庚は、「三〇年夏」、「五烈士事件後」、「三一年夏」の三回だといい、この三回目の時に葉以群と共に来日したのだという。

尹庚はその「三一年夏」の来日について次のように記している。

『杭州市報』が停刊に追い込まれ、私は売文によって生活するしかなく、ひどく困窮していた。一九三一年夏、葉以群が再び東京から戻ってきて、一緒に東京へ行こうと誘ってくれた。私は、東京で葉以群と一緒に住み、時には食事代まで彼に立て替えてもらった。彼の私に対する心配りは、本当に至れり尽くせりであった。[1]

葉以群の何度かの帰国の中で、この「三一年夏」の分だけが同時代的資料によって裏打ち出来る。『文芸新聞』には作家、文芸界の動向を伝える「毎日筆記」という欄があり、その三一年九月七日発行『文芸新聞』第二六号「毎日筆記」にはこうある。

本報東京特約通信処主幹葉元燦は、夏期休暇のために帰国していたが、四日長崎丸で再び日本に戻った。

「葉元燦」とは葉以群である。このように、葉以群は「三一年夏」、夏休みを利用して帰国し、「九月四日」に日本に戻った。尹庚が葉以群と来日したのもこの時である。尹庚は、その後、葉以群に誘われて東京左連の集まりにも参加するようになる。[2] 注目すべきは、葉以群がこの時『文芸新聞』「東京特約通信処主幹」の肩書きを得ていることである。この点に関してはのちに触れる。

すでに見たように、鮑義来、花建は、尹庚の回想を踏まえながらも、「三〇年夏」以降説を取り、東京左連「三〇年内」成立説に含みを残していた。では、当の尹庚は、葉以群の「三〇年夏」の帰国についてどのように記しているのであろうか。尹庚はこう言う。

一九三〇年夏、葉以群たちが日本から戻り、休みを過ごした。彼は以前、私と彼らとの手で新聞の文芸版に『回風舞』という特刊を編むことを約束していた。最初の一編は葉以群が書いた論文だった。〃プロ文学〃という用語を公に使うのには差し障りがあるという私の提案を受けいれ、彼は〃進歩文学〃と改めた。杭州でも、かつてこのようにして〃プロ文学〃に関係した特刊が編集されていたのである。(3)

そして鮑義来、花建は、この後、葉以群が左連と連絡を取るべく尹庚、沈従文を介して丁玲を訪ね、そこで偶然馮雪峰とも会って、東京左連を組織する話がまとまったというのである。

丁玲は、『丁玲紀念集』（湖南人民出版社　八七年七月）に収められている「丁玲年譜」等によると、三〇年四月紅黒出版社の債務返済のため済南で教鞭を取っていた胡也頻を追って済南に赴いたが、しかし胡也頻の身に危険が迫ったため、五月に胡也頻と一緒に青島を経由して上海に戻った。二人はその後潘漢年の紹介で左連に参加している。同じ頃、馮雪峰は上海にいた。馮雪峰は、左連成立大会に参加した後、三〇年夏社連の王学文等と共に、社連との合同で「暑期補習班」を開き、文芸方面の責任者を務めた。馮雪峰は、この時胡也頻に「暑期補習班」の講師を依頼している。(4)

では、沈従文はどうか。沈従文は、胡也頻の勧めで左連に参加したものの、左連との間にある距離を感じていて、三〇年秋、胡適からの話しを受けて武漢に行き、武漢大学の教職に就いている。(5)

このように、その時、葉以群と沈従文、丁玲、馮雪峰を結ぶ線がまったくなかったというわけではない。だが、時間的に見て、「三〇年夏」あるいは「三〇年秋」までに、葉以群が杭州にいた尹庚を訪ね、尹庚を介して上海にいた沈従文と会い、さらに沈従文を介して丁玲、馮雪峰と会って、東京左連結成の話がまとまったというのはかなり無理がある。また葉以群には、「三〇年夏」に夏休みを利用して帰国した後、夏休みを越え長期間中国に滞在していたという形跡はない。

東京左連「三〇年内」成立説を取りにくい理由は他にもある。

それは、葉以群が「〝左連〟と組織関係を取るため」、尹庚を介して「丁玲に会うつもりだった」という点である。葉以群は、「〝左連〟と組織関係を取るため」、なぜ丁玲と会う必要があったのか。葉以群は蕙蘭中学時代に陸游、辛棄疾等の詩詞を愛し、『文化批判』などの進歩的雑誌を読み、郭沫若、茅盾、蔣光慈、胡也頻等が好きだったという。(6) とすれば、ここから浮かびあがってくるのは丁玲というよりも、むしろ胡也頻の方である。

このように、三〇年の時点では、葉以群の側に左連イコール丁玲としなければならない特別な事情は何も見当たらない。このように見てくると、葉以群が左連と連絡を取るべく丁玲と会おうとしたのは、丁玲が左連との関わりで何らか注目された時、葉以群の中で左連イコール丁玲と考えられた時、つまりは丁玲の名が知られるようになった「左連五烈士事件」後と見るのが自然だと思う。

左連五烈士事件とは、三一年一月一七日、東方旅社で会合を持っていた共産党員が「密告」によって逮捕され、二月七日、龍華の国民党憲兵隊警備司令部で左連関係者がはじめて処刑された事件のことをいう。国民党側は、この事件をひた隠しにしていた。事件が明るみになったのは、馮雪峰が創刊されたばかりの『文芸新聞』の編者袁殊と図り、三一年三月三〇日発行の『文芸新聞』第三号に「読者来信」というかたちで馮雪峰が偽名で彼らの安否を尋ね、それに馮雪峰が再び偽名で応えるという格好で、四月一三日発行の『文芸新聞』第五号で彼らの死を伝えたからである。

この事件を、同時的に知っていたのは、潘漢年、夏衍、馮雪峰等、左連の一部の党員作家だけだった。ということは、事件の時には葉以群はそれを知るよしもなく、それを知って葉以群が帰国したのは三一年四月一三日より後ということになる。

もう一つ、葉以群は、その時、「〝左連〟と組織関係を取るため」に帰国することを任鈞、楼適夷等と相談していたとは考えにくい。任鈞、楼適夷等は、すでに見たように、左連の中枢にいた阿英、蔣光慈等と連絡を取り合っていた。もし、任鈞、楼適夷等と相談できれば、葉以群は、その時、「〝左連〟と連絡を取るため」、わざわざ杭州まで行き、尹庚を訪ねる必要はなかったはずである。だが、葉以群はそうしなかった、あるいはそう出来なかったのである。それは取りも直さず、その時点ではまだ葉以群と任鈞、楼適夷等の間に繋がりがなかった、任鈞、葉以群という二つの流れがその時にはまだ結びついていなかったことを意味しているだろう。葉以群のこの時の行動は、葉以群の個人的な動機、事情に基づくものだった可能性が高い。

すでに述べたように、東京左連の結成は任鈞、華蒂という二つの流れが結びついた時が、東京左連結成の「原点」だと考えられる。では、この二つの流れは、いつ結びついたのであろうか。

のちに見るように、三一年一一月九日に発行された『文芸新聞』第三五号には、「本報東京通訊処」名の「日本文芸家訪問／多以中国革命為戯劇題材的村山知義」と題する「村山知義訪問記」が掲載されている。この「村山知義訪問記」が書かれたのは「一九三一，九，二八於東京」である。さらにこの「村山知義訪問記」には「任鈞・華蒂」名の「前記」と共に編者袁殊の「附記」が付いていて『文芸新聞』「本報東京通訊処」が「任鈞、華蒂」であることがはじめて公にされた。それはこれからの『文芸新聞』に送られてくるすべての「作家訪問記」、「本報東京通訊処」の記事に任鈞、華蒂が何らかのかたちで関わっていることを意味する。その「村山知義訪問記」にはこうある。

今朝九時頃、私たちは再び村山の家を訪ねた。二階に上がると、階段の入口のところに小さな本棚が置いてあり、「新興演劇全集」の類の本が入っていた。……（中略）……これは我々にとって二度目の訪問である。最初は今年の六月だった。(7)

これが示すように、任鈞と華蒂に代表される二つの流れは「三一年六月」の時点では間違いなく結びついている。つまり、先の「原点」が「三一年六月」なのである。

では、任鈞の言っていた「別の文学団体」、謝冰瑩のいう「ある文芸団体」についてはどのように考えればいいのであろうか。

この「文芸団体」の成立が東京左連と関係していることは言うまでもないだろう。この意味で、九・一八事変後、謝冰瑩、任鈞、華蒂等によって結成された「別の文学団体」、「ある文芸団体」が東京左連の成立であるとする見方は有力である。だが、その一方でそれをただちに東京左連の成立だと断定する決定的な材料に欠けているのもまた事実である。結論から先にいうと私はこの「文芸団体」の成立を東京左連の成立とは考えていない。

その理由の第一は、のちに述べるように、九・一八事変勃発後、任鈞、華蒂等がいち早く目的的、意識的行動を起こしていることである。その最初の行動が、先の『文芸新聞』第三五号、任鈞、華蒂名での「本報東京通訊処」「村山知義訪問記」である。この「訪問記」が書かれたのは九月二八日、九・一八事変勃発からわずか一〇日しか経っていない。すでに見たように、華蒂は三一年九月四日、中国から戻る時、『文芸新聞』「東京特約通信処主幹」という肩書きを得ていて、この「村山知義訪問記」では、主編袁殊がその「附記」で「本報東京通訊処」が任鈞、華蒂であることをはじめて公にした。つまり、この「村山知義訪問記」とは単なる「東京通訊」という以上に、九・一八事変勃発後の状況の中で、任鈞、華蒂が『文芸新聞』と連携して意識的に起こした行動なのである。謝冰瑩が来日したのは九・一八事変が勃発したその日である。だが、その時には任鈞、華蒂等はすでに『文芸新聞』「本報東京通訊処」として意識的、目的的な活動を起こそうとしていたのである。

二つ目は、任鈞が東京左連の成立に際し、郭沫若に相談していないと証言していることである。(8) 謝冰瑩は、「ある文芸団体」が成立したので郭沫若と連絡を取ったという。もしこの「文芸団体」の成立が東京左連の成立だとすれば、東京左連はその時、成立時から郭沫若と連絡を取り、その了解の下で動いていたことになる。だがそれは、のちに見る謝冰瑩「郭沫若印象記」に見える郭沫若の状況などから見ておよそ考えにくい。

三つ目は、尹庚の存在である。尹庚が「三一年九月四日」に葉以群と来日したことは確かである。その尹庚は、来日後葉以群と一緒に住み、その後葉以群から誘われ、東京左連の会合に参加している。(9) もし、東京左連が尹庚の来日後に結成されたのだとすれば、尹庚はその時、東京左連の結成に立ち会うことも出来たはずだし、葉以群の口から東京左連成立に関する話を聞かされていてもおかしくはないからである。だが、尹庚の回想には東京左連が彼の来日後に結成されたという話は出てこない。

四つ目は、謝冰瑩、任鈞が共に「ある文芸団体」、「別の文学団体」と言っていることである。この「文芸団体」の成立が東京左連の成立であるならばそれは、はっきりと、そしてもっと誇らしげに語られていいのではないかと思うからである。

私の中で気になるのはやはり、謝冰瑩来日の時期とその時任鈞、華蒂等が九・一八事変勃発後の状況の中ですでに意識的、目的的な行動を起こしているという点である。任鈞、華蒂等がその最初の行動として前日に続いて再度村山知義宅を訪ねたのが九月二七日、そして次に藤枝丈夫宅を訪ねたのが一〇月一〇日である。ということは、その時、任鈞、華蒂たちが先に動いている、そこに謝冰瑩が加わったと見るのが自然だと思う。三一年九月四日葉以群が尹庚と共に再び日本に戻った時、『文芸新聞』「東京特約通信処主幹」の肩書きを得ていたことはおそらく象徴的な意味を持っているだろう。つまり、東京左連の成立は任鈞、謝冰瑩のいう「文芸団体」が結成されるよりも、もう少し早いのではないかというのが私の観測である。

私は任鈞、謝冰瑩のいう「ある文芸団体」とは、『婦女世界』創刊に連なる「文芸団体」のことを指していると考えている。『婦女世界』という雑誌は、のちに見るように、謝冰瑩が自らが考える「婦女運動」を展開しようとした雑誌である。それに任鈞、華蒂等が加わったのだと思う。

このように見てくると、楼適夷は東京左連の成立に関係していないことになる。楼適夷自身も東京左連の成立に関わったとは一言も言っていない。にもかかわらず、任鈞がその回想の中で、「そこに楼適夷がいたと思う[10]」というのは、任鈞、華蒂等と楼適夷との関係の深さにあるだろう。任鈞、華蒂等を『文芸新聞』に結びつけたのは楼適夷である。また任鈞、華蒂等の「東京通訊」とは、楼適夷の「東京通訊」のスタイルを受け継いだものである。つまり、任鈞、華蒂等にとっては楼適夷は東京左連の盟友的存在なのである。だから、任鈞は「楼適夷もいたと思う」と言うのであろう。

第五章　成立期の「東京左連」の活動

第一節　『文芸新聞』「東京通訊」――楼適夷と袁殊

では成立期の東京左連はどのような活動をしていたのであろうか。その時の東京左連は機関誌を持っていない。このため彼らはその場を中国国内に求めるしかなかった。その時彼らが活動、発表の場としていたのが楼適夷が関係していた『文芸新聞』である。

楼適夷は、「三一年四月下旬」に上海に戻った後、はじめは謝旦如の経営する公道書店の二階に身を寄せたていたが、ここに住むのは危険だという左連党団の馮雪峰の言葉にしたがい、ほどなくもと水沫書店のあった公益坊一六号に移った。楼適夷は、これと前後して馮雪峰の指示で左連党団に加わり、『文芸新聞』、左連の機関誌『前哨』などの工作に従事するようになる(1)。

三一年五月二五日発行の『文芸新聞』第一一号には「五月二日　東京発」として「林奔」の「白奔印象記」が掲載されている。「林奔」とは楼適夷である。楼適夷は回想の中でそれは上海に戻ってから書いたものだという。とすれば、その時すでに楼適夷は『文芸新聞』と関係していたことになる。そのことは、同じ『文芸新聞』第一一号に「新聞部」名で次号から楼適夷の長編「上海狂舞曲」が掲載されるとの「予告」が掲載されていることからも確認できる。

このように、楼適夷は、帰国してからまだ一月も経たない中に『文芸新聞』に関係している。楼適夷に『文芸新聞』

に入るよう指示したのは馮雪峰である。しかし、楼適夷がそれを受けたのは、楼適夷と『文芸新聞』の主編袁殊との間に以前から次のような繋がりがあったからである。

袁殊は、一九一一年の生まれで、湖北省蘄春県の人。上海立達学園で学んだ後、北伐に参加。その後、高長虹が主宰した文学団体狂飆社に加わり、その中心的な一人として活躍した。袁殊は、二八年の末、馬景星と一緒に来日し、日本で「新聞学」を学び、二九年に帰国。帰国後は一時期「聯合劇社」に参加するなどしていたが、三一年『文芸新聞』を創刊した。(2)

楼適夷と袁殊との関係は、二七年袁殊が狂飆社に参加していた時まで遡る。

袁殊は「遺稿」と言われる「我所知道的魯迅」（『上海魯迅研究』第二輯　八九年二月）の中で、狂飆社で活動していた時、楼適夷を知ったと書いている。

このことは楼適夷の側からも確認できる。楼適夷は、袁殊との関係、自身が『文芸新聞』に入るようになった経緯を晩年の回想「我談我自己」（『新文学史料』九四年第一期）の中で次のように記している。

『文芸新聞』は私が日本から帰国する前からあった。一九三一年三月に創刊された。私の帰国は四月末である。それは袁殊が自力で起こしたもので、その時組織的指導関係はまったくなかった。袁も日本留学生で、勉強していたのは新聞学、東京に来たのは私より遅いが、明敏で、才能があり、活動的だった。私が東京にいた最後の頃、彼は葉以群と一緒に住んでおり、葉以群を訪ねた時、彼と会った。じつは私は中国で彼と会ったことがあるのだが、その時気にも留めてはいなかった。それは一九二九年の上半年のことだったと思う。柯仲平のところで会った。柯が住んでいたのは狂飆社が借りていた家で、三階立てだったが、がらがらで、家具など何もなかった。柯仲平、陳凝秋（塞克）、袁殊とその女友だちが住んでいた。袁殊は早くから狂飆社のメンバーだった。葉以群のところで会った後、一緒に遊びに行った。彼は日本語が流暢で、綺麗で、その印象は深い。四月末に上海に戻ると、馮雪峰がこう言った。「いまや我々のすべての刊行物は出版できない状態で、袁殊が出した『文芸新聞』だけは何とかなるかも知れない」。私は言った。「袁殊とは知り合いで、よく知っています」。雪峰は、「それはいい。彼のところへ行って、〝左連〟を代表して彼の仕事に入って貰いたい」と言った。

これが示すように、楼適夷と袁殊とは袁殊の狂飆社時代からの知り合いである。楼適夷は柯仲平のところで袁殊に会ったという。

『柯仲平研究資料』（陝西人民出版社　八八年一月）の「柯仲平年譜簡編」によれば、柯仲平は、二九年には中共党員で、北京から上海に出た後、狂飆社の出版部に入り、狂飆社出版部が借りていた「上海郊外のボロボロの建物に住んだ」。目の前は線路、後ろは空き地で、ゴミの山だった。住人はほとんどが労働者と浮浪者で、柯仲平は一階の大きな部屋に住み、部屋には机と長椅子、床に書籍や新聞が積んであるという、粗末なものだった」という[3]。

楼適夷が柯仲平、袁殊と会ったというのはこの部屋であろう。そこには、「柯仲平、陳凝秋（塞克）、袁殊とその女友だちが住んでいた」という。「女友だち」とはその後袁殊と共に来日した馬景星であろう。

楼適夷は、「東京にいた最後の頃」、東京でも袁殊と会ったことがある。その時袁殊は葉以群と一緒に住んでいたという[4]。

このように、楼適夷と袁殊、葉以群（華蒂）は袁殊の日本留学時代から繋がりがあった。

楼適夷が馮雪峰から『文芸新聞』へ入るよう指示された時、楼適夷がそれを二つ返事で了解したのも、それ以前に楼適夷と袁殊との間にこうした関係があったからである。

袁殊と華蒂との関係でいえば、すでに見たように、三一年九月四日、中国から日本に戻る時、『文芸新聞』「本報東京特約通訊所主幹」という肩書きを得ていた。おそらくそこにも華蒂が袁殊の日本留学時代から知り合いだったことが関係しているであろう。

『文芸新聞』は一九三一年三月一六日に創刊された。袁殊は、『文芸新聞』を創刊の経緯について、「一九二九年私は日本大学から戻ったが、上海で仕事の当てがなかった。〝航空救国〟ということで再び日本に行き航空と新聞について勉強しようと思ったが、折しも張学良が易幟に転じ「巧電」を出し、関内に入ったので適わなくなった。結局、妻の馬景星の援助の下、五百大洋を元手に左翼文化運動を伝えることを旨とした『文芸新聞』周刊を起こした」という。(5) 楼適夷はまた『文芸新聞』が創刊される経緯について、「彼の妻馬景星は浦東の大地主の娘で、馬景星のお金で日本に留学した」、「帰国後また五百元を用意し、再び日本に行くつもりだった」、だが、ある人から、いま日本に行っても何の意味もない、上海にいて何かしたほうがいい、と勧められたので『文芸新聞』を起こしたのだという。(6)

袁殊が『文芸新聞』を創刊した意図は、『文芸新聞』創刊号（三一年三月一六日）の「文芸新聞社　代表人袁殊」「文芸新聞之発刊」から窺える。袁殊はそこでこう語る。

〝文芸新聞〟は文化の進んでいく中で文芸界、学術界、出版界に益する、たとえば一般新聞紙の社会的な存在と同様に、文化的なことを専門とするタイムリーな新聞であること。絶対的な新聞という立場、新聞の本来的効用で、文化の報告、批判に努めることにある。

袁殊は、「文芸新聞発行の目的も、主要な任務もここにある」という。袁殊のいう「新聞」という言葉には若干の補足が必要であろう。袁殊がここでいう「新聞」という言葉の中には「集納主義」、「ジャーナリズム」という意味が込められている。袁殊は日本で学んだ「ジャーナリズム」の確立を目指した。だから袁殊は「文芸新聞之発刊」でこう続ける。

新聞は大衆のためのものであり、大衆のものである。文芸新聞がこの主旨に基づいて取る態度は、一つの主義に拘らない、一つの団体に依存しない、いかなる個人、流派に属さない、特定の狙いをもついかなる事業にも加わらない。すべては大衆のものであり、大衆の求めるところにある。（中略）。文化の主人は大衆であり、『文芸新聞』の主人公もまた読者である。

こうした『文芸新聞』に「東京通訊」が掲載されたのは、三一年三月二三日発行の『文芸新聞』第三二号、東京通訊「日文戦派作家／平林泰子等与警察相打／為援助被監禁的看護」が最初である。この東京通訊は、平林たい子が、待遇改善を求めてストライキを続けていた看護婦たちに官憲が実力でそれを排除しようとしたの対し、平林がそれを支援に入ったことを報じた小さな囲み記事である。

これ以降、『文芸新聞』には「九・一八事変」の勃発までだけ数えても一二編の「東京通訊」が掲載されている。以下は、それを掲載順にまとめたものである。「／」は各見出しの切れ目、段落の切れ目を示し、署名、発信日がわかるものはそれをカッコ内に記した。

第二号（三一年三月二三日発行）
東京通訊「日文戦派作家／平林泰子等与警察相打／為援助被監禁的看護」
第四号（三一年四月六日発行）
東京通訊「日本外交当局饗英太子以鮮肉／帝国主義者的敬客方法／夏川静江親承了恩澤」
第六号（三一年四月二〇日発行）
東京通訊「亜細亜的暴風雨――「国魂」已失其「魂」／一九三一日本舞台的開展／『消滅了演劇中的英雄主義』／

打倒演員中心論！」
第八号（三一年五月四日発行）
東京通訊（署名「之異」）「日本農民（文）学的躍進」
第一〇号（三一年五月一八日発行）
東京通訊（五月二日発）「一九三〇上海之五月底勝利的記録／東京底五月紀念公演」
第一一号（三一年五月二五日発行）
東京通訊「日本左翼文壇最近之崩拆与集合／耐普已占絶対勝利」
第一三号（三一年六月八日発行）
東京通訊「日本文字獄中的出演者／左翼文壇之活動」
第一四号（三一年六月一五日発行）
（六月二日東京発）「中国問題／被践踏在鉄蹄之下的動乱／為他們研究・記録資料／『日本社会科学家之熱情』」
第一六号（三一年六月二九日発行）
東京通訊（六月一七日東京）「平林初之輔客死巴黎／従「無産階級文化」之先駆／到馬克司主義批評之論敵」
第一七号（三一年七月六日発行）
（署名「適」）「日本新築地劇団／加入演劇同盟」
第二〇号（三一年七月二七日発行）
東京通訊「蘇聯朋友会」
第二四号（三一年八月二四日発行）

東京通訊「日本新興文学／向国際之躍進」

「日本将有文学新聞出現／由普洛作家同盟発行」

第二六号（三一年九月七日発行）

東京通訊「好莱塢、黄金臭！／到墨西哥去／撮製原人生活／――世界的導演愛森斯坦因行蹤」

このように『文芸新聞』「東京通訊」の多くは、筆者、発信時などが明記されていないものが多く、それを特定することは難しい。だが、この「東京通訊」というスタイルだけについていうと、それはこれ以前に太陽社東京支部の楼適夷等が取っていたものである。

楼適夷は、回想「我和阿英」の中で、「私が当時上海のいくつかの刊行物に東京通訊、短編『塩場』を書いたのも、すべて阿英に催促されたからだった」と書いている。(7) 楼適夷は、「東京通訊」的なものを得意とし、すでに見た「日本特支」事件での自身の体験を綴った「泥濘」などをはじめ、帰国するまでに、およそ次のような「東京通訊」を中国国内に送っている。

「泥濘」（『語絲』第五巻第三九期　二九年一二月九日、執筆は二九年一〇月一一日）

文芸通訊「日本第二次普羅列塔利亜美術展覧会」（『現代小説』第三巻第三期　二九年一二月一五日）

「〝西線無戦事〟的演出――最近日本的戯劇運動一面」（『現代小説』第三巻第四期　三〇年一月一五日）

「泥濘雑記」（『現代小説』第三巻第四期　同前）

東京通訊「激流怒濤中的最近日本普羅芸運」（『拓荒者』第一巻第四・五期　三〇年五月一〇日）

「〝震撼支那的三日間〟——介紹日本林守仁的戯劇」（『拓荒者』第一巻第四・五期　同前）
「東京失業行進曲（一個報告）」（『北斗』第一巻第二期　三一年一〇月二〇日）

ここに見える文芸通訊「日本第二次普羅列塔利亜美術展覧会」とは、「第二回プロレタリア美術大展覧会」の様子を伝えたものである。署名は「南」、楼適夷の筆名、「楼建南」の「南」である。

第二回プロレタリア美術大展覧会は、二九年一二月一日から一五日間、上野の東京府立美術館で開かれた。この展覧会は、二九年四月二五日「ＡＲ」と「造型」とが合同し「日本プロレタリア美術家同盟」（略称Ｐ・Ｐ）が結成された後、はじめて開かれた展覧会で、第一回に比べ、「飛躍的進展が見られ」、大きなセンセイションを巻き起こしたと言われる。第二回展が掲げた「中心スローガン」は、「一、帝国主義戦争反対の感情をテーマにせよ」、「二、テーマを工場農村の中にとれ」で、そこには山宣の葬儀を描いた矢部友衛の「労働葬」、大月源二の「告別」、長谷川昂の彫刻「習作縛られた前衛」などが展示され、入場者数も第一回の倍近い四四五八名にも及んだ(8)。

楼適夷は、そこで、展示されている作品に触れながら、「全場一六四点、素人の目にも、色彩が濃厚で、筆致が荒々しく、題材が闘争、群衆、犠牲、工場、貧民窟という共通点が感じられる。——このすべてが鉄のような逞しさ、火のような情熱、野獣のような狂暴さ、巌のような沈黙を伝えており、観る者に、こうした時代が到来しつつあり、これがそれを予兆させる信号であることを感じさせる」と記している。

続く「泥濘雑記」は、「都市的脈搏」、「渣滓」、「銀躑躅」の三節からなり、彼が目にした「東京」の姿が描かれている。彼はそこで、友人の「Ｋ」、「Ｌ」と見た新宿駅で乗り降りする人々の疲弊した姿と雑踏（「都市的脈搏」）、皇居の壮大さと神田橋付近で電車から見た五、六百人の人々が職業紹介所に並んでいる光景、「富川町」で目にした露天業者に対する取り締まり（「渣滓」）、人々が「銀ブラ」を楽しんでいる中、そばの夜店で玩具売り、石鹸売り、薬売りなど営む人々、飲食店、カフェーで働く女性の姿など（「銀躑躅」）を伝えている。

「〝西線無戦事〟的演出――最近日本的戯劇運動一面」は、二九年一二月二五日に書かれた。この一文は二九年一二月一二日から一六日まで新橋演舞場で開かれた新築地劇団公演、高田保演出の「西部戦線異状なし」の様子を伝えたものである[9]。楼適夷はそこで、小山内薫の死後、日本の演劇の中で築地小劇場と新築地劇団が対峙しながらも両者が共にプロレタリア演劇を標榜し活動している状況を述べた後、五幕二八場にも及ぶ「西部戦線異状なし」を幕毎にこと細かに紹介している。

　では、楼適夷はどんな目的でこうした「東京通訊」を書き送っていたのであろうか。それは、次の東京通訊「激流怒濤中的最近日本普羅芸運」を見れば明らかであろう。

　この東京通訊は三〇年四月九日に書かれた。「激流怒濤中的最近日本普羅芸運」は、「向尖端的鋭進」、「暴圧的迫襲」、「芸術派的髑髏舞」、「最後的勝利――奪取呀」、「結論――説到中国」の五節からなり、楼適夷は「向尖端的鋭進」でナップの活躍を伝え、「暴圧的迫襲」ではそれに対する弾圧を、「芸術派的髑髏舞」では菊池寛、中村武羅夫、横光利一等の動きを、「最後的勝利――奪取呀」ではそうした中にあってナップの人々がいかに闘っているかを伝え、その最後を、「故国の兄弟たちよ、隣国兄弟の勇敢で壮烈な闘争を見て欲しい。国境こそ彼らと我らに隔たれてはいるが、我々は完全に一つである。共同の最後の勝利のために、どうか隣国の兄弟たちを熱烈に擁護してくれ！」と締め括っている。

　このように、楼適夷の中には、単に日本の進歩的勢力の動向を中国に伝えるだけではなく、それを通じて中国国内に「芸術運動の新生面」を切り開きたいという思いがあった。彼は、「芸術を真正の×的芸術」、「革命的芸術」とするために、「結論――説到中国」の中で、「ナップが提出した新しいスローガン」は検討し、採用する価値があるのではないかと呼びかけている。

「〝震撼支那的三日間〟――介紹日本林守仁的戯劇」は、山上正義が久保栄の編集する『劇場文化』第二号（一九三〇年四月一日）に林守仁という筆名で発表した広東コンミューンに取材した戯曲「支那を震撼させた三日間」を紹介したものである。楼適夷はそこで、「三年の歴史を持つ（中国の――小谷）プロ文学運動において、誰がこの階級的偉業を記録し、百万大衆に、それを頌え、涙させ、彼らの残した教訓を記憶にとどめさせた者がいただろうか。だが、隣国の日本の兄弟たちは、彼らの大いなる筆で、我々に代わってすでにアヘン戦争（江馬修作〝鴉片戦争〟、村山知義作〝最初のヨーロッパの旗〟）を書き、京漢労働者の流血の闘争（村山知義作〝暴力団記〟）等々を書いているが、いま私が国内の兄弟たちに子細に報告したいのは、最近発表された林守仁君の戯曲〝支那を震撼させた三日間〟である」と言い、「この一作品によって、林君は中国プロレタリアートの心に永遠に残るだろう」と述べている。

山上正義の「支那を震撼させた三日間」が持つ意味、その内容等については、丸山昇の『ある中国特派員――山上正義と魯迅』に詳しい論考がある。[10]だが、その時いち早くその意義を認め、中国国内に山上正義の「支那を震撼させた三日間」を紹介していた楼適夷「〝震撼支那的三日間〟――介紹日本林守仁的戯劇」のことは残念ながら触れられていない。

「ある報告」と記された「東京失業行進曲」は、単なる「東京通訊」というよりもむしろ「ルポルタージュ文学」と言った方がいいであろう。これは八節からなり、三〇年三月二一日に書かれた。楼適夷はそこで、国際恐慌、金解禁、合理化、緊縮政策の中で、深川区の木賃宿に身を寄せている失業者の人々の姿を、じつにリアルに描いている。たとえば、第五節に出てくる「春子」一八歳は、自分が結婚することで六〇を過ぎてもなお貧苦にあえいでいる父も自分もそこから抜け出せるのではないかと考え、「結婚紹介所」を介して結婚することになっていたが、ある日行き方知れずとなる。その当時、若い娘を食い物にする悪質な「職業紹介所」、「結婚紹介所」が横行していた。父親は警察に捜索を願い出たが取り合ってもらえず、結局、野垂れ死する。こうした出来事の数々を、日本に来て一〇ヶ月ほどしか経っていない楼適夷がどのようにして知ったのかはよくわからない。「泥濘雑記」で「職業紹介所」に並ぶ失業者の姿に触れていた楼適夷は、おそらく日頃から新聞等々の中に題材を探っていたのであろう。第四節のこうした失業者に対する一斉検挙の話などはその最たるものであると思う。

最後の第八節はこんな風に書かれている。そこには、行き場を失い浅草公園に集まっている人々を前に、国政に参加すれば現状を改革できるという「社会民主党」の宣伝隊、仏教に帰依すれば苦しみから救われると説く宗教団体などが描かれている。すると、そこに、「諸君、合法的闘争は欺瞞でしかない。我々自身の手こそ我々の利益を奪取することが出来るのだ。「全協」の旗の下に、「全協」が指導する失業大会に行こう」と呼びかけ、ビラをまいて立ち去った青年（彼はまもなく拘束される）が登場する。そしてこの第八節は、彼の呼びかけに応えた群衆が、時の浜口首相の家を取り囲み、「我々に仕事を！」、「我々にパンを！」とシュプレヒコールを繰り返し、浜口が驚愕する、という場面で終わっている。

これは明らかに楼適夷のモチーフの露出で、最後などは作り話になっている。この時の楼適夷に対し、あまりにもナップ、「全協」に寄り添い過ぎだという受けとめも可能であろう。だが、そのひたむきさ、いちずさ、それが楼適夷の「東京通訊」の魅力でもある。

第二節　『文芸新聞』「東京通訊」

『文芸新聞』の「東京通訊」は、その時、任鈞、葉以群等「東京左連」の人々が日本で何を見つめ、何を考えていたかを知る格好の材料である。そしてそれはどこかで時の中国人日本留学生全体に連なるものをも内包しているだろう。以下、この意味からも先にまとめた『文芸新聞』の「東京通訊」を見ていくことにしたい。

『文芸新聞』第六号に掲載された東京通訊「亜細亜的暴風雨　――「国魂」已失其「魂」／一九三一日本舞台的開展／『消滅了演劇中的英雄主義』／打倒演員中心論！」は、プドフキンの「蒙古の反帝国主義運動」を題材にしたソビエト映画「成吉思汗的後裔」（中国での題は「国魂」）の日本での演劇化について伝えたものである。

プドフキンの「成吉思汗的後裔」は、「アジアの嵐」（七幕二四景）という題で、高杉光吉、山村七之助の脚本、土方与志、香川晋の演出で、春秋座によって三一年一月一日から二五日まで東京市村座で上演された。同時に上演されたのは長谷川伸作、高田保演出「河童又介」（二幕六場）、「踊試合」（全八節）である。この公演は、「猿之助一派」が松竹を離れ、最初に行った公演として、注目を浴びた[1]。「アジアの嵐」は、この後、さらに新築地劇団第一九回公演で、高田保の脚本、土方与志演出で、「アジアの嵐」（プロローグ、三幕十六場）として三月一四日から二五日まで築地小劇場で上演された[2]。

「東京通訊」は、春秋座、築地小劇場の公演いずれもが盛況であったことを伝えている。だが、それ以上に注目すべきは、そこで彼らが左翼劇場の第一九回公演を伝えていることであろう。そこにはこう記されている。

東京「左翼劇場」劇団は三一年三月二七日から四月五日まで「市村座」で公演を行った。上演されたのは以下

の二本、

一、「戦列への道」――これは徳永直原作、全日本無産者芸術団体協議会（略称「ナップ」）の機関誌『ナップ』一月号に発表され、文芸界の好評を博した。今回は藤田満雄が改編、脚本化し、山川幸世が演出、全劇十場である。

二、「西部戦線異状なし」――これは皆が知っている全世界を揺るがした戦争小説である。一昨年日本では村山知義と高田保の二種の脚本で、築地劇団（去年解散）及び新築地劇団によって相継いで上演され、日本演劇の大躍進を成し遂げた。この度は村山知義の脚本を用いているが、若干の修改がある。

この度の公演はじつにすばらしく、その最大の特色は集団の協力の強力なる成功にあり、演劇における「英雄主義」をほとんど完全に消し去り、数十人ものキャストが一体となって舞台に現れたことは、日本演劇界空前の大収穫と言える。

こうした評は、それまでに築地劇団や新築地劇団の「西部戦線異状なし」を見ていないかぎりおよそ書けないものだろう。

「西部戦線異状なし」で思い出されるのは、楼適夷の東京通訊「〝西線無戦事〟的演出――最近日本的戯劇運動一面」（前出）である。楼適夷はそこで「西部戦線異状なし」を「西線無戦事」と訳している。そしてその訳語はここでも同じである。この東京通訊は無署名だが、楼適夷が書いている可能性がある。

続く三一年五月四日発行の『文芸新聞』第八号、「之異」名の東京通訊「日本農民（文）学的躍進」は、三一年四月二三日築地小劇場で開かれた日本プロレタリア作家同盟の年度大会と決議を報じたもので、そこでは「農民文学への躍進、闘争」、「同伴者の獲得」が決議されたこと、「これまで文戦派、及び他派の作家に対し、常に罵倒するという挑戦的態度だけを取ってきたナップ系は、いま態度を一変し、互いに連携できる可能性のある作家に対しては、極力連携、勧誘を図ることにした。これで、去年来沈滞していた日本の左翼文壇は相当の活気を帯びてくるものと思われる」と記されている。

「之異」とはその音から推して楼適夷だと思う。楼適夷はすでに見たように「三一年四月下旬」に帰国している。だが、彼はこのように、帰国後も巧みなかたちで「東京通訊」を発表していたものと思われる。

このことは、見方によれば、「東京左連」の結成に直接関与していない楼適夷の「東京通訊」と、任鈞、華蒂等「東京左連」が送った「東京通訊」との境界を曖昧にするものでもある。だが、それが実際だったのではないか。『文芸新聞』「東京通訊」はある時からごく自然に「東京左連」に受け継がれていくかたちになったのだと思う。

五月一八日発行『文芸新聞』第一〇号の「五月二日発」東京通訊「一九三〇上海之五月底勝利的記録／東京底五月紀念公演」は、表題が示すように、三〇年五月の上海のメーデーに取材した村山知義作「勝利の記録」上演の成功を伝えたものである。

村山知義の「勝利の記録」（三幕七場）は、左翼劇場第二〇回公演として、杉本良吉、佐野碩、西郷謙二の演出で五月一日から一四日まで、藤田満雄作「銅像」（二幕）と共に築地小劇場で上演された(3)。

「勝利の記録」は、当時、「『一九三〇年上海における中国労働者のメーデー闘争に取材されたもので、暴圧と困苦に抗して見事にメーデー・カムパニアを勝利する』その闘争過程を明確に現はされた即ち勝利の記録である。さきに同じ作者の上海総工会結成に取材した『全線』の同劇場上演がプロレタリア演劇のエポック・メークとして尊重されたことがある。この劇はその『全線』に比して更に史的使命の高揚されたものに外ならず、又こうした創作劇を引続き上演し得る左翼劇場の現状を見るに及んで、近頃創作劇不振の声の意味ないことを想わされる」と高い評価を受けていた[4]。

「東京通訊」は、こうした村山知義「勝利の記録」について、村山知義の「全線」での実績に触れた後、「五月一日から五月一四日まで、『築地小劇場』二週間公演、毎日午後七時から開演。初日（五一）は、五時前に四場券は売り切れとなり、切符を買えなかった人は四、五百人に及んだ。……わけても労働者が多かった。その成功は『全線』に劣らない」と記している。

　この東京通訊は「五月二日発」である。ということは、記者たちはこれを五月一日の初日に観たのであろう。この公演では、一般の入場料が一円、それとは別に「労働者券」というのがあって三〇銭だった[5]。「四場券」とはおそらくこの「労働者券」のことだと思う。任鈞は回想「関于〝左連〟的一些情況」の中で、「村山知義は劇作家で多くの劇を書いているが、その中に中国労働者階級の闘争に取材した『勝利の記録』というのがある。この劇は、東京で上演され、私たちも観たことがある」と書いている[6]。ということは、この東京通訊は任鈞、華帝等が送ったものと見ていいだろう。

　ところで、これより前、四月二七日発行の『文芸新聞』第七号には袁殊の「一九三〇東京之「人日」」が掲載されている。この記事は、袁殊が日本留学時代東京で目にしたメーデーの盛況ぶりを写真入りで伝えたものである。袁殊はそこで今年、三一年のメーデーには四四団体、一二七〇六人が参加し、二〇〇人が警察によって検束されたと報じている。おそらくこの記事は、先の東京通訊「一九三〇上海之五月底勝利的記録／東京底五月紀念公演」と連動しているであろう。

　袁殊は、日本留学時代から中国に題材を取って演劇活動を進める村山知義に惹かれていた。それは袁殊だけでなく、当時の中国人日本留学生のすべてがそうだったといっても言い過ぎではない。それほどに当時の中国人日本留学生の間で村山知義の評判は高かった。

その袁殊は、三二年一月一日、上海湖風書局から世界文学名著訳叢書の一つとして村山知義『最初欧羅巴之旗』を翻訳、出版している。袁殊が翻訳、出版した単行本『最初欧羅巴之旗』の内容は次の通りである。

「村山知義小伝」（華蒂　一九三一年一一月一二日　東京）
「村山知義訪問記節録」（一九三一年九月二八日　東京）
「著者像及筆跡」（挿絵）
「致中国読者」（一九三一年一一月二五日　村山知義）
「舞台面両幅」（挿絵）
「最初欧羅巴之旗」
「在砂漠上」
「訳者後記」（袁殊　夜　曙星劇社　一九三一年一二月六日）

ここに見える「村山知義小伝」とは、その末に「録文芸新聞三九号」とあるように、のちに見る三一年一二月七日発行『文芸新聞』第三九号所載の華蒂「国外作家・五」「村山知義伝」である。また、「村山知義訪問記節録」とはこれまた「録文芸新聞三五号」とあるように、『文芸新聞』三五号に掲載された「任鈞・華蒂」の東京通訊「村山知義訪問記」の節録である。これが示すように、袁殊訳『最初欧羅巴之旗』には、任鈞、華蒂等が深く関わっている。

興味深いのはここに村山知義が三一年一一月二五日に書いた「致中国読者」が収められていることである。村山はそこで自身がこれまで中国に取材してきた戯曲に触れながら、京漢鉄道のストライキを題材とした「暴力団記」(「全線」)と三〇年の上海のメーデーと同盟のストライキを題材とした「勝利の記録」はぜひに中国語に訳出し、読んで貰い、上演して欲しいと書いている。では、この村山知義の「致中国読者」はいったいどのようにしてここに収録されるようになったのであろうか。すでに見たように、三一年五月一八日発行『文芸新聞』第一〇号の「五月二日発」東京通訊「一九三〇上海之五月底勝利的記録／東京底五月紀念公演」は、「勝利の記録」上演の成功を伝えたもので、それは任鈞、華蒂等が送った可能性が高い。とすれば、この村山知義「致中国読者」の「仲介役」を果たしたのも任鈞、華蒂ではないかと考えられる。

袁殊が村山知義の作品を翻訳し始めたのは袁殊の日本留学時代に遡る。袁殊は、「三一年一二月六日」に書いた先の「訳者後記」の中で、「在砂漠上」は「去年の夏東京市外の西荻窪に住んでいた時、朝鮮の友人李初発君の助けを得て訳したもの」と書いている。

村山知義の『最初のヨーロッパの旗』は、一九三〇年一月二五日に世界の動き社から出版された。そこには、「公演用脚本」としての「最初のヨーロッパの旗」、「砂漠で」、「西部戦線異状なし」など九作が、「移動劇場用脚本」として「小さいペーター」など五作が、「小型映画用シナリオ」四作の計一八の作品が収められている。袁殊は、これを底本に翻訳作業に取り掛かったのであろう。

そこで注目すべきは、この「訳者後記」にこう記されていることであろう。

今年の初め、日本語の補習のため、鄭君に上海在住の日本の友人林守仁君を紹介され、彼は〝阿Q正伝〟を持ってきて、私は〝最初欧羅巴之旗〟を持って行き、お互いに補習の課題を交換し合うことにし、一ヶ月以上足繁く往来した結果、私たちは互いの〝課題〟を訳し終えた。

ここに見える「鄭君」とは鄭伯奇、「林守仁」とは山上正義のことである。注目すべきは、ここで、袁殊が自分の「最初欧羅巴之旗」の訳文と、山上正義の「阿Q正伝」訳文とを「交換」し合い、「一ヶ月以上足繁く往来した結果」、互いの「課題」を訳し終えたとしていることである。この時、山上正義が持ってきたという山上正義訳「阿Q正伝」とは、その後、三一年一〇月に四六書院から出版された国際プロレタリア叢書「林守仁」名の『支那小説集　阿Q正伝』の訳稿に他ならない。丸山昇の『ある中国特派員——山上正義と魯迅』には、山上がこの翻訳に三一年初めから本格的に取り掛かり、「紹興地方の土語が飛び出したりして相当難解な原文なので、翻訳完了までに約一ヶ月半を要した」とある。[7] 山上は訳後、訳文を魯迅に見せ、校閲してもらっている。だが、この袁殊の一文は、それよりも前、袁殊が山上訳「阿Q正伝」に目を通し、翻訳の手助けをしていたというのである。林守仁訳『支那小説集　阿Q正伝』は松浦珪三訳『阿Q正伝』（白楊社　一九三一年九月）と並んで日本人の手になる魯迅「阿Q正伝」の最初の翻訳、単行本である。この意味からも、ここに見える袁殊のそれは、特筆に値する。

七月六日発行の『文芸新聞』第一七号、「日本新築地劇団／加入演劇同盟」は、村山知義の「東洋車両工場」の上演を伝えたものである。その当時、同時代中国に取材して脚本を書いて上演した村山知義に対する中国人日本留学生の人気は圧倒的なものがあった。

村山知義「東洋車両工場」は、新興劇団協議会から除名され、左翼劇場との連携を強めていった新築地劇団が日本プロレタリア演劇同盟、プロットに加盟した紀念公演（新築地劇団第二〇回公演）として土方与志の演出で、五月二九日から六月七日まで市村座で上演された。[8] 東京通訊はそれを、「これまで同伴者の立場にあった日本新築地劇団が、最近正式にプロットに加盟し、第一回公演として村山知義の新作『東洋車両工場』を上演した。全編四幕一一場、一九二九年四月の日本の全労働者に関わる闘争を描いたもので、まさしくそれは日本労働運動の現下の縮図である。この公演は五月二八日から六月六日までの一〇日間東京市村座で行われた」と伝えている。

この署名は「適」である。「適」とは楼適夷しか考えられない。だが、楼適夷はこの時にすでに上海に戻っている。とすれば、これは誰が『文芸新聞』に送ったのであろう。送り手はおそらく任鈞、華蒂のいずれかであろう。この一文は「東京通訊」と銘打たれていない。だが、これもまた楼適夷と任鈞、華蒂等の連携による変則的な「東京通訊」の一つと位置付けられよう。

「東京通訊」は日本のプロレタリア文学運動の動きを丹念に伝えている。その時、彼らの関心事だったのは、「全日本無産者芸術連盟」（ナップ）と「労農芸術家連盟」（労芸）の対立、「日本プロレタリア文化連盟」（コップ）結成の動きなどにあった。いうまでもなく、こうした関心の有り様は、楼適夷の「東京通訊」の延長線上にあるもので、そのスタンスも基本的に変わってはいない。

たとえば、五月二五日発行の『文芸新聞』第一一号の東京通訊「日本左翼文壇最近之崩拆与集合／耐普已占絶対勝利」では、労芸とナップとの対立について触れ、小林多喜二の小説「一九二八年三月一五日」、「蟹工船」などによって、ナップ側が作品面でも勝利した。労芸は「社会民主主義」の正体を露呈し、「分裂の傾向」にあるとして、平林たい子等三名に始まる三〇年一一月四日の労芸からの大量脱退、続く細田民樹、岩藤雪夫等の脱退までを事細かに述べ、ナップ側の完全勝利と報じている。

さらに、六月一五日発行の『文芸新聞』第一四号には、「六月二日東京発」「中国問題／被践踏在鉄蹄之下的動乱／為他們研究・記録資料／『日本社会科学家之熱情』」が掲載されている。この記事は、プロレタリア科学研究所の「中国問題研究会」に触れたもので、日本では「中国問題」に対する関心が日増しに高まり、研究会が作られている。その「最高権威」が「日本左翼社会科学団体『プロレタリア科学研究所』の『中国問題研究会』」で、プロ科の機関誌

『プロレタリア科学』は今年二月から「中国革命欄」を設けた」。また、重要な著作『支那問題講話』、『支那大革命』を刊行した。藤枝丈夫は、その研究会の責任者の一人で、彼は中国問題に「前々から大きな関心を抱き、かつ中国古文、現代文にも精通し、日本の左翼社会科学陣営にあって、『中国問題』の権威である」。藤枝丈夫は近く郭沫若の名著『中国古代社会研究』を翻訳、出版する予定で、引用されている各種中国古典籍を収集し、詳細な検討を加えている、と伝えている。

すでに述べたように、任鈞、葉以群は、二九年から藤枝丈夫と往来があり、しかも葉以群は「日本の進歩的な同学の紹介で、〝日本プロレタリア科学研究会〟と〝中国問題座談会〟」に参加していた。ここでの藤枝丈夫の近況などは、藤枝と関係がなければおよそ書けないものであろう。

また、七月二七日発行の第二〇号には無署名の東京通訊「蘇聯朋友会」が見える。これは小さな囲み記事で、「ソビエト友の会」について、「日本のソ連研究者秋田雨雀、石原侹、昇曙夢等の人々が、最近ソビエト友の会を組織し、当局の了解を得て、六月二九日本郷の果物屋の二階で発会式を行った」とある。

「六月二九日」とあるのは、『雨雀自伝』(新評論社　昭和二八年九月)に、「六月六日」に一度「ソビエト友の会」の発会式を行ったものの無届け集会ということで禁止、検束にあった。だが、これが逆に人々の注意を喚起し、「二七日」の発会式には八〇人近い人々が集まった、ということから見て「六月二七日」の誤りであろう。

「ソビエト友の会」のことが中国国内に報じられたのはおそらくこれが始めてだと思う。任鈞、華蒂等は、その後、秋田雨雀を訪ねた時、「ソビエト友の会」について秋田雨雀に質問し、その活動の有り様を聞いている。(9) とすれば、この無署名の東京通訊もまた任鈞、華蒂等が関係していた可能性が高い。

第六章　「九・一八事変」前後の「東京左連」

第一節　謝冰瑩の来日

九・一八事変後の東京左連を見ていく上で、欠くことの出来ない人が謝冰瑩である。のちに見るように、彼女がこの時期の東京左連で果たした役割は大きい。しかしながら、謝冰瑩の三一年の来日に関する資料はきわめて少ない。彼女は八四年に台湾で、彼女の日本留学時代に触れた文章をまとめた回想録『我在日本』（東大図書有限公司　八四年九月）を出版した。この回想録の出版はそこにそれまで謝冰瑩研究を進めてきた閻純徳の求めに応ずるという面もあったはずだが、しかしすでにその時七九歳という高齢で、しかも目を患っていた彼女はこの時十分な加筆が出来なかった。謝冰瑩と東京左連、つまり謝冰瑩の「三一年の来日」について触れた中国側の仕事としては閻純徳「謝冰瑩及其創作」（閻純徳『作家的足跡』知識出版社　八三年六月）、花建「謝冰瑩」（『三十年代在上海的〝左連〟作家・下』上海社会科学院出版社　八八年四月）などがある。だが、花建の「謝冰瑩」にしても三一年の来日触れているのはわずか一頁程度でしかない。また、『新文学史料』一九九五年第三期には孟華玲「謝冰瑩訪問記」などが掲載されているがそこでも三一年の来日についての新たな発見はない。このように謝冰瑩の三一年の来日についてはわからない部分が多い。ここではそうした数少ない資料、論文等をまとめ、そこに新たに発掘した資料を重ね合わせるかたちで、この時の謝冰瑩の来日から見ていくことにする。

謝冰瑩は一九〇六年の生まれで、湖南省新化の人である。「北伐軍」に参加し、その体験を基にした『従軍日記』によってその名が知られるようになった。

謝冰瑩は三一年九月、中編小説「青年王国材」と書信集「青年書信」で得た六五〇元の原稿料を元手に来日した(1)。

謝冰瑩は日本に留学した事情について、三二年六月に上海で書いた散文集『麓山集』の「序」、「関于《麓山集》的話」の中で、「もともと私は南方へいくつもりだったのだが、のちに種々の事実、問題のために、やむなく日本に行くことにした」と書いている(2)。だが、彼女はまた『女兵自伝』の一節「黒宮之夏」の中で、六五〇元は大金で、こんな大金をはじめて手にしたものだから気も狂わんばかりに興奮し、夜、お金を泥棒に盗まれないようにと幾重にも紙に包んで、枕の下に入れて寝たがよく眠れず、「数日のうちに、私はこのお金の使い道を決めた――東京へ留学し勉強するという夢を叶えよう」とも書いている(3)。

謝冰瑩はこの時日本に知人や「つて」がまったくない状態で留学した。彼女は当座の宿泊先も決まっていない状態で来日した。加えて、彼女の日本語力も、「おはよう」、「こんにちわ」、「こんばんわ」という、挨拶程度の日本語しか話せない有り様だった(4)。

このように、謝冰瑩のこの時の日本留学は思い切ったものだった。それだけに、そこには「関于《麓山集》的話」にあるような何らかの事情がある気がしないでもない。しかしながら、たとえそうだとしても、この時の日本留学が彼女にとって彼女の希望に添い、彼女の意志に基づくものだったことは確かである。

謝冰瑩は日本に向かう船上での「思い」を『女兵自伝』の一節「驚人的新聞」でこう書いている。

あの広々とした紺碧の海を、果てしない白波を眺めながら、その海と同じような紺碧の空、青空の中にある雪のように白い雲を眺めながら、私は微笑んだ。私の心はあのカモメのように一気に天空に舞い上がると、また海底に沈んだ。祖国を離れ、多くの愛する友人たちと離れ、別離の悲哀を感じてはいたけれども、未来の光り輝く前途を思う時、私はしばし郷愁を捨て、無限の興奮を感じていた。

先にも書いたように、謝冰瑩はこの時の留学に際し、日本に何の「つて」もなかった。そんな彼女にとってじつに好運だったのは、船上で偶然日本留学生の秦元邦と出会ったことである。秦元邦は初めて日本に留学する謝冰瑩のことを気遣い、彼女に日本のいろいろな習慣、友人の選び方などについて話し、まだ住む場所も決まっていない彼女のために「中野の女子寄宿舎」を紹介し、そこへの案内役まで買って出てくれた(5)。

謝冰瑩は、先の「驚人的新聞」の中で、秦元邦について、「広東の人」、「早稲田大学で文学を専攻していた」と書いている。いまこれを昭和一五年一〇月の時点で日本の各学校に在学し、またそれまでに各学校を卒業した中国人留学生についてまとめた興亜院発行『日本留学中華民国人名調』と照らし合わせてみると、秦元邦は広東省の出身で、南京金陵大学の卒業、謝冰瑩と出会った時は早稲田大学政治経済学部の一年生で、二八歳であることが確認できる。

「九・一八事変」は謝冰瑩が日本に向うその途上で起きた。謝冰瑩は、長崎に着くと号外で「九・一八事変」勃発のニュースを知った。謝冰瑩は「皇軍沈陽占領！支那軍惨敗！張学良逃亡！」という号外を手にし、直ちに帰国しようかと考えた。たが、秦元邦からせっかく日本にきたのだから二、三年は日本にいて学業を積んでから帰国してはどうか、これだけたくさんの日本留学生がいるのだから、その時になればきっと全体が帰国するだろう、慌てることはないと諭され、秦元邦と一緒に東京へと向った(6)。

第二節　「九・一八事変」の勃発と中国人日本留学生の対応

東京に「九・一八事変」勃発のニュースが流れたのは事件発生から一日たった一九日午前一〇時頃のことだった。左連の機関誌『文学月報』第一巻第三期は九・一八事変勃発一周年を紀念して特集「九・一八週年紀念」を組んでいる。そこには田漢をはじめ一〇人近い人々が文章を寄せていて、その中の一編、東京左連の葉以群が書いた「一個印象」には、その時の様子が次のように記されている。

九月一九日の午前、東京は市電やバスが大勢の人を運び、店を開けたばかりのカフェーからは蓄音機の奏でる甘い歌声が流れるなど、いつも通りの喧噪、人の流れだったが、一〇時頃になって突然けたたましい鈴の音が鳴り響き、あちらこちらから「号外」、「号外」と叫ぶ声がし始め、人々の足を止めた。ある者は緊張の色を浮かべながら低い声で、しかし力を込めて「号外」の見出しを読んでいた。そして、「我軍すでに北大営を占領」、「主力は奉天市に向けて前進」などの見出しを目にすると、緊張した顔に幾分痛快の色が浮かんだ。まるで、目にするも嫌な下等の「支那人」が、勇猛果敢な「大日本帝国」の軍隊にことごとく殺されてしまったかのように。

「九・一八事変」の勃発は中国人日本留学生に大きな衝撃を与えた。

彼らは「九・一八事変」の勃発を知ると、直ちに抗議の帰国運動を展開した。財団法人日華学会学報部編の『第五版留日中華学生名簿』によれば、昭和六年現在、官立、私立を含め大学予科及び専門学校に在籍していた留学生総数は三〇九六名だったが、事変勃発の翌昭和七年の統計では半分以下の一四二一名にまで激減している[1]。この数字一つだけを取って見ても、その衝撃の深さのほどが窺えるであろう。

また、実藤恵秀の『中国人日本留学生史』（前出）の「第二章　日本留学のうつりかわり」「二一　抗日戦前の留日学生」には、「この時、東北四省から来た中国人留学生が受けた打撃はとくにひどかった。事変後いち早く天津方面に引き上げたもの百余名、牛込区弁天町にあった駐日同沢倶楽部は無人となり、三〇〇名近かった陸軍士官学校の留学生をはじめ、そのほかの中国留学生も九月一九日からすべて登校しなくなった」とある。

「九・一八事変」の勃発が中国人日本留学生の留学生に与えた衝撃はそれほどまでに激しかった。

同じ頃、神戸から秦元邦と列車で東京に着いた謝冰瑩は、その時の心境を『女兵自伝』の一節「多情的米子」の中でこう記している。おそらくこうした思いは、一人謝冰瑩だけではなく当時の中国人留学生の多くが抱いた思いでもあっただろう。そこにはこう記されている。

東京駅へ着いたのはちょうど明け方だった。私は、プラットホームに荷物が積み上げられているのを、押し合い圧し合いしながら列車に乗り降りする人々をながめながら、耳をつんざく下駄の音、言葉の最後をとても長く引き延ばしすこし鋭い調子のする日本語、そしてすべて見知らぬその顔に、突然寒気を覚えた。加えて私は、長崎、神戸の二ヶ所で東北占領に関するたくさんのニュースを知って以来、ますます、すべての日本人がみな陰険で恐ろしいと感じていた。彼らは表面上は非常にやさしく穏やかでも、心の中には他人を侵略し殺戮する鋭利な刀を隠しているのである。私にはもう上海を離れた時のような喜びと希望はなくなっていた。

謝冰瑩はこの後、秦元邦と一緒にタクシーで「中野の女子寄宿舎」に向った。秦元邦が紹介してくれた「中野の女子寄宿舎」とは、当時中国人日本留学生の日本側受け入れ機関であった日華学会が経営していた「中野女子寄宿舎」のことである。この寄宿舎は小石川区白山御殿町一一五にあった白山女子寄宿舎に続いて設けられた女子寄宿舎で、現在の中央線東中野駅南口からほど近い「中野区高根一四」にあった。定員は五〇名、舎監や賄いなどはいずれも日本人で、当時の舎監は服部升子、賄いの一人に山辺米子がいた。[2] 謝冰瑩の「不脱衣的沐浴」などに出てくる「服部舎監」が服部升子、「多情的米子」の「米子」が山辺米子である。[3] 謝冰瑩はここに一一月末に帰国するまで約二ヶ月間住んだ。

寄宿舎に着いた謝冰瑩は、そこで秦元邦から彼と同じ広東省出身の女子留学生郭剣児、梁左四を紹介された。謝冰瑩はこの他に女子寄宿舎で傅文竹、王文田とも親しかったという。[4]

郭剣児は、興亜院発行『日本留学中華民国人名調』（前出）によると、「明治四二年生」、一九〇九年生まれで、広東省南海県の人。広東省女子師範学校を卒業後、日本に留学、「日本女子大学校」（現在の日本女子大学）「本科文学科英文学部」に入学し、昭和一〇年、一九三五年に卒業している。これを日華学会学報部編『第六版留日中華学生名簿』（昭和七年九月一日発行）と照らし合わせてみると、そこには郭剣児について「昭和七年六月現在」で「日本女子大学校」の「高等学部文科第三年」、「二四歳」、「省費」とある。ということは、郭剣児が謝冰瑩と出会ったのは日本女子大学校高等学部本科文学科英文学部二年の時で、その時、謝冰瑩もまた二四歳。郭剣児のことは「剣」という名で謝冰瑩の文章にも出てくる。

梁左四については、お茶の水大学女性文化資料館員加藤直子の「調査研究　東京女子高等師範学校の中国人留学生」に詳しい。加藤はこの「調査研究」をまとめるに当たって中国に赴き、梁左四その人から聞き書きまで取っている。[5] それによれば、梁左四は、本名が梁景蓮、一九一一年九月広西省北流県の生まれで、二六年四月に来日している。彼女は日本語を学ぶために東亜高等予備学校に半年在学した後、昭和女子学院高等女学校に半年、奈良の女高師特別予科に一年学んで、その後二八年四月東京女高師の文科に入学、三二年三月に同校を卒業している。彼女のことは、先の興亜院発行『日本留学中華民国人名調』（前出）の「東京女子高等師範学校」の記述によっても同様のことが確認できる。

傅文竹は、三一年一〇月頃女子寄宿舎に来て、謝冰瑩の向いの部屋に住み、謝冰瑩と一緒に「青年会」に通い、日本語を学んでいる[6]。王文田は東北の出身で、謝冰瑩より一ヶ月ほど前に来日し、九・一八事変勃発のニュースを聞いて、家族の安否を気遣い、悲嘆にくれていたという[7]。

謝冰瑩は、寄宿舎に入った翌日から秦元邦の紹介で「神田の青年会」で日本語を習い始めた[8]。「神田の青年会」とはいうまでもなく当時神田区北神保町一〇にあった中華留日基督教青年会館のことである。ここは常に中国人日本留学生の拠り所であり、活動の「拠点」であった。それはこの九・一八事変反対運動の時も同じだった。

実藤恵秀『中国人日本留学生史』（前出）には、事変勃発後の「青年会」を拠点とした反対運動の様子が次のように記されている。

九月二三日、大岡山（大震災以後、留学生の密集区となっていた）の東京工大の留学生一同が、まず一致帰国をもうしあわせ、ついで高等師範や、池袋の鉄道教習所に波及した。これら帰国留学生の、一致帰国して抗日運動に活躍せん、という趣旨の飛檄により、二六日には神田青年会に都下一七校の代表学生参集して、一致行動をとることに決し、二九日には大阪・京都・仙台・名古屋・長崎の留学生も参加して中華留日学生会を組織し、帰国旅費を請求するため、代表者一三〇名が麻布の駐日公使館におしかけ、その後もいくたびか強要をつずけた。中国政府教育部からは、「此のさい、学生たる身分を顧み、自重して安心修業せよ」と諭示したが、連日青年会にあつまって協議会や演説会をひらいた。一〇月八日になって留学生監督処から、帰国留学生の一部に乗船券を発行することになり、一〇日に一九名の学生が帰国したのをはじめとして、一二日、一五日と順次帰国し、旅費自弁で帰国する者も続出し、一〇月すえには学生会幹部も、ほとんど帰国し、その機関日報も廃刊するにいたった。「青年会」に通い始めた謝冰瑩は、当然のことながらこうした中国人日本留学生の動きを目の当たりにしたはずである。

同じ頃、東京で葉以群と一緒の下宿にいた尹庚は、事変勃発後の留学生の動きについて「葉以群同志与〝左連〟東京支部」（『奔馬』八〇年第一期　八〇年八月　内蒙古人民出版社）の中で次のように語っている。

〝九・一八〟事変のニュースが東京に伝わると、留学生たちは驚き、大規模な愛国運動を展開した。多くの留学生がつぎつぎに帰国し、日本帝国主義の罪行に抗議した。さらに、共産党員の関与、支持の下に、留学生の学生会を改組し、親日分子と国民党反動派の投降政策支持者たちを一掃した。その時、私は学生会の執行委員に選出された。

ここに見える「学生会」が、先の実藤恵秀の中に見える「中華留日学生会」と同じかどうか特定できない。また、尹庚のいう「学生会の改組」についても、その裏付けは取れていない。しかしながら、これまで見てきたような九・一八事変勃発に対する急激な反対運動の高まりの中で、留学生の「学生会」的な組織が一気に先鋭化していったであろうことは容易に想像されよう。

ところで、任鈞は先の回想「関于〝左連〟的一些情况」（『左連回憶録・上』中国社会科学出版社　一九八二年五月）の中で九・一八事変勃発前後の東京左連について次のように書いている。

我々がその時東京で作った〝左連〟分盟は、工作、活動期間が長くなくて、一年ぐらいだけだった。〝九・一八〟事変前後、葉以群、謝冰瑩等の人々が相前後して帰国し、分盟はいつの間にか活動を停止してしまった。

この任鈞の記述にしたがえば、東京左連は九・一八事変の勃発によって、あたかもその活動を停止してしまったかのように見える。だが、実際はその逆で、東京左連は、次に見るように九・一八事変の勃発と同時にいち早く意識的、目的的な行動を起こしていたのである。

第七章　「九・一八事変」勃発後の「東京左連」の活動

第一節　『文芸新聞』「東京通訊」

『文芸新聞』は、九・一八事変が勃発すると、九月二八日発行の『文芸新聞』第二九号から事変を批判する大々的な特集を組んだ。

『文芸新聞』第二九号は、まず第一面に「代表言論」「起来！中国的大衆！」を掲載、民衆の自覚と抗日への決起を訴え、第二面にはタブロイド版の紙面全段ぶち抜きのかたちで大見出し「日本占領東三省屠殺中国民衆！！！」を掲げ、中見出しに「文化界的観察与意見」と銘打って、周予同、陳望道、鄭伯奇、魯迅、夏丏尊、胡愈之、郁達夫、葉紹鈞、王独清等九名の事変に対する見解を掲載した。

『文芸新聞』はさらに、続く一〇月五日発行の第三〇号から、この全段ぶち抜きの大見出し「日本占領東三省屠殺中国民衆！！！」を第二面からそのまま第一面に移し、この特集を一〇月一二日発行の第三一号まで続けている。

『文芸新聞』のこうした対応は、「週刊」という特性をも生かした九・一八事変に対する中国側の俊敏な対応の一つと言っていいだろう。

さて、「九・一八事変」勃発後、この『文芸新聞』に「東京通訊」がはじめて掲載されたのは、一〇月一九日発行の『文芸新聞』第三二号が最初である。『文芸新聞』第三二号の第三面には、無署名の「東京快訊」、「反帝戦国際化的展開／為満州事変／日本左翼芸術界総動員」が掲載されている。その内容は、事変勃発後、ナップが緊急通告を発し、全国的規模で反帝、反侵略の闘争を展開するようナップ各部門に呼びかけたこと、これを受けてプロット所属の各演劇団体が一〇月二日築地小劇場において満州事変の戯曲化を図るべく会合を持ち、そこで左翼劇場の藤枝丈夫、新築地劇場の丸山定夫等二〇余名が逮捕され、いまなお釈放されていないこと、さらには、日本プロレタリア文化連盟が近日中に組織され、成立大会の席上、侵略反対の決議を行う予定であることなどを伝えたものである。

これだけを見れば、この「東京快訊」はそれまでの『文芸新聞』「東京通訊」と何ら変わりがないように見えるかもしれない。だが、彼らの「東京通訊」はここで大きな「変化」を遂げているのである。それはこの無署名の「東京快訊」と並んで掲載されているもう一つの「東京通訊」を見れば明らかであろう。

この「東京通訊」の発信人は華蒂である。見出しは「日本新興文化之動」。この東京通訊の内容は以下に続く見出しを見ただけで明らかであろう。そこには、中見出し「文化連盟之結成」、小見出し「文化団体之連合」「画期的躍進」、中見出し「劇場同盟全会」、小見出し「『演劇新聞』創刊、一〇月一一日開全員大会」、中見出し「国際労働者劇場」、小見出し「『東洋書記局』即将成立」とある。

つまり、この「東京通訊」は、先の無署名の「東京快訊」に見える「日本プロレタリア文化連盟」の結成、それに向けた日本の各文化団体の動きを具体的に伝えたもので、先の東京快訊「反帝戦国際化的展開／為満州事変／日本左翼芸術界総動員」の「詳報」と言っていい内容であり、この二つの東京通訊はセットなのである。

さらに注目すべきは、華蒂名の「東京通訊」の「東京通訊・華蒂発」とあるその下に、囲みで次のような『文芸新聞』編者の「按語」が付されていることである。そこにはこう記されている。

本報東京駐在記者が送ってきた以下の東京通訊は、まさしく日本の新興勢力の最近の情勢を説明しており、抗日の潮の中でこれは真に我々の反帝の認識を援助してくれる資料である。

これまで、『文芸新聞』「東京通訊」にこうした編者「按語」が付されたことはなかった。『文芸新聞』「東京通訊」に編者「按語」が付されたのはこれがはじめてである。

彼らの「東京通訊」にこうした『文芸新聞』編者の「按語」が付され、そこで彼らの「東京通訊」が「反帝」の認識を促す「資料」とされたことは、これ以降、彼らの「東京通訊」が単なる「東京通訊」というだけではなく「日本の新興勢力の最近の情勢」を伝え、「反帝の認識」を促す「資料」として公然と位置付けられたことを意味する。ここにこれまでの「東京通訊」と『文芸新聞』第三二号以降の「東京通訊」との大きな違いがある。

そしてそれは、任鈞、華蒂等の望むところでもあっただろう。というのは、すでに見てきたように、これまで彼らが『文芸新聞』に「東京通訊」を送っていた真の狙いもまたここにあったからである。彼らは、すでに見たように彼らの「東京通訊」によって中国国内の反帝運動、無産階級革命文学運動が促進することを願っていた。それがいま「公然」と認められたのである。彼らの「東京通訊」はこれ以降、それが署名、無署名であるかを問わず、すべての「東京通訊」が「抗日」、「反帝」の認識を促進させる「真実の資料」として位置付けられることになるのである。これが九・一八事変勃発を境とした『文芸新聞』「東京通訊」の最も大きな変化である。

第二節　「作家訪問記」――「村山知義訪問記」

任鈞は回想「関于〝左連〟的一些情况」（『左連回憶録・上』中国社会科学出版社　八二年五月）の中で、その時東京左連が行った活動について次のように書いていた。

〝日本プロレタリア作家同盟〟のいくつかの会議に出席したばかりでなく、秋田雨雀、小林多喜二、徳永直、村山知義、森山啓、中野重治、窪川稲子等の作家をそれぞれ訪問した。私と華蒂はこれらの作家を訪問した後、めいめいが〝訪問記〟を書いて、その頃上海で出版されていた新聞に発表したことがある。

任鈞の言う「作家訪問記」がはじめて『文芸新聞』に掲載されたのは、先の華蒂名の「東京通訊」が載った『文芸新聞』第三二号から約二週間ほど後の、一一月九日発行『文芸新聞』第三五号においてである。その見出しは「日本文芸家訪問／多以中国事件為戯劇題材的村山知義」、発信は「本報東京通訊処」となっている。

この「村山知義訪問記」には、まずはじめに「森堡・華蒂」名の「前書き」があって、その後に「村山知義訪問記」が続くかたちになっている。注目すべきはその執筆年月日である。「村山知義訪問記」の本文末には「一九三一，九，二八于東京」とある。これが示すように、彼らは事変勃発からまだ一〇日と経っていない時点で、村山知義の家を訪ね、彼らのいう「作家訪問記」をまとめて、その行動を起こしていたのである。

さらに注目すべきは、そこに「森堡」の名が見えることである。彼らはここで『文芸新聞』「本報東京通訊処」に華蒂の外にもう一人、森堡がいることをはじめて明らかにした。『文芸新聞』「東京通訊」にはこれまで華蒂、森堡二人の名が連名で記されることはなかった。彼らが連名で登場するのは、九・一八事変後のこの「作家訪問記」、「村山知義訪問記」がはじめてである。

では、彼らはなぜこの時日本の「作家訪問記」を中国国内に送ろうとしたのか。その目的とは何だったのであろうか。

彼らはそれについて「前書き」の中で、「中日文化は、もともと密接な関係があり」云々と言う。だが、それはあくまで儀礼的なものでしかない。彼らがこの時「作家訪問記」をまとめた真の理由、目的は、この「村山知義訪問記」

本文冒頭の次の部分にあるだろう。そこにはこう記されている。

仲秋後のある晩、澄み切ってはいるが憂鬱な月影の中、私たちは一度彼を訪ねたことがあった。しかし、彼は不在だった。いま日本帝国主義の軍隊がまさに満州を略奪して自己の暴力下に置き、この間中国留日同胞たちがまさに連日「号外」の鈴の音を聞いては戦慄、恐怖、憂憤、興奮を覚え、そしていつも日本人の暴行、襲撃を恐れて、部屋に閉じこもり外に出ないで、皆が皆帰国する旅費のないことに頭を痛めているこの時に、我々はなんと「中国人」の資格で、「日本人」を訪ねて、夜中に市郊外の日本人の家を訪れているのだから、ある人は、我々を不思議に思い、ある人は我々のことを心配してくれるかも知れない。しかし、諸君、もし我々が日本人全部を敵と見なすような「愛国の志士」、「民族英雄」ではないことに気づかれ、そして訪問を受ける日本人その人もまた我々と同じように日本帝国主義の獣行に反対し、中国被圧迫大衆に同情する新興文学の作家であることが明らかになった時、もはや、皆さんは二度と「神経過敏」になられることはないだろう。

このように、彼らはこの時「作家訪問記」というかたちで九・一八事変に反対し、「中国被圧迫大衆に同情する」、「日本新興文学作家」の声を、じかに中国国内の人々に伝えようとしていたのである。それが彼らの「作家訪問記」の狙いだった。

彼らの狙いがそこにあったことは、「作家訪問記」の書き方を見れば一目瞭然であろう。彼らの「作家訪問記」は一様に、そのインタビューの最後で、九・一八事変に対する「作家」の考えを尋ね、「作家」がそれに答えるという形式になっているのである

たとえば、彼らが村山知義に続いて行った「作家訪問記」、「窪川綺妮子訪問記」には次のようにそれが記されている。

最後に、我々はまた今回の日本帝国主義の満州侵略に対する意見を彼女に尋ねた。彼女の答えはこうだった。――今回のことは完全に日本のブルジョワジーの中国に対する侵略行為である。日本の被圧迫階級は当然反対を表明している。また彼女自身も当然絶対反対である。彼女の具体的な考えは、むろん無産階級の文化団体〝ナップ〟と同じである。――予定の会談の時間はすでに過ぎた。私たちは立ち上がり挨拶をした。その時、彼女は決意を込めて我々にこう言った――〝私は今後プロ婦人の文化運動に一層努力するつもりです[1]〟。

九・一八事変の勃発は、その時、多くの中国人留学生に「帰国」か「残留」かの選択を迫った。帰国した者は、「帰国」というその行為自体によって事変反対の態度を示した。だが、その時、任鈞、華蒂等、東京左連のメンバーは日本に残る道を選択した。それは彼らがこの時残ることによって彼らならではの反対運動を展開しようとしていたからである。彼らにとってその時「財産」とでも言うべきものは、彼らがそれまで培ってきた日本の「新興文学者」との関係だった。彼らはそれを生かすことによって、この時彼らならではの運動を展開したのである。それがこの「日本新興作家訪問記」なのである。こうした動きは、昨日今日の蓄積によって出来るものではない。この意味からも、またそれが事変勃発直後に彼らがいち早く起こした新たな活動だったという意味から言っても、この「作家訪問記」とは彼らならではの動きであり、そこにはそれまで培われてきた「日本新興作家」と彼らとの関係が遺憾なく発揮されていると言えるだろう。

彼らが「作家訪問記」の最初の相手として村山知義を選んだのは、村山知義が「二・七惨案」に取材した「暴力団記」をはじめ、三〇年上海のメーデーを描いた「勝利の記録」など、多くの中国に取材した作品を発表し、かつまた作家、演出家として演劇、評論、映画、舞台芸術、美術、建築など、幅広い分野で目覚ましい活躍を続けていたからである。

すでに見たように、任鈞たちは「東京通訊」などのかたちで村山知義たちの活躍を中国国内に伝えていた。任鈞、華蒂がそろって村山知義のところを訪ねるのは六月以来である。彼らはこの日の訪問をこう書き出している。

今朝九時頃、私たちはまた村山知義の家を訪ねた。二階に上がる。階段の上がり口には小さな本棚が置いてある。それは演劇人の書架そのものである。村山知義に会い、彼の書斎に通されるのはこれが二度目である。最初は今年の六月のことである。

だが、この「村山知義訪問記」を見てみると、肝心の「九・一八事変」についての村山知義のコメントが見当たらない。つまり、『文芸新聞』第三五号所載の「村山知義訪問記」は尻切れトンボになっているのである。

この「村山知義訪問記」の末には、「村山の写真は製版が間に合わなかったので次号に載せる」と記されている。本来なら、続く第三六号に村山知義の写真と何らかの記事が載るはずだった。だが、こうした「予告」にも拘らず、村山知義の写真は三六号に掲載されていない。それが掲載されたのは、それから約一ヶ月後の一二月七日発行『文芸新聞』第三九号においてである。なぜそうなったのか、その間の事情については何もわからない。

三一年一二月七日発行の『文芸新聞』第三九号第三面には「国外作家・五」として「村山知義伝」が掲載されている。執筆者は華蒂。執筆年月日は「一一月二一日」である。これが、先の「村山知義訪問記」の事実上の「続編」であることは、そこに件の村山知義の写真が掲載され、末尾にカッコして「本報三五『村山知義訪問記』参照」とあることからも明らかであろう。そしてこの「村山知義伝」の最後には、次のような村山知義の「九・一八事変」に対する見解が記されているのである。

満州事変発生後、村山は記者にこう話したことがある。「今回の事件は完全に日本帝国主義の計画的行動であり、その主たる目的はつまり満州を『完全』植民地化し、そしてソ連に堂々の進攻を行うことにある。しかも、日本帝国主義のこの種の行動は絶対に満州だけに止まらず、それはやがて中国の各地に拡大していくであろう。日本帝国主義のこの種の侵略行動を徹底的に消滅するには、ただ一つ中日被圧迫大衆が団結して、帝国主義及びその走狗を根本的に打倒するしかない」、と。

任鈞、華蒂等は、この後もこうした「日本新興作家訪問記」を続けて『文芸新聞』に発表していくつもりだった。それは、先の「村山知義訪問記」の「前書き」に次のように見えることからも明らかであろう。「前書き」にはこう記されている。

我々は今後、もし何かよほど不測の事態でもおきないかぎり、「日本新興作家訪問記」という表題の下に、この手の作家訪問記を続けて発表していくつもりである。

そしてまた、任鈞は先に見たように、「関于〝左連〟的一些情況」（前出）の中で、彼らが「秋田雨雀、小林多喜二、徳永直、中野重治、窪川稲子等を訪ねた」と証言していた。

だが、『文芸新聞』にこの後、彼らの「日本新興作家訪問記」が掲載されることはなかった。『文芸新聞』に掲載された「作家訪問記」は、先の「村山知義訪問記」と、それに続く、「国外作家・五」「村山知義伝」だけである。

これについて、任鈞は「関于〝左連〟的一些情況」（前出）の中で次のように語っている。

たとえば、一九三一年一一月九日発行の『文芸新聞』第三五号には私たちが書いた村山知義訪問の記録が掲載されていて、その〝前書き〟の中では次のように、〝我々は今後、何かよほど不測の事態でもおきないかぎり、《日本新興作家訪問記》という表題の下に、この手の作家訪問記を続けて発表していくつもりである。……〟と書いている。しかし、その後様々な理由によって、これらの訪問記は『文芸新聞』に続けて掲載できなくなり、他の刊行物にその一部を発表した。だが、どの雑誌だったたか、いまもう覚えていない。

では、任鈞が「いまもう覚えていない」というその「雑誌」とはいったい何だったのであろうか。じつは、それが次に述べる『読書月刊』の副刊『婦女世界』と『読書月刊』なのである。

第三節 「作家訪問記」の行方——『読書月刊』、『婦女世界』

花建は「謝冰瑩」の中で謝冰瑩と『婦女世界』についてこう書いている。

一九三一年一一月、謝冰瑩は東京で『婦女世界』雑誌を編集し、発刊の辞の中で、その第一の使命は新時代の女性たちの生活を読者に紹介すること、第二は正しい女性運動の理論を紹介し、苦悶する青年女性に出路を示すことだと記している。しかし、この雑誌は長く続かなかった(1)。

私はこれで謝冰瑩が日本留学時代に『婦女世界』という雑誌を編集していたことを知った。だが、この雑誌『婦女世界』はアジア経済研究所が出した『中国文雑誌・新聞総合目録』(2)にも入っていないために、日本では見られないものと諦めていた。そんなある日、何気なく中国現代文学史資料匯編『中国現代文学期刊目録匯編・上』(3)を見ていると、一九三〇年一一月三日、上海光華書局から出された『読書月刊』に「婦女世界」という欄があり、そこに「美蒂」名の「郭沫若印象記(上)」(『読書月刊』第三巻第一・二期合刊)、「森堡」の「日本新興文学戦野里的女闘士們」(第三巻第四期)などが掲載されていることに気づいた。『読書月刊』に「婦女世界」が設けられるのは三二年五月三〇日発行の『読書月刊』第三巻第一・二期合刊「各科研究専号」からである。またこの『読書月刊』の第三巻以降には「森堡・華蒂」の「秋田雨雀訪問記」(第三巻第三期)、「華蒂」の「藤枝丈夫訪問記」(第三巻第五期)なども掲載されている。慌てて先の『中国文雑誌・新聞総合目録』を見てみると、残念ながら日本国内にあるのは第二巻までで、肝心の第三巻以降がない。そこでやむなく、当時読売新聞社上海支局にいた中津幸久氏に、上海市図書館蔵の『読書月刊』の複写をお願いしたところ、快く引き受けて下さった。

私は数ヶ月後に届いた『読書月刊』のコピーを見て驚いた。私が『中国現代文学期刊目録匯編・上』の記載から「婦女世界」欄とばかり思っていた『婦女世界』とは、表紙付きで『婦女世界』第一期、第二期と銘打たれ、「目次」まで付いているれっきとした一つの雑誌、『読書月刊』の副刊だったのである。これが花建のいう「『婦女世界』雑誌」であることはいうまでもないだろう。

『婦女世界』はたしかに短命だった。『婦女世界』は『読書月刊』第三巻第一・二期合刊（三二年五月三〇日）の第一期、三二年七月一日発行『読書月刊』第三巻第四期の『婦女世界』第二期だけで終わっている。

おそらくここには「親雑誌」である『読書月刊』のことが関係しているであろう。というのは、当の『読書月刊』も、三二年五月三〇日に第三巻第一・二期合刊（『婦女世界』第一期）、六月一〇日に同第三期、七月一日に同四期（『婦女世界』第二期）、一一月二〇日に第五期を出した後、三三年一〇月二〇日発行の第三巻第六期で停刊になっているからである。

さていま、『読書月刊』及び『婦女世界』所載の謝冰瑩、任鈞、華蒂の文章をまとめてみると次のようになる。

『読書月刊』第三巻第一・二期合刊・『婦女世界』第一期（三二年五月三〇日発行）

冰瑩「婦女世界的発端」

森堡訳、神近市子「解放了的俄国婦人」

森堡「窪川綺妮子訪問記」

華蒂訳、窪川綺妮子「祈禱」（以上、『婦女世界』）
美蒂「郭沫若印象記（上）」
華蒂「日本新興文化之画期的発展」（以上、『読書月刊』）
森堡・華蒂「日本新興劇団女演員訪問記」
森堡・華蒂「秋田雨雀訪問記」
『読書月刊』第三巻第三期（三二年六月一〇日発行）
森堡「日本新興文学戦野里的女闘士們」
『読書月刊』第三巻第四期・『婦女世界』第二期（三二年七月一日発行）
華蒂訳、窪川綺妮子「祈禱」（以上、『婦女世界』）
美蒂「郭沫若印象記（下）」（『読書月刊』）
『読書月刊』第三巻第五期（三二年一二月二〇日発行）
華蒂「藤枝丈夫訪問記」

そして、いまこれを執筆年月日が記載されているものだけを拾い、執筆年月日順に整理してみると次のようになる。

一九三一年一〇月一〇日於東京　華蒂「藤枝丈夫訪問記」
同　一一月四日於東京　森堡「窪川綺妮子訪問記」
同　一一月七日於東京　華蒂「日本新興文化之画期的発展」
同　一一月一二日於東京　冰瑩「婦女世界的発端」
同　一一月一五日於東京　美蒂「郭沫若印象記（上）」
一九三二年六月一一日於上海　美蒂「郭沫若印象記（下）」

このように、『読書月刊』及びその副刊『婦女世界』に掲載された謝冰瑩、任鈞、華蒂の文章は、美蒂「郭沫若印象記（下）」を除くと、すべて三一年一〇月から一一月の時点で書かれたものばかりであり、この作家訪問記が先の「村山知義訪問記」に続く一連のものであることはあらためて言うまでもないであろう。任鈞の「いまではもう覚えていない」という「雑誌」とは、『読書月刊』とその副刊『婦女世界』だったのである。

謝冰瑩の「婦女世界的発端」は、表題が示しているように『婦女世界』の「創刊詞」に当たる文章である。「婦女世界的発端」はこう書き出される。

この一九三一年という革命が新たな段階に到達した時代の中で、まだ婦女運動なんぞを談じているのか、落後しているのではないかと、お笑いになる人がいるかも知れない。だが、ここに収められている作品をお読みいただければ、私の説明を待つまでもなく、自ずとお分かりいただけるであろう。婦女世界という名は、いささか適切ではないかも知れないが、しかしある種の便利さから、そしてここで紹介されている大部分が新時代の婦女の作品及び世界各国の婦女運動の状況であることから、この名を使用したもので、そこには特別な意味はない。我々は決して女権運動を提唱する者ではない。我々は以下の必要性を感じたからこそ、かかる雑誌を誕生させたのである。

そして、謝冰瑩は、続いて三点にわたって『婦女世界』創刊の意義を説いている。

（一）一般的に、女性は「モダンガール」などと言われ、社会とは無縁な「ブルジョア」、「プチブル」と言われるが、それは違う。いまや、「男性と同じように新社会の創造に努力」し、工場、農村などで抑圧に堪えながら、自身の理想を遂げるべく闘っている。「だから、本刊の第一の使命は、新時代の婦女の生活、彼女たちが受けてきた痛苦、彼女たちの著作及び彼女たちが行ってきた工作を読者諸氏に紹介すると共に、世界各国の婦女運動のあらましを明らかにすることにある」。

（二）中国国内には日本に比して婦女のための刊行物が少ない。「このため本刊の第二の使命は、正しい婦女運動の理論を紹介し、苦悶する青年婦女に出路を指し示し、分けても貧しい婦女の生活記録に注意を払いたい」、「彼女たちの叫び、彼女たちの悲苦、彼女たちの生活は、つまり人類の悲苦、人類の叫び、人類の生活なのである！」。

（三）「婦女運動は当然のことながら単純な運動ではない」。「婦女が徹底した解放を得るためにはすべての旧社会の消滅、新社会の誕生が不可欠である」。このため、「本刊の第三の使命は婦女問題、社会問題を別個に捉えている青年たちを、共に革命の戦線に歩ませ、とりわけ婦女に一切の圧迫から抜け出し、人間的生活へ出会うようにさせ、新社会の工作に努力し、新社会の成功なくしては、永遠に幸せは得られず、永遠に封建社会とブルジョア社会の鉄鎖の下で、呻吟し、苦しみ、永久に奴隷のままで、解放は得られないことを指し示すことにある！」。

謝冰瑩はこの後『婦女世界』第一期所載の文章に触れ、「日本の女作家訪問記はこの一編に止まることなく、今後も引き続き掲載する。なぜなら彼女たちの談話の中からは、彼女たちの生活のあらましを知ることができるし、彼女たちの作品を読めば、彼女たちの思想の徹底ぶりと仕事への努力がよりはっきりするからである。だから窪川稲子〈原文「綺妮子」〉の代表作『祈禱』を彼女の訪問記と一緒に載せ、読者が読めば、彼女の思想、及びその芸術的手腕がどうであるか、すぐにわかるようにした」と書いている。

この謝冰瑩の「婦女世界的発端」はそこに「冰瑩于東京一九三一，十一，十二夜秋雨瀟瀟時」とあるように、「三一年一一月一二日」東京で書かれた。

ここで注目すべきは、この執筆年月日の日付と謝冰瑩がそこで『婦女世界』創刊号のあらましについて触れていることであろう。このことは「三一年一一月一二日」の時点で『婦女世界』創刊とその内容が煮詰まっていたこと、つまりはその時点ではすでに謝冰瑩、任鈞、華蒂等の間で『婦女世界』的雑誌を出すことが合意されていたことを意味する。

謝冰瑩は、その時、「ある文芸団体」が出来たので、その助言を求めるべく郭沫若に手紙を出した。郭沫若がそれを受けて謝冰瑩のいる中野の女子寄宿舎を訪ねたのは、のちに見るように「一一月六日」のことである。そしてその時には謝冰瑩と任鈞、華蒂は、互いに声を掛け合い、藤枝丈夫の家を訪ねるまでになっていた。

謝冰瑩のいう「ある文芸団体」の成立が『婦女世界』創刊と結びついていることはすでに述べた通りである。では、この「ある文芸団体」とはいつ頃結成されたと見るべきなのであろうか。それが「一一月六日」以前であることは間違いがない。謝冰瑩が「婦女世界的発端」の中で「日本の女作家訪問記はこの一編に止まることなく」と書いていた「この一編」とは『婦女世界』創刊号に掲載された森堡の「窪川綺妮子訪問記」のことである。森堡「窪川綺妮子訪問記」の掲載は『婦女世界』の創刊に際しすでに織り込み済みになっている。華蒂等が窪川稲子の家を訪ねたのは「一一月一日」のことである。このように見てくると、彼らの「ある文芸団体」が結成されたのは「三一年一〇月」、しかも「一〇月下旬」である公算が高い。「窪川綺妮子訪問記」その他は『婦女世界』の創刊を意識して行われたものであろう。

私がこの「ある文芸団体」の成立を東京左連の成立と見ていないことはすでに述べた通りである。『婦女世界』という雑誌は、ここで見たように、その時謝冰瑩が考えていた「婦女運動」を展開しようとした雑誌である。『婦女世界』が読者の対象としたのは基本的に女性である。そこに、「村山知義訪問記」に始まった作家訪問記の「日本の女作家訪問記」の部分、「窪川綺妮子訪問記」、「日本新興文学戦野里的女闘士們」、華蒂訳の窪川稲子「祈禱」、森堡訳・神近市子「解放了的俄国婦人」などが掲載された。東京左連の任鈞、華蒂等はそれまで自分たちの雑誌を持つことがなかった。こうした中にあって『婦女世界』とは彼らの雑誌、女性を対象とした東京左連の「準機関誌」的なものとも位置付けられるかも知れない。

だが、同時に『婦女世界』に掲載されている「訪問記」が女性のそれに限定されていること、それと同時に「親雑誌」である『読書月刊』にも男性、女性の「作家訪問記」が掲載されていることもまた見落としてはならないだろう。『読書月刊』そのものが東京左連と関わりがあったとは考えにくい。任鈞、華蒂等もそれ以前に『読書月刊』と特別な関係にはない。私が「ある文芸団体」の成立をあくまで『婦女世界』創刊へ向けた「文芸団体」と考えるもう一つの理由がここにある。

任鈞は、先にも引いたように、回想「関于〝左連〟的一些情況」（前出）の中で、「一九三一年一一月九日発行の『文芸新聞』第三五号には私たちが書いた村山知義訪問記の記録が掲載されていて、その〝前書き〟の中では次のように〝我々は今後、何かよほど不測の事態でもおきないかぎり、《日本新興作家訪問記》という表題の下に、この手の作家訪問記を続けて発表していくつもりである。……〟と書いている。しかし、その後様々な理由によって、これらの訪問記は『文芸新聞』に続けて掲載できなくなり、他の刊行物にその一部を発表した」と書いていた。そこでいわれる「様々な理由」とはよくわからないが、任鈞、華蒂等がこの時作家訪問記などの発表の場を『文芸新聞』から『読書月刊』、その副刊『婦女世界』に求めていったことは事実である。そしてそれを可能にし、彼らと『読書月刊』との間を繋いだのは謝冰瑩に他ならない。この意味において謝冰瑩の来日、東京左連への参加はじつに大きかったと言わなければならない。

『読書月刊』は三〇年一一月一日上海で創刊された。主編は顧鳳城、発行元は上海光華書局である。この『読書月刊』について中国現代文学史資料匯編『中国現代文学期刊目録匯編・上』は、「青年読者を対象にした総合雑誌で、書籍の紹介と学習方法の指導に重きをおいた。同時にかなり多くの紙幅を割き文学作品、作品評論、作家論、作家伝略、作家訪問など掲載し、また文壇動態、出版消息も掲載され、第二巻四・五期合刊は〝文学研究専号〟である。主要な執筆者に邱韵鐸、匡亜明、袁梅、郁達夫、趙景深、賀玉波、許傑、謝冰瑩、陳彝芬等がいる」と記している(4)。謝冰瑩はこの『読書月刊』に日本に留学する以前から、三一年三月一日発行の『読書月刊』第一巻第六期に小説「理知的勝利」を発表、その後も「我幼時的学校生活」(第二巻第三期　三一年六月一日)を寄稿するなどしている。また、謝冰瑩と主編の顧鳳城とはいつ頃からか恋愛関係にあったらしい。謝冰瑩は日本から帰国してまだ間もない三二年一月一〇日、顧鳳城と結婚している(5)。

第四節　美蒂「郭沫若印象記」

一九三二年五月三〇日発行の『読書月刊』第三巻第一・二期合刊に美蒂「郭沫若印象記(上)」が掲載されている。

「美蒂」とは謝冰瑩である。

だが、なぜか中国でも台湾でも「美蒂」が謝冰瑩であることは知られていない。「美蒂」が謝冰瑩の筆名であることは、中国現代文学史資料匯編（丙種）『中国現代文学作者筆名録』（湖南文芸出版社 一九八八年一二月）の謝冰瑩の項にも記されていない。また、郭沫若年譜として最も詳しい龔済民・方仁念編『郭沫若年譜』（天津人民出版社 八二年五月）においても、「一九三一年一一月六日」の項で「往東京看望友人美蒂」とし、美蒂「郭沫若印象記（上）」のことが紹介されているにもかかわらず、「美蒂」が謝冰瑩であることは明記されていない。そしてその末尾には「美蒂《郭沫若印象記》、見黄人影《文壇印象記》一九三二年上海楽華図書公司版」とあり、彼らが原文を目にしていないことは明らかである。

謝冰瑩は、中華人民共和国成立前に台湾に渡ったため文革が終了するまで中国での研究が許されなかった。文革後、その糸口を切り開いたのが閻純徳である。閻純徳は、中国の女流作家研究を推し進めるべく、当時アメリカにいた謝冰瑩と何度も手紙を交わし、そこで不明な部分が多い謝冰瑩の日本滞在中のことについて本格的な文章を認めてくれるよう求めた。八四年九月、台湾東大図書有限公司から出版された謝冰瑩の回想録『我在日本』はそれに応えたものである。だが、それが台湾で出版されたためであろうか、謝冰瑩はそこでも「郭沫若印象記」のことについては触れていない。謝冰瑩は、郭沫若とのことに触れるのを避けているかのような印象さえ受ける。このため「美蒂」名の謝冰瑩「郭沫若印象記」は、中国、台湾から出版されたいずれの謝冰瑩の文集にも収録されていない。

美蒂「郭沫若印象記（上）」は「三一年一一月一五日　東京」で書かれた。「同（下）」は三二年六月一一日上海で書かれている。この「郭沫若印象記」、とりわけ「郭沫若印象記（上）」は、それが東京で書かれたものだけに、謝冰瑩と任鈞、華蒂等東京左連との関係、さらには日本亡命時代の郭沫若のことなどを知る上で、きわめて重要な同時代的資料となっている。

美蒂の「郭沫若印象記（上）」はその名の通り、謝冰瑩が郭沫若に会った時の印象を記したものである。郭沫若は、一一月六日謝冰瑩のいる中野の女子寄宿舎を訪ねてきた。謝冰瑩はその日のことをこう書いている。

土曜日（一一月六日——小谷）がついに来た。午前中少し雨が降っていたけれども、私は傘を持つのが大嫌いなので、竹と一つの傘で授業に出るしかなかった。授業が終わった後、寄宿舎へ帰ろうと思っていた時、盧君が突然やってきて藤枝丈夫に会いに行こうと私を誘った。私は郭沫若が来るので藤枝の所へ行きたくなかったのだが、盧君がしつこく行こうというので、しかたなく、竹にもし郭沫若が来たら待っていてくれるように、またその居場所を私に伝えてくれるように頼み、会える手筈を整えた。私たちが麺を食べ、小半時以上も無駄に過ごしてる間に、藤枝は所用で出かけてしまった。盧君のところへ三〇分ほどいて急いで戻った。すると、郭沫若は、私が着いて間もなく訪ねてきた。

「盧君」とは任鈞、「竹」とは中野の女子寄宿舎で一緒だった傅文竹であろう。これが示すように三一年一一月六日の時点では、謝冰瑩と任鈞、華蒂等の関係は、任鈞が謝冰瑩に声を掛け、藤枝丈夫の家を訪ねたりするほどになっていた。

郭沫若は、北伐に参加し、武漢で「清党」が始まる直前に武漢を離れ、その後南昌蜂起に参加、南京政府から逮捕状が出されている中、香港経由で上海に戻り、二八年二月日本に亡命、三七年盧溝橋事変勃発後、単身日本を脱出するまで千葉県市川真間で亡命生活を送っていた。

郭沫若が日本亡命中、東京左連の活動を支持し、援助していたことはよく知られている。だが、郭沫若がいつ、どのようにして東京左連と関わりを持つようになったのかはこれまでわからなかった。

任鈞は、回想「関于〝左連〟的一些情況」の中で、来日後一度個人的に郭沫若を訪ねたことはあったが、東京左連の成立に際し、郭沫若と連絡を取ったり、指示を仰いだりしたことはなかったという。任鈞はこう書いている。

> 分盟（東京左連――小谷）が成立した時、我々は当時千葉県の田舎に住んでいた郭老に連絡し、指導を仰ぎたいと考えたことがある。しかし、我々は結局その団体があまりにも小さいものだから、彼を煩わすのはよくないと思った。より重要なことは、日本に来てまもなく私は直接彼を訪ねたことがあり、政治的亡命者として異郷に住んでいる郭老が、ずっと日本の警察の〝訪問〟を受け、自由がきかないことをよく知っていたから、余計な迷惑をかけるのを恐れたのである。だから、そうしなかった。しかしその後、彼と連絡を取った時、私は彼にそれを伝えた。彼は関心と支持を示し、我々にくれぐれも警戒を怠らぬようにと忠告してくれた[1]。

このように、任鈞たちは東京左連の成立に際し、郭沫若と連絡を取ることはしなかった。

亡命中の郭沫若を慮かり、郭沫若と連絡を取ることを憚っていたのは謝冰瑩も同じである。美蒂「郭沫若印象記（上）」の冒頭にはこう記されている。

> 沫若に会えるとは予想外の出来事だった。東京に来てから、二人の友人が彼の連絡先を教えてくれ、彼もたぶんあなたに会いたがっているだろうと話してくれたが、しかし、私は別方面から彼が不自由であるという情報を得ていたので、彼と会うのは無理だとわかっていた。だから手紙も書かなかったし、ましてや彼に会えるなどとは夢にも思わなかった。

ここに見える「二人の友人」とはおそらく任鈞、華蒂であろう。

このように、彼らは、いずれもが郭沫若の身を気遣い、郭沫若と会うのを躊躇っていた。だが、謝冰瑩は郭沫若と連絡を取った。謝冰瑩はその理由についてこう書いている。

しかし、東京である文芸団体が成立したために、彼の意見及び運動方針に対する指示を仰ごうと思い、手紙を書いて簡単な情況を報告した。

ここに見える「ある文芸団体」が任鈞、華蒂等も関係した『婦女世界』に関わるものであることはすでに述べた通りである。

謝冰瑩は、郭沫若に手紙を出した後のことについて次のように記している。

次の日彼からの返事を受け取った。私の問い合わせたいくつかの問題にじつに丁寧に答えてあったが、予想外だったのは末尾に、数日中に私に会うため東京に行くつもりだと書いてあったことである。私はまさか最近彼の環境が良くなったというわけでもあるまい、無理ではないかと思ったが、思い切って手紙を出してみると、彼から手紙で、電車を降りてから東中野に行き、私のところを訪ねるまでの地図を書いてほしい、土曜日に行くつもりだと言ってきた。だが、手紙にはまた、足を悪くしてしまい、動けないともある。私は矛盾してるなと思ったが、土曜日まではまだ二日あるから、それまでには好くなるのだろうと考えた。

この後に続くのが先に引いた「土曜日（一一月六日）がついに来た……」という件である。

これまでの流れから見て、この時の郭沫若「謝冰瑩訪問」が、郭沫若が東京左連と接触を持った最初と見ていいだろう。

謝冰瑩は、二六年の冬、国民革命に参加すべく、武漢の中央軍事政治学校に第六期生として入学、北伐軍に参加した。二七年四月武昌で開かれた大衆集会で郭沫若が演説するのを聞き、涙が流れるほど感動し、その後武漢の政治部に出入りするようになり、郭沫若と話をするようになった。(2)「郭沫若印象記（上）」には、謝冰瑩の「私たち何年会ってないかしら」という問いに、郭沫若が「五年だ」と答える場面が出てくる。

これが示すように、東京左連と郭沫若との出会いは、『女兵自伝』の作者で、すでに郭沫若と往来があった謝冰瑩だからこそはじめて可能だったと言えるだろう。

謝冰瑩と郭沫若は、寄宿舎の接客室で中国国内の様子や郭沫若の暮らしぶりなどについて四時間近く話した。謝冰瑩は、その時郭沫若が「国内の情況を何も知らず、〝茅盾が東京に来たのか〟と尋ねる始末だった」という[3]。また、謝冰瑩が「上海及び北平の文化運動の情況について話すと、彼は興奮しものも言えなくなってしまうほどであった」。郭沫若は、原稿料が届かないこと、出版社も見つからず、毎月の暮らしが苦しく先の見通しがまったく立たないことなど、「生活の窮状」を謝冰瑩に話している。謝冰瑩は、そうした郭沫若が帰ろうとするのを夕食の時間まで引き留め、寄宿舎の普段の食事の外に、炊事室に掛け合って「肉絲炒蛋」を作ってもらい郭沫若に振舞った。

郭沫若はその後、謝冰瑩に送られ篠突く雨の中を市川に帰って行った。

「印象記」の最後は次のように結ばれている。

雨音の中に彼の影が消えた。寝室に戻ると、剣と竹が「郭先生はどんなご様子だった？」と聞いてきた。「ひどく貧乏されて、生活もひどく不便なの」。「……」。

ここから浮かび上がってくるのは、中国国内の状況はおろか、茅盾が日本に来たことも知らずにいる、それほど周囲の情報から遮断され、かつ困窮した生活を送っている郭沫若の姿である。おそらくこれがその時日本で亡命生活を送っていた郭沫若の偽らざる姿だったのであろう。謝冰瑩の「郭沫若印象記（上）」とは、日本亡命中の郭沫若の状況を伝えると同時に、その郭沫若がおかれている窮状を中国国内の人々に伝えるという狙いもあったはずである。

第五節　「作家訪問記」——「藤枝丈夫訪問記」など

すでに見たように、任鈞、華蒂は、三一年一一月九日発行の『文芸新聞』第三五号の「日本文芸家訪問／多以中国事件為戯劇題材的村山知義」、三一年一二月七日発行の『文芸新聞』第三九号の「村山知義伝」に続いて、『婦女世界』第一期に「窪川綺妮子訪問記」、『読書月刊』第三巻第一・二期合刊に「日本新興文化之画期的発展」、『読書月刊』第三巻第三期に「秋田雨雀訪問記」、「日本新興劇団女演員訪問記」、『婦女世界』第二期に「日本新興文学戦野里的女闘士們」、『読書月刊』第三巻第五期に「藤枝丈夫訪問記」を発表していた。

「村山知義訪問記」、「村山知義伝」についてはすでに見た。ここではそれ以外の訪問記について執筆年月日のわかっている早い順から見ていくことにする。

最初は「藤枝丈夫訪問記」である。この訪問記は、先の「村山知義訪問記」から一二日後の一〇月一〇日に書かれた。筆者は華蒂である。だが、そこには「我々」とあり、訪れた者が複数だったこと、おそらくはそこには任鈞もいただろうことが窺える。

「藤枝丈夫訪問記」は、藤枝に中国、中国研究の関わりを尋ねるところから始まる。それは他の訪問記同様、まず彼らの質問に答えるかたちで藤枝自身の経歴、中国との関わりが語られ、最後に藤枝の九・一八事変に対する見解が示される。藤枝は、「この度日本が満州を力ずくで手に入れた事件について、どう思うか」との質問に対して、「言いたいことはたくさんある」、「〝プロ科学〟雑誌上に、すでに〝中国問題研究会〟の名義で一文を発表した。これからもたくさん続けて発表するつもりだ。つまるところ、これはまさに帝国主義の植民地略奪戦争なのである」と答えている。

彼らの訪問記のある特徴は、いずれもが「初対面」であるというかたちを取っていることである。そうした背景には、訪問記そのものが現在形でフレッシュな印象を読者に与えること、またそれによって相手との関係をぼかすことになり、互いの「防衛」としていることなどが考えられよう。たとえばこの「藤枝丈夫訪問記」では、次のような導入になっている。

藤枝宅を訪ねた時、五、六才の娘さんが応対に出た。私たちが「お父さんはご在宅ですか」と言うと、「居ます」と言って二階に這うようにして駆け上がって行った。

ほどなくして、藤枝君が降りてきた。二三ヶ月前、とある公の席で彼と会ったことがある。だが、その時は公の席だったので取り留めのない、いくつかの話以外は何も話さなかった。しかし彼が私たちに最初に与えた印象はじつに明瞭だった――その最初の印象から彼の性格が〝温和〟で〝辛抱強い〟と感じ取れた。

ここでいう「とある公の席」とは、「二三ヶ月前」だとすると三一年七月か八月ということになるのだが、それが何かはわからない。

すでに何度も記したように、任鈞と藤枝の関係は、一九二九年にまで遡る。藤枝は、この「訪問記」で彼自身が語っているように、その時、プロレタリア科学研究所の中国問題研究会（支那問題研究会）に関係していた。

プロレタリア科学研究所は、二九年一〇月、国際文化研究所を発展、解消させるかたちで設立された。機関誌は『プロレタリア科学』。『プロレタリア科学』は二九年一一月に創刊された。その『プロレタリア科学』を見てみると、三〇年五月の時点で中国問題研究会の委員は武藤丸楠、藤枝は無所属だったが(1)、八月には武藤、藤枝の二名が「主所属」「支那問題」となった(2)。中国問題研究会にはこの他に寺島一夫、中山耕太郎等がいた(3)。

任鈞、華蒂等がプロレタリア科学研究所、中国問題研究会と深い関わりがあったことは、彼らが三一年六月二日に書いた『文芸新聞』第一四号（三一年六月一五日）の「中国問題／被践踏在鉄蹄之下的動乱／為他們研究・記録資料／『日本社会科学家之熱情』」を見れば明らかであろう。そこには次のように記されている。

近頃、「中国問題」が日本の社会科学界において熱い注目を引き起こしている。「中国問題」を研究対象とする研究会は日増しにその数を増している。日本左翼社会科学団体「プロ科学研究所」所属の「中国問題研究会」は諸々の研究会の中、最も権威あるものである。該所の機関雑誌『プロ科学』（月刊）は本年二月号から特に「中国革命欄」を設け、同所の「中国問題研究会」が編集責任を持っている。当面の問題を中心に、じつに重要な論文、記事が掲載されている。該会が著述の責任を負った体系的著作で、最も重要なものが二つある。一つは「支那問題講話」で、一般的解説書である。もう一つは「支那大革命」で、もっぱら近年の中国大衆の革命史を叙述としたものである。この他に資料の整理、翻訳関係が数冊ある。該研究会の主要な責任者の一人、藤枝丈夫は「中国問題」に以前から最大の関心を寄せており、かつ中国古文及び現代文に精通していて、日本左翼社会科学陣営の中にあって、「中国問題」研究の権威である。最近は郭沫若の名著「中国古代社会研究」の翻訳に努め、東京の「内外社」から出版されることになっている。六月中旬には出版されるだろう。藤枝氏はこの本を訳すのに非常な労力を払い、該書に引用されている各種の中国古典籍を収集し、事細かに調べた。多くの引用文において郭氏が出典を明記していないものにも注釈を施した。この本が「まもなく出版」との広告が出るに及んで、各大学、各図書館、各研究者など予約する者が殺到しており、これによっても日本人の中国の著作に対する関心の高さ、その一端が窺えるであろう。

こうしたことは、プロレタリア科学研究所、中国問題研究会と関わりを持ち、また藤枝丈夫と親しかった任鈞、華帯等でなければおよそ書けない内容であろう。

藤枝丈夫は、任鈞が「支那通」と呼ぶように、中国事情、中国現代文学に詳しかった。その広さのほどは、一九七四年八月九日静岡市たちばな荘で開かれた一九三〇年代文芸研究会・中国文芸研究会合同合宿の席で示された藤枝丈夫の「読書メモ」・「読過了的小説」に、楼適夷の『塩場』などを含め、『創造月刊』、『萌芽月刊』、『太陽』月刊、『新流月報』、『文芸新聞』所載の作品一一四編が記されていることでも頷けよう。(4)

「藤枝丈夫訪問記」には、「一階の壁際に五段の本棚がしつらえてあり、その上二段は中国の文芸書、真ん中は〝中国問題〟に関する理論書とか記述書で、中文関係書が三分の一を占めていた」とある。また、藤枝丈夫も、彼に深い印象を与えた作家として郭沫若、戴平萬、洪霊菲、丁玲、馮鏗等の名を挙げ、中国現代文学の問題点などについて語っている。その中でも興味深いのが、丁玲を窪川稲子、つまり佐多稲子と比較し、こう語っていることであろう。

丁玲の作品で私が読んだことがあるのは「韋護」「一九三〇年春」の一、二、三と「田家沖」だ。彼女の作品は意識面で論じると、当然まだ正確というところまでは到ってなくて、相変わらず小資産階級、知識人的立場に立っている。しかし、手法は現実的で、非常に真に迫っている。ただ〝純客観〟的な偏向があまりに強すぎる。意識的弁証的構成をさらに加える必要があり、些末な〝羅列主義〟を避けなければならない。作品の構造ではクライマックスでまだ明瞭さに欠けるので、そうすれば、作品の力も強烈になっていくだろう。日本の女流作家と比べてみるなら、窪川稲子とよく似ている。手法上では明らかに〝写実主義〟の境地に入っているのだから、今後努力しなければならない。更に一歩進んで、弁証法的新写実主義の奥義に達することだ。創作期間に照らしてみて、丁玲の作品がすべて〝上昇線〟の上をものすごい早さで躍進していることは明らかだ。私は彼女がこのように努力していけば、前途は間違いなく光り輝き、窪川稲子に勝ると信じている。

このように、藤枝丈夫は丁玲に対し、窪川稲子を凌ぐであろうと言うまでに大きな期待を寄せている。左連五烈士事件で夫胡也頻を失った丁玲に対する日本国内における評価の高さを示す一例であろう。

任鈞、華蒂等は、「藤枝丈夫訪問記」を書いた二〇日後、三一年一一月一日に、今度は、窪川稲子を訪ね、三日後の一一月四日「窪川綺妮子訪問記」まとめた。三二年五月三〇日発行の『読書月刊』第三巻第一・二期合刊の『婦女世界』第一期に掲載された森堡「窪川綺妮子訪問記」がそれである。

彼らが窪川稲子を訪ねた時、彼らの脳裏には間違いなく藤枝が話してくれた「日本の丁玲」窪川稲子のイメージがあっただろう。

彼らを窪川稲子のところに案内したのは藤枝丈夫である。藤枝丈夫は、先のたちばな荘で開かれた一九三〇年代文芸研究会・中国文芸研究会合同合宿の後、一九七五年一月二六日、近藤龍哉と釜屋修との「談話」の中でこう話している。

宮本百合子――当時はまだ中條だが――のところへ葉華君を森堡といっしょにつれていったことを思いだした。佐多稲子のところへも行った。当時の活動スタイルの当然として私は同席していないから何を話しあったかはしらない。会談は日本語で行われた。その時のことを二人の内どちらかが書いて上海に送ったはず(5)。

森堡「窪川綺妮子訪問記」は次のような書き出しではじまる。

窪川綺妮子女史を訪問したのは、先おととい――一一月一日――の晴れた午前中のことである。一〇時頃、私たちは〝案内人〟を買って出てくれたF君の家を出発した。途中に他のちょっとした用があり、訪ねていく人の家を探すのに少なからぬ時間を費やしてしまったために、私たちが彼女の家に入った時は、もう一一時を過ぎていた。

この「F君」が藤枝丈夫であろう。藤枝は、先の「談話」の中で、「当時の活動スタイルの当然として私は同席していないから何を話しあったかはしらない」と語っている。だが、「窪川綺妮子訪問記」を見るかぎり、藤枝丈夫もそこに同席していたものと思われる。というのは、「窪川綺妮子訪問記」には、「F君の話では」というかたちで当日の窪川稲子の様子が記されているからである。また、この「窪川綺妮子訪問記」は森堡名になっているが、その時、華蒂も一緒だったはずである。それは、この「訪問記」が「私たち」となっていることからも窺えよう。

彼らが窪川稲子を訪ねた時の彼女の九・一八事変に対する発言はすでに見た。

森堡名の「窪川綺妮子訪問記」が掲載されている『婦女世界』第一期・『読書月刊』第一・二期（三二年五月三〇日）には、華蒂訳の窪川稲子の小説「祈禱」も併せて掲載されている。この「祈禱」は、『中央公論』に発表されたものを華蒂が翻訳したものである。窪川稲子の小説が中国語に訳されたのはおそらくこれがはじめてであろう。

任鈞、華蒂等は、この「窪川綺妮子訪問記」と前後して森堡・華蒂「日本新興劇団女演員訪問記」、森堡「日本新興文学戦野里的女闘士們」をまとめている。これらが『婦女世界』を意識して行われただろうことはすでに触れた。「日本新興劇団女演員訪問記」は『読書月刊』第三巻第三期（三二年六月一〇日）、「日本新興文学戦野里的女闘士們」は『婦女世界』第二期・『読書月刊』第三巻第四期（三二年七月一日）に掲載された。

森堡・華蒂の「日本新興劇団女演員訪問記」は、コップ成立を記念して築地小劇場で行われた左翼劇場と新築地劇団が合同公演、ヴェ・キルションの「風の街」を見に行った時、楽屋を訪ねて取材したものである。この公演は三一年一〇月二八日から一一月一一日まで、土方与志、杉本良吉の演出で築地小劇場で行われた[6]。執筆年月日が記されていないこともあり、彼らが公演を観たという日は特定できないが、「ちょうどその日、東京の左翼劇団員がほとんど全部来ていたので、じつに簡単にたくさんの人を訪ねることができた」という。彼らは、昼の部が終わったばかりの時に築地を訪ね、夜の部が開演されるまでの時間を使って、「長い間やりたいと思っていた仕事」を行った。そこには、その時会った多くの女優たちの中、平野郁子と山本安英の二人について記されている。

平野郁子は「全線」、「太陽のない町」、「勝利の記録」などに出演し、「全線」、「勝利の記録」では中国の女性労働者を演じている。彼らが「中国の革命運動に対しどのような考えを持っているか」と平野に尋ねると、平野は、「中国の革命運動はまるで私たち自身の事情と同じで、きわめて大きな関心を抱いておりますし、中国革命運動の状況をたくさん知りたいと思っています」と、また九・一八事変については、「日本帝国主義が満州を侵略し、中国の大衆を屠殺し、中国の革命勢力を圧迫していることは、直接的には中国に対してですが、それはつまり私たち（日本被圧迫階級――記者）に対して向けられたものでもあるのです。だから、私たちは満州事変を隣国の事件だと考えるだけではなく、同時に我々にとっての極めて重大な事件だと考えています。資産階級の新聞は帝国主義の代弁者で、侵略戦争を宣伝しています。我々は日本が満州を侵略している戦争に反対するだけではなく、一切の帝国主義戦争の本質を暴露し、断固としてすべての帝国主義戦争に反対します」と答えている。

主演女優である山本安英には四幕目と五幕目の幕間に取材することができた。山本もその短い時間の間に、「私たちもこの問題にきわめて大きな関心を持っており、みんなより徹底して理解できることを望んでいます。その工作を広げるために数日前私たちの〝新築地〟に中国問題を専門に研究している藤枝丈夫先生に来ていただいて講演をして貰いました。その結果〝警視庁〟によってたくさんの人が捕まえられてしまったのですが。私個人の考えはまったく団体と同じで、〝帝国主義の侵略戦争に絶対反対です〟」とその考えを述べている。

森堡「日本新興文学戦野里的女闘士們」は、「日本の新興作家、及び作品の紹介」が、近年「かなりの程度にまで達し、少なからぬ影響と刺激を我々中国の新興文壇に与えている」が、こと女流作家となると、平林たい子を除いて

「他の女流作家はほとんど誰も取り上げられていない」、「その欠点の何分の一かを埋めるために、日本の新興文壇の何人かの比較的名の知られている、重要な女流作家を系統的に、簡単に紹介したい」ということから中條百合子、窪川稲子、平林たい子、神近市子、中本たか子について紹介したものである。[7]

彼らに「中條百合子」、宮本百合子を紹介したのも藤枝丈夫である。藤枝は先の「談話」の中で、「宮本百合子——当時はまだ中條だが——のところへ葉華君を森堡といっしょにつれていったことを思いだした」と語っていた。これが示すように、彼ら東京左連と藤枝丈夫とは深い繋がりがあり、藤枝丈夫の存在は東京左連、一九三〇年代における日中の交流を見ていく上で欠くことができない。

森堡、華蒂の「秋田雨雀訪問記」は『読書月刊』第三巻第三期（三二年六月一〇日）に先の森堡・華蒂「日本新興劇団女演員訪問記」と共に掲載された。そこには「某君の紹介」で秋田雨雀を訪ねたとあるが、彼らと秋田雨雀は以前から行き来があり、こうしたかたちを取ってみせることが彼らの訪問記の一つのスタイルであることはすでに述べた通りである。

「秋田雨雀訪問記」は、秋田雨雀の風貌と人となりを簡単に紹介した後、秋田雨雀が娘とエスペラント語で話しているのをきっかけに、日本のエスペラント運動、エスペラント語、秋田のソヴィエト旅行のこと、エロシェンコやモスクワ「中山大学」で二〇数名の中国人留学生に会ったことなどが話される。この後、任鈞、華蒂等の「最近の主な仕事は？」という問いに、秋田は「プロレタリア科学研究所」と「ソビエト友の会」の二つだと答え、彼らはプロレタリア研究所のことは「だいたい知っている」ことから、「まだよく知らない」「ソビエト友の会」のことについて話して貰う。「ソビエト友の会」のことは、無署名の東京通訊「蘇聯朋友会」（『文芸新聞』第二〇号　三一年七月二七日発行）で、すでにソビエト友の会成立が中国に伝えられていた。それとの繋がりからいうと、ここでの「ソビエト友の会」の話はその「詳報」ということになる。

秋田雨雀は、その日、九・一八事変について、「我々は日本全体の圧迫を受けている労働者農民と同じ立場に立ち、日本帝国主義の植民地侵略行為に反対である。そしてまた普段に各種の談話会、研究会でそれに触れ、話している。私は中国と日本の左翼文化運動——とりわけ左翼エスペラント運動の相互の連絡が大変重要だと思う。それは単に互いが理解し合えるというだけでなく、共同の行動を取ることが出来るからである」と話している。

秋田雨雀に対して、中国人日本留学生が早くから注目し、敬愛の念を抱いたことはすでに述べた通りである。それは任鈞、華蒂も同じで、「秋田雨雀訪問記」の冒頭で秋田雨雀について「秋田雨雀の名を、皆が知らないはずはないだろう。日本で、彼もまた大衆に最もよく知られている左翼文化運動の大先輩である。彼の年齢は五〇近いが、思想は多くの最も進歩的な若者に終始遅れを取ることはなく、常にそれらの進歩的、少壮の文化運動者と一緒に、最前線に立って活躍している」と紹介している。こうした彼らにとって、「秋田雨雀訪問記」とは、「藤枝丈夫訪問記」と並んでぜひともまとめたい、またまとめなければならない「訪問記」だったと言っていいだろう。

第八章　「東京左連」と「プロレタリア詩人会」、「日本プロレタリア文化連盟」

第一節　ピン・イン「東京・プロレタリア詩展を参観して」

三二年二月一三日発行のプロレタリア詩人会の機関誌『プロレタリア詩』第二巻第二号（三二年二・三月合併号）に藤枝丈夫訳で「ピン・イン」名の「東京・プロレタリア詩展を参観して」が掲載されている。「ピン・イン」とは謝冰瑩である。「東京・プロレタリア詩展を参観して」は、「一九三一年一〇月一八日夜九時――東京市外中野中華女子寄宿舎にて」書かれた。

このピン・イン「東京・プロレタリア詩展を参観して」は、その名の通り、謝冰瑩が東京でプロレタリア詩展を観た時のことを記したものである。この一文は「参観普羅詩展後的感想」として三二年一〇月一五日光明書局出版の謝冰瑩『麓山集』にも収録されている。謝冰瑩は、その序文「関於麓山集的話」の中で、「東京で、私の革命的情緒はことのほか高揚していた。まさに参観普羅詩展的感想の中で語っているように、私は躍動していた」と書いている(1)。

このピン・イン「東京・プロレタリア詩展を参観して」は数少ない日本での謝冰瑩の事跡を示す資料というだけでなく、謝冰瑩がその時日本のプロレタリア文学運動をどのように見ていたのかなどが窺える貴重な一文である。また、ここには訳者藤枝丈夫の「原筆者についての簡単な紹介」が付いていて、謝冰瑩と藤枝丈夫との関係を知る意味においても得難い資料となっている。

謝冰瑩が観た「プロレタリア詩展」は、主催がプロレタリア詩人会、後援がプロレタリア美術家同盟、日本プロレタリア作家同盟、日本プロレタリア歌人同盟で、正しくは「プロレタリア詩と絵の展覧会」（「プロレタリア詩画展」ともいう）で、三一年一〇月の第一週、二週、三週の土日を使って、つごう三ヶ所で開催された。第一週の一〇月三日（土）、四日（日）の会場は「新宿紀伊国屋書店階上」、二週目の一〇月一〇日（土）、一一日（日）は「本郷三丁目明治製菓階上」、三週目の一八日（日）は「本所柳島元町帝大セッツルメント」である。(2)

謝冰瑩はこの詩画展を「一四日」に観たと書いているが、それは何かの誤りで、謝冰瑩が観たのは、「東京・プロレタリア詩展を参観して」の内容から判断し、一〇月一一日（日）に本郷三丁目明治製菓階上で開かれたプロレタリア詩画展だと特定できる。

謝冰瑩は、その日はちょうど日曜日だったという。朝、神田の青年会に行くと、「郭さん」が「プロレタリア詩展」の入場券を二枚くれた。謝冰瑩は「すっかり嬉しくなつて」、いったん中野の女子寄宿舎に戻った。すると、そこに「文渓兄」が来て、散歩に行こうと誘うので、本郷で開かれているこの詩展の話をし、「忽ち二人の外出の目標は本郷にきまつた」。だが、二人ともどうやって本郷に行けばいいのかわからない。そこで、東京に詳しい「剣さん」を連れていくことにした。「剣さん」とは郭剣児であろう。だが、彼女もまた本郷の明治製菓の場所がわからない。「で、とうとう円タクを飛ばすことにした」。下戸塚から本郷までが五〇銭、謝冰瑩はその料金の安さに驚いている。

このように、謝冰瑩は一〇月一一日の時点では神田の青年会と女子寄宿舎を往復する以外、ほどんど一人では東京の街を出歩けなかった。彼女の近くには任鈞、華蒂もいたはずだが、郭剣児を道案内とし円タクまで使ったのは、この時にはまだ任鈞、華蒂との関係が出来ていなかったことを示しているだろう。

プロレタリア詩画展の会場である本郷の明治製菓には「プロレタリア詩展大会」と書いた真っ白な布が掲げられ、

風に翻っていた。詩画展の形式は、絵の展覧会と同じで、会場内に壁が設置され、そこに詩稿が張り出されていた。詩稿にはすべて絵が書いてある。「入口を入ると、眼に映つたのは、大きな白紙に書かれた多くの詩、詩、詩……その下の部分は、挿絵が、絵の具を使つて、クッキリと元気よく描かれてある。誰の眼にもそれが詩の表現してゐるものをえがいたものであることはわかつた」。

この時のプロレタリア詩画展は、「公判闘争プロ詩画展」と名付けられ、『プロレタリア詩』第一巻第八号（三一年一〇月九日）にその「広告」と一緒に掲載されている「作品募集の知らせ」を見てみると、「作品の内容は公××争中心に一切の積極性ある題材」を取り上げ、「作品は三〇行以内。用紙は画用紙木炭詩等展覧に便利なるもの。絵を入れる余白を残して書くこと」、締め切りは「一〇月二日より五日まで」とある。絵は詩が投稿された後、プロレタリア美術家同盟の人々が書き加えたものである。また会場では「ナップ諸家の色紙短冊及び一般出品の即売」も行われていた。

謝冰瑩はそれを目の当たりにしてこう書いている。「そこに居た異国の詩人は、私たちめいめいに出品目録と謄写版刷りの詩稿をくれた。三階だけで三つの部屋、八つのテーブルが置かれるだけの広さ、そこには壁という壁に詩画が掛けられ、更に部屋の真ん中にも陳列されてゐる。中の部屋には二人の男が座つてゐて、詩稿（一冊一冊の本仕立てになつたものもあり、中国の風景画のような風にキレイに刷られた一枚一枚のものもあつた）と彼らの詩社から出された定期刊行物の各号を売つてゐる。第三の部屋には、遠慮なく批評して下さいと書かれた批評箱が設けられてあり、その左側には謄写版の機械がおかれてあつた。おそらくこれで目録や詩稿は刷られるのであらう」。

展示された詩稿には事前の検閲で多くの墨が入っていた。それは『プロレタリア詩』に載ったこの詩展の「報告」(3)に「三個所を通じて官×の弾×は物凄かつた。五十数点の撤回、及び撤回をまぬがれたものの大部分までが、一部抹消を受けた」とあるほどすさまじいものだった。『プロレタリア詩』第一巻第九号（三一年一一月五日）には、プロレタリア詩展で展示された詩稿の写真が数葉掲載されている。それを見ると、詩稿で無傷なのは小熊秀雄の「低気圧へ」（挿絵、室順治）だけで、それ以外の登口義人の「赤い建物」（挿絵、須山計一）、小出徹三の「河童のヒボシ」（挿絵、大月源二）の場合は数行が、遠地輝武の「秋刀魚」（挿絵、室順治）、鳥羽啓「郵便車」（挿絵、北村善作）の場合は二行、そして白鐵の「××の朝」（挿絵、木部正行）にいたっては表題までもが墨で塗りつぶされている。

当然のことながら、謝冰瑩はそれが持つ意味を読み取っている。謝冰瑩は、「官憲によつて奪ひ去られた多くの詩のあつた場所には、みな『撤去さる』といふ張り紙がされてゐた。撤去されなかつた詩でも、官憲によつて抹殺された部分が見受けられた。これらのことから、彼等が如何に健闘し、如何に万悪の環境にあつて闘つてゐるのかを知ることが出来た」と書いている。

謝冰瑩は、彼らの詩に感動した。「力強い詩句と悲壮で真剣な挿絵に、私たちの血潮は沸き立ち、興奮した」。その上で、彼女は、「これらの多くの詩を眼の前におきながら、思う存分、味わうことが出来ない」、そんな自分の日本語能力に、「非常な苦悩を感じた」とまで書いている。だが、彼女は、幸いこの時「彼等の中の二十二三に見える一人の青年」と話す機会を得た。謝冰瑩はその青年との会話をこう書いている。

　彼の言葉では、彼等の中に中国文のわかる人が居るから、中国語の詩を書いて行つてもらいたい、翻訳させるから、といふことだつた。そして最もすぐれた詩人の何人かと、二三の新人詩人、古くからの革命詩人とを教へてくれ、一つのアドレスを教へてくれた。それは投稿と、就中、中国の文化運動についての消息を彼等に報導するためのアドレスであつた。

謝冰瑩はこのように偶然の機会からプロレタリア詩人会の人々と接触した。謝冰瑩がこの時青年たちから教えて貰ったという「最もすぐれた詩人の何人か」、「二三の新人詩人」、「古くからの革命詩人」については何もわからない。ただ、そこで言う「中国文のわかる人」の中には間違いなく藤枝丈夫の名前が入っていたであろう。

プロレタリア詩画展に感動した謝冰瑩は、その時「剣さん」に日本語に直してもらい、「批評の言葉」を書いた。その内容は、「私ははじめて貴国に来たものです。そして同様にはじめてこんな意義ある詩展を参観したものです。たゞ私はあまり日本文が分かりませんので詩に表現されてゐる所については充分には分かりません。しかし、挿絵は完全にそのすべてを私に与へてくれました。同志たちは、あなた方が一層創作に努力されんことを祈ります。最後の勝利は私たち全世界のプロレタリアのものです」というものだったという。

『プロレタリア詩』第一巻第九号（前出）には「展覧会投書の中から」というこの詩画展を観た人々の「投書」が掲載されている。謝冰瑩が書いた「批評の言葉」はここから窺える。そこには日本語で「中国プロ同志――謝英子」の名で、「私は初めて貴国に参りました。このプロ展を初めて参観しましたが、気持ちは大変いいです」と記されている。この「謝英子」が謝冰瑩であること言うまでもない。「批評の言葉」が短くなっているのは、長文のものは以下を省略したからであろう。

そしてこの「展覧会投書の中から」には、謝冰瑩の次に、「支那左翼作家――王永徳」の名で「打倒××帝国主義、無産階級聯合起来」と記されている。この「王永徳」とはその日謝冰瑩と一緒に詩画展を観た「文渓兄」だと思うが特定できない。

先にも書いたが、このピン・イン「東京・プロレタリア詩展を参観して」の後には訳者である藤枝丈夫が書いた「原筆者についての簡単な紹介」が附されている。

藤枝はそこで、「冰瑩女史は日本では殆んど知られてゐないが、訳者の知る限りでは、中国でよりもむしろ英・米並びに英語を第二国語として使つてゐる国々の方で知られてゐる」と言い、彼女の「戦時日記」が林語堂によって英訳され、中国でも二九年三月『従軍日記』として出版されたことで彼女の名が「人々の記憶に残つた」。武漢政府崩壊後、「女史の名は一時表面から消えてゐた。その後、つい最近まで、北京天津に於ける婦人運動のリーダーの中に、女史の名が見受けられてゐたが、果たして同一人であるか否かは、記者も詳知しない。ともあれ、実際に逢ふまでは、所謂女丈夫型の婦人を想像させる存在であつた」と書いた上で、実際に会った時の謝冰瑩の印象を次のように記している。

それが昨冬（三一年冬――小谷）、突然来訪を受けた時、記者は、意表外といふ文字を実感させられた。機敏に弾力をもつてよく動くといふ以外には、これぞといつてそれらしいところもない小柄な若い娘……たゞ、白粉と紅とから縁を切つた浅黒い皮膚、円く一杯に瞠かれた黒い瞳、少しの間も停止してゐない小さな可愛らしい手、額に乱れかゝつた長目の断髪、それらの全体から、何とも言へぬ迫力が感じられる。黙つて椅子に掛けてゐる時には、また脚先を交る交る蹴上げて少し含羞み笑ひをしてゐる時には、それは全く少女と相対してゐる感じである。だが、話が嘗ての戦場に触れた時、現在の婦人運動に及んだ時、さながら速射砲弾のやうな言葉が口癖の軽い舌打ちと一緒に、真白な歯並みを推し破つて飛び出して来る。その時の女史の顔には、否、からだ全体には燃えたぎる熱血があるだけだ。生まれは湖南の人だと聞いてゐる。「また逢ふまで、わしは、日本語をもつとうまくなつてゐませう。え？闘争？それは、あたりまえ！」そう言ひ残して一一月に帰つて行つた。

謝冰瑩は、すでに見たように、三一年一一月六日の時点で、任鈞の誘いを受けて、気軽に藤枝丈夫の家を訪ねるまでになっていた。藤枝丈夫が謝冰瑩と会ったのは何もここに見える「突然の訪問を受けた」という時だけではない。だが、ここでの書き方はそれがあたかもその時一回だけのような書き方になっている。おそらく、ここには藤枝丈夫の謝冰瑩に対するある「配慮」があるだろう。藤枝丈夫は謝冰瑩が「一一月」に帰国したことを知っている。藤枝丈夫はその上でこう書いているのである。

謝冰瑩がこの後三一年一一月末頃帰国したことは確かである。謝冰瑩の帰国は三一年一二月七日発行の『文芸新聞』第三九号「毎日筆記」欄に「冰瑩女士は日本に行って二ヶ月、いまはもう帰国した」とあることで確認できる。

第二節　「東京左連」「東京通訊」から見た「日本プロレタリア文化連盟」の成立

すでに述べたように、任鈞、華蒂等は全日本無産者芸術団体協議会（ナップ）から日本プロレタリア文化連盟（コップ）へと移行していく日本のプロレタリア文学運動の情況を克明に中国に紹介していた。こうした活動が、楼適夷の「東京通訊」などの流れを受け継いだものであることはすでに指摘した通りである。

任鈞、華蒂がコップ結成の動きを伝えたのは、三一年一〇月一九日、『文芸新聞』第三二号が最初である。そこには無署名の「東京快訊」、「反帝戦国際化的展開／為満州事変／日本左翼芸術界総動員」と、その「詳報」に当たる華蒂の「東京通訊」、「日本新興文化之動」、すなわち「文化聯盟之結成／文化団体之総聯合／劃期的躍進」「劇場同盟全会／『演劇新聞』創刊／十月十一日開全員大会」「国際労働者劇場同盟／『東洋書記局』即将成立」とが並んで掲載されていた。これらは、九・一八事変勃発後、任鈞、華蒂が送った最初の「東京通訊」である。そして、そこには編者の「按語」が附され、それ以降、彼らの「東京通訊」が、署名、無署名を問わず、すべてが「反帝の認識を援助してくれる」「資料」と位置付けられることになったも、これまで述べてきた通りである。

その華蒂「文化聯盟之結成／文化団体之総聯合／劃期的躍進」では、コップ結成の動きが次のように報じられている。

日本文化団体の連合組織は、全日本無産者芸術団体協議会（即ち「ナップ」）があるだけだ。だが、「ナップ」は芸術団体に限られており、広範な文化団体の連盟は、いままでなかった。近頃アメリカ、中国に均しくすでにこの類の文化団体の総組織があることに鑑みて、日本にもこの種の連合が絶対必要と痛感されるようになった。このため各文化団体はこの八月来、全力を上げて積極的にその作業を進めてきた。最近になってようやく準備が整い、「日本文化連盟中央協議会」との名称にすることがすでに決定された。加入を図っている団体に、科学研究所、新興教育研究所、反宗教闘争同盟、エスペラント同盟、新興医師連盟、解放運動犠牲者救援弁護士団、及び「ナップ」所属の五芸術団体──作家同盟、劇場同盟、美術家同盟、映画同盟、音楽同盟がある（従来の「ナップ」は解散を宣言）。一〇月中旬に正式に成立する予定で、同時にこれまであった『戦旗』が連盟の大衆的機関誌となる。その他の機関誌、機関刊行物は現在準備中である。連盟所属の各団体は、すでに有するそれぞれ単独の雑誌の外に、それぞれ独立の刊行物を創刊する予定である。これまでの雑誌『ナップ』は停刊となる。

ここで華蒂が、中国にはすでに「この類の文化団体の総組織」があるとしているのは、三〇年一〇月に上海で結成された「中国左翼文化総同盟」（略称、「文総」）のことが念頭にあったからであろう。文総は、左翼作家連盟、左翼社会科学家連盟、左翼戯劇家連盟等、八つの左翼文化団体を統合するかたちで結成された(1)。

第三二号に続いて、『文芸新聞』でコップ結成の動きが伝えられるのは、一一月一六日発行の『文芸新聞』第三六号においてである。

『文芸新聞』第三六号第三面には、東京通訊「日本文化聯盟之陣容」が掲載されている。発信の日時、送信者は明記されていないが、そこには「三二号の東京通訊をご参照いただきたい」との断りがあり、それが第三二号所載の華帯「東京通訊」の延長線上にあることがわかる。
「日本文化聯盟之陣容」は、「東京神田今□河岸江戸」で開かれた「日本文化連盟創立準備会」のことを伝えたものである。ここで「神田今『口』」としたのは『文芸新聞』の状態が悪く、判読できなかったからである。この東京通訊「日本文化聯盟之陣容」が持つ意味は、これがこの後に述べるコップの成立時期などを特定する上で、貴重な「資料」になっている点である。このため、次にその全文を引用することにする。そこにはこう記されている。

「日本文化聯盟之陣容」

（東京通訊）三二号の東京通訊をご参照いただきたい。日本の左翼文化団体は統一的文化戦線となり、一七団体によって組織された日本文化連盟創立準備委員会が、今月七日夜七時、東京神田今□河岸江戸で開かれた。出席者は委員長が開会の挨拶を述べた後、ロシア、アメリカ、ドイツ、フランス各国の左翼文化功労者数人を推薦し、名誉会員とした。その後、十項目の行動綱領草案を決定し、さらに連盟規約に則って、中央協議会、地方協議会、書記局、委員会、編集部、出版部の設立と機関誌の発行を決定した。各組織の責任者については、以下のように決定し、一一時に散会した。

委員長、保留。書記長、小川信一（大河内信成）。婦人委員会委員長、中條百合子女史。少年委員委員長、山下徳二。農民委員会委員長、未定。青年委員会委員長、未定。機関誌編集長、寺島正一。大衆雑誌編集長、中野重治。婦人雑誌編集長、神近市子女史。少年雑誌編集長、山下徳二。倶楽部編集長、柳瀬正夢。出版部長、壺井繁治。

もはやあらためて言うまでもないだろう。こうした内容のものは、その場にいた者、あるいはよほどそれに近いところにいた者でなければ書けない内容のものである。

コップの成立は、一般に三一年一一月と言われている。[1] たとえば、コップの盟員だった栗原幸夫は、彼が執筆した日本近代文学館編『日本近代文学大事典・第四巻』（講談社　昭和五二年一一月）の「コップ」の項で、コップはナップ加盟の六団体、プロ科をはじめとする六団体によって、「プロレタリア文化運動の全国的な指導部として昭和六年一一月に結成された」と書いている。

また、現在私たちが眼にすることのできるコップの機関誌『プロレタリア文化』創刊号の発行年月日は「昭和六年一二月五日」となっており、『プロレタリア文化』の創刊も「昭和六年一二月五日」するのが一般的である。

これに対し、『プロレタリア文化』の復刻に当たった祖父江昭二は、『『プロレタリア文化』『コップ』別巻』（戦旗復刻刊行会　昭和五四年一月）所収の「『プロレタリア文化』・『コップ』解説・解題」の中で、コップ結成の引き金となった古川荘一郎（蔵原惟人）の論文「プロレタリア芸術運動の組織問題」（『ナップ』三一年六月号）、「芸術運動の組織問題再論」（『ナップ』三一年八月号）などを引いて、コップ結成過程の問題点、その経緯などを解説し、次のように書いている。

しかし、ともかく結果としてこの提唱（古川論文のこと――小谷）はみのり、日本プロレタリア文化聯盟（略称コップ）は、「文化聯盟結成経過報告」（『プロレタリア文化』一九三一・一二（創刊号））およびその「訂正」（『プロレタリア文化』一九三二・一（二一ページ））によれば、一〇月二四日の「第四回準備会」を最後にコップとしての活動に入り、一二月付で月刊の機関誌『プロレタリア文化』を創刊した（『プロレタリア文化』翌一九三二年一月号の「編輯後記」には「本誌前月刊創刊号は発禁だ！続いて、一二月一日に事務所にガサが来て……」とあり、創刊号が「一二月一日」以前に刊行されたことは間違いあるまい。こうしてコップはいわゆる創立大会を開かぬまま活動を開始したのであるが、創刊号に掲載の「日本プロレタリア文化聯盟規約草案」によれば、「各団体より選出せられたる若干名を以て構成」する「中央協議会」が「聯盟の最高機関」であり、そういう組織原理と見合って、必ずしもいわゆる創立大会なるものを通過しなくても、この「中央協議会」に対応するものの承認によって正規に発足し得る組織と承認されていたようである。従って、この一〇月二四日の第四回準備会でもって正規にコップは発足したという認識もなりたち得るのであり、当然、コップが一〇月下旬に成立したという見解もまた成り立ち得る。その傍証にはもはやふれないが、一一月説とともに、あるいはそれ以上に一〇月説にも十分な根拠があることを、この機会に指摘しておきたい。）

このように、コップの成立は、「いわゆる成立大会」的なものが開かれなかったために、その成立時期も「一〇月下旬説」と「一一月説」との二説に分かれている。また、その機関誌『プロレタリア文化』の創刊時期も必ずしも特定できていないのである。

では、ここにコップ成立をそば近くで見つめていた中国人（さらには、朝鮮人、台湾人等の存在も想定できる。なぜなら、コップはその時、在日朝鮮人による「朝鮮協議会」を組織しようとしていたのだから）の同時代的証言を視野に入れた時、そこからはどのようなことが導き出せるのであろうか。

まずは当の東京通訊「日本文化聯盟之陣容」の筆者を特定することからはじめてみたい。「東京神田今□河岸江戸」で開かれた「日本文化連盟創立準備会」に臨席していたかも知れない中国人とはおそらく華蒂であろう。

華蒂は、「日本文化聯盟之陣容」以外にも、その時コップ結成に関する文章を二編書いている。一つは、『北斗』第二巻第一期（三二年一月二〇日）に掲載された「一九三一年的日本文壇」であり、もう一つは『読書月刊』第三巻第一・二期合刊（三二年五月三〇日）に掲載された東京通訊「日本新興文化之画期的発展」である。「一九三一年的日本文壇」の執筆年月日は、「一八一九三一」、すなわち「一九三一年一月八日」とあるが、これはそこに記されている内容からみて、「一九三二年一月八日」の誤まりであろう。東京通訊「日本新興文化之画期的発展」は、「一九三一・一一・七日于東京」、三二年一一月七日に東京で書かれた。この執筆年月日が示しているように、「一九三二年的日本文壇」よりも東京通訊「日本新興文化之画期的発展」の方が同じ同時代的証言でも資料的重みが違う。

まず、華蒂「一九三二年的日本文壇」から見ていくことにしたい。「一九三二年的日本文壇」は、一九三二年の日本の文学状況を、「影跡悄然的『芸術派』」、「日暮途窮的『文戦派』」、「邁進途上的『耐普派』」の三つに分けて論じたものである。華蒂はこの中でコップ結成について、ハリコフ会議から古川荘一郎「プロレタリア芸術運動の組織問題」が提起されるまでの経過を述べた後、「この論が提出されると、日本のプロレタリア文化界を動員し、二ヶ月以上の討論を行い、八月二〇日に『ナップ』所属の『作家同盟』、『劇場同盟』、『映画同盟』、『美術家同盟』、『音楽家同盟』、『プロ科学研究所』、『日本プロエスペランティスト同盟』、『戦旗社』等の団体が連名で『日本プロ文化連盟中央協議会』という組織を発足させた。九月中旬から一〇月下旬まで六回の『文化連盟』準備会を経て、事実上『日本プロ文化連盟』は結成された！（「文化連盟」に関しては、ここでは詳しく述べる余裕がないので、「一九三一年文芸新聞年鑑」内の「国際文化組織展望」という一文をご参照いただきたい）」と記している。

残念ながら、ここに見える「一九三一年文芸新聞年鑑」、「国際文化組織展望」について不明である。だが、この一文で注目すべきは、そこで、「二ヶ月以上の討論」を経て「八月二〇日」に八団体を組織して「日本プロ文化連盟中央協議会」ができた。「九月中旬から一〇月下旬まで六回の『文化連盟』準備会を経て、事実上、『日本プロ文化連盟』は結成された」と述べている点であろう。

このコップ成立までの過程とその意義を、華蒂は「日本新興文化之画期的発展」では次のように書いている。華蒂は、そこでコップ設立の意義を、「被圧迫階級の文化運動の主要な任務は、〝文化〟的手段で群衆を組織し、訓練し、群衆の〝動乱〟の力を促進し、群衆の〝動乱〟の範囲を拡大し、しかも〝動乱〟の正確な方向を明示することである。

この被圧迫大衆の〝動乱〟の範囲が次第に拡大する方向にあり、力量が強固となり、方向が次第に明確になりつつある情勢の下では、すべての被圧迫階級の文化団体は、自ずと一致連合し、全体的組織を結成し、全体的方針を決定する必要がある。その具体的な現れが、つまり最近の〝日本プロ文化連盟〟の結成である。この総組織の結成は当然一朝一夕に成ったものではない」と述べた後、こう書いている。

この度の総組織の最初の動きは八月のことで、この間二回の〝懇談会〟と四回の〝準備会〟を経てようやく主要な一切が決定された。

このように、華蒂のコップ成立にいたるまでの二つの記事、「一九三二年的日本文壇」と「日本新興文化之画期的発展」は、①「八月」にコップ成立の動きが起きた（「一九三二年的日本文壇」ではそれをはっきりと「八月二〇日」としている）、②その後つごう六回の集まりが持たれ、「主要な一切が決定された」、「事実上『日本プロ文化連盟』は結成された」としている点、「一九三二年的日本文壇」では「九月中旬から一〇月下旬まで六回の『文化連盟』準備会」が開かれ、「日本新興文化之画期的発展」では「二回の〝懇談会〟と四回の〝準備会〟」、計六回の会合が持たれたという点で共通している。

さていまコップの機関誌『プロレタリア文化』創刊号に掲載された「文化聯盟結成経過報告」と同第二巻第一号（三二年一月号）に掲載された「訂正」とを重ね合わせてみると、コップは二回にわたる懇談会、四回の準備会を経て結成されたことがわかる。第一懇談会は「九月半ば」、第二懇談会、第一回準備会については日時等は不明だが、第二回準備会は「一〇月七日」、第三回準備会は「一〇月一四日」、第四回準備会は「一〇月二四日」に開かれている。しかも、第一懇談会は「八月二〇日」に出された日本プロレタリア・エスペランチスト同盟以下八団体の「全文化団体の協議会を作りたいと云ふ勧誘状」に応じた団体によって開催されたとある。

このように、華蒂の「一九三一年的日本文壇」と「日本新興文化之画期的発展」の記述は『プロレタリア文化』創刊号の「文化聯盟結成経過報告」と見事なまでに附合している。しかも、華蒂は『プロレタリア文化』創刊号を目にしていない。

華蒂は「日本新興文化之画期的発展」でコップが「二回の〝懇談会〟と四回の〝準備会〟を経て」結成されたと書いている。『プロレタリア文化』創刊号の「文化聯盟結成経過報告」は、六回の集まりを「第一懇談会」、「第二懇談会」、「第三懇談会」、「第四懇談会」、「第五回準備会」、「第四回準備会」と「懇談会」が四回、「準備会」が二回としている。これに対し先の『プロレタリア文化』第二巻第一号（三二年一月号）の「訂正」は、「第三懇談会」を「第一回準備会」、「第四懇談会」を「第二回準備会」、「第五回懇談会」を「第三回準備会」とし、「懇談会」二回、「準備会」が四回と改めたものである。このように華蒂はその時、この「訂正」を待つまでもなく、「三一年一一月七日」の時点で「懇談会」が二回、「準備会」が四回であることを知っていた。この事実は、華蒂がその時コップ結成の経過を詳しく、確実に知り得る位置にいたことを示しているだろう。

その上でいうと、先の『文芸新聞』第三六号に掲載された「日本文化聯盟之陣容」の「今月七日夜七時」、「東京神田今□河岸江戸」で開かれた「日本文化連盟創立準備会」とは、「文化聯盟結成経過報告」の記述から推して「一〇月七日」に開かれた「第二回準備会」と特定できる。

華蒂の「日本文化聯盟之陣容」には、その日のことが「出席者は委員長が開会の挨拶を述べた後、ロシア、アメリカ、ドイツ、フランス各国の左翼文化功労者数人を推薦し、名誉会員とした。その後、十項目の行動綱領草案を決定し」と記されている。そして先の「文化聯盟結成経過報告」には、「中央協議員の決定と同時に、世界各国の文化運動に貢献ある人々を名誉協議員にしては如何と云ふ案が出た、萬場一致左の人々を名誉協議員に推した」とある。ちなみに、「世界各国の文化運動に貢献ある人々」としてその時選出されたのは、ソビエトからは「ゴルキー、クルプスカヤ、ブブノフ、ヤロスラフスキー」、ドイツからは「ミユンツエンベルグ、ウイツトオーゲル」、アメリカからは「マイケル・ゴールド」、フランスからは「バルビユス」、日本からは当時コミンテルン執行委員会幹部会員としてモスクワにいた片山潜で、中国からの名誉会員は「未定なるも是非調査の上推挙すること」が決められた。また、当日会場となった「神田今□河岸江戸」は、「今」の後の一字が不明だったが、それはプロレタリア科学研究所があった「神田区今川小路」ではないかと思う。その時、プロレタリア科学研究所は「神田区今川小路一ノ一江戸ビル内」にあった。コップ結成の会合がプロ科の一室を使って行われていたとしても何ら不思議はない。

華蒂がコップ結成の会議に参加していたかどうかは特定できない。しかし、華蒂が「第二回準備会」含め、準備会の決定事項その他を詳しく知り得る位置にいたことは確かである。華蒂は「一〇月二四日」に開かれた「第四回準備会」の結果も知っていた。華蒂は「日本新興文化之画期的発展」の中で、「青年協議会議長」として「牧島五郎」の名を挙げている。牧島五郎が「青年協議会議長」に選ばれたのは「第四回準備会」においてである(2)。

華蒂の「日本新興文化之画期的発展」は「三一年一一月七日」に東京で書かれた。そして華蒂はこの「日本新興文化之画期的発展」の中で、「最初の動きは八月のことで、この間二回の〝懇談会〟と四回の〝準備会〟を経てようやく主要な一切が決定された」といい、「三一年一月八日」執筆の「一九三一年的日本文壇」では、「九月中旬から一〇月下旬まで六回の『文化連盟』準備会を経て、事実上『日本プロ文化連盟』は結成された」と書いている。ここでいう「主要な一切が決定された」と「事実上『日本プロ文化連盟』は結成された」という物言いの間には、さほどの違いはないだろう。つまり、華蒂には、「一〇月二四日」の「第四回準備会」で「主要な一切が決定された」、それが「事実上『日本プロ文化連盟』は結成された」と映った。だから、華蒂は「日本新興文化之画期的発展」、「一九三一年日本文壇」でそう伝えたのである。このように、コップの成立は、そこに時のコップの成立過程を近くで見ていた華蒂の「一九三一年的日本文壇」、「日本新興文化之画期的発展」を重ね合わせてみると「一〇月下旬説」が有力な説として浮かび上がってくるのである。

任鈞、華蒂等の東京通訊は、このように日本のプロレタリア文学運動、文化運動を考える上で、貴重な同時代資料でもある。

第三節　「東京左連」と「プロレタリア詩人会」

先に述べたように、謝冰瑩は「プロレタリア詩展」を参観することによってプロレタリア詩人会に行き当たった。同じ頃、これとは別のルートから、東京左連の任鈞、華蒂もプロレタリア詩人会と接触し、その活動に参加していた。彼らとプロレタリア詩人会を繋いだのは藤枝丈夫であり、日本プロレタリア作家同盟である。任鈞は「関于〝左連〟的一些情況」の中で次のように証言している。すでに何度も引用している個所ではあるが、その繋がりを確認するためにも関係部をすべて引用したい。任鈞はこう語っている。

分盟（東京左連——小谷）が成立すると、我々はただちに〝日本プロレタリア作家同盟〟と連絡を取った。我々は一九二九年から日本の〝支那通〟藤枝丈夫君と知り合いだった。その年の下半年、蔣光慈が東京に来た時も、彼を通じて日本の作家と接触をしたことがあった。だから分盟が成立すると彼を通じて〝日本プロレタリア作家同盟〟と関係を持ったのである。なぜなら、彼もその同盟のメンバーだったからである。彼らと連絡が取れるようになると、彼らは我々に彼らが開いたいくつかの会議に参加するよう求めてきた。我々は会で彼らに中国の進歩的文芸界の現状及びその闘争状況等々を紹介して、彼らの大変な歓迎を受けた。同時に、我々は国内から送られてきた刊行物、例えば『拓荒者』、『文芸新聞』等々を彼らに贈呈した。

そして任鈞はこの後、次のように書いている。

しばらくして、私たちはさらに該同盟に所属する詩人たちの集まりに参加した。出席者には森山啓、上野壮夫等がいた。彼らは会の席上詩歌に関するいくつかの問題を討論したり、新しく書いた詩を朗読したりして、とても熱っぽい雰囲気だった。私と華蒂も席上発言をし、祖国の当時の革命詩歌運動の進展状況を紹介した。国を越えた友人と一緒に活動していることを表すために、私が自分の書いた「我聴見了飛機的爆音」（この詩は『北斗』に発表したことがある）という詩を日本語に直して朗読したことを覚えている。のちにその詩は彼らが出している詩の雑誌に掲載され、さらに日本の詩友たちの作品と一緒に反侵略を主題とした詩集の中に収録された。(1)

ここに見える「該同盟に所属する詩人たちの集まり」というのが、プロレタリア詩人会である。

プロレタリア詩人会は、一九三〇年九月、それまで『前衛詩人』、『前衛評論』、『新興詩人』、『工場』、『地下鉄』、『赤蜂』、『鎌』、『衆像』、『新興日本詩人』、『宣言』で活躍していた人々が集まって結成された。機関誌は『プロレタリア詩』で三一年一月一日創刊、三二年二月第二巻第二号（二・三月合併号）で停刊となった。プロレタリア詩人会結成の目的は、創刊号所載のプロレタリア詩人会「プロレタリア詩人会設立に際して」の中で、「『ナップ』（全日本無産者芸術団体協議会――小谷）指導下に立つて、芸術運動内の諸分野に於ける『プロレタリア詩』の確立、ブルジヨワ詩の闘争克服のために」闘いを押し進める、「詩作品のボルセビーキ化を闘ひ、広汎な大衆獲得の為のアヂ、プロの役割」を果たす、と謳われている。プロレタリア詩人会の委員長は平沢貞二郎、書記長は遠地輝武、会員には石井秀、伊藤信吉、大江満雄、橋本正一、新井徹、後藤郁子、小熊秀雄等の人々がいた。

先の回想に「出席者」として名前が上がっている森山啓は、一九〇四年新潟県岩船郡村の生まれで、東京帝大新人会の会員、二八年ナップに加わり、詩人、評論家として活躍、『プロレタリア詩』には創刊号から評論「同志の作品に関する覚書」などを発表している。森山その人についていえば、彼は二九年に結婚、三〇年に福井に転居したが、妻を残して上京、本所押上に住んだ後、「この年（三一年――小谷）、家族あわせて五人を東京に呼び寄せたが、生計は苦しく金沢に帰す。弟、秀夫が病んだのに続き、啓も病む」[2]と記される時でもあった。上野壮夫は、一九〇五年茨城県の生まれで、「アナキズム系の『黒嵐時代』『アクション』の同人を経て、『文芸戦線』に参加」、二七年労農芸術家連盟の書記長を務め、その後日本プロレタリア作家同盟に加入、『プロレタリア詩』には第一巻第八号（三一年一〇月号）に詩「ラッパよ鳴るな」を発表している。[3]

任鈞、華蒂等がいつ頃からプロレタリア詩人会の集まりに参加するようになったのかは特定できない。また、任鈞、華蒂の二人が「発言をし、祖国の当時の革命詩歌運動の進展状況を紹介した」というのも、三一年のいつの時点のことであるかわからない。ただ、任鈞が、席上「国を越えた友人と一緒に活動していることを表すために」、詩「我聴見了飛機的爆音」を朗読したというのは、その詩の製作年月日から推して、三一年一二月一七日以降であることだけは確かである。

任鈞の詩「我聴見了飛機的爆音」が中国で発表されたのは、三二年七月発行の『北斗』第二巻第三、四期合刊においてである。副題は「献給全日本的勤労大衆（全日本の勤労大衆に捧ぐ）」、詩の末尾には「十二，十七，一九三一，飛機的爆音中於東京」と記されている。だが、この詩はこれより前に「日本語版」がプロレタリア詩人会の機関誌『プロレタリア詩』に掲載されていた。

「飛行機の爆音を聴いて」が掲載されたのは三二年二月発行の『プロレタリア詩』第二巻第二号で、つまり、この詩は、先に触れた「ピン・イン」名の「東京・プロレタリア詩展を参観して」と一緒に掲載されている。『プロレタリア詩』第二巻第二号（三二年二、三月合併号）は、「コップ」の結成に伴い、プロレタリア詩人会が自らを解消し、「ナルプ」、日本プロレタリア作家同盟の中に組織化されていく中にあって、プロレタリア詩人会として出した最後の号でもあった。任鈞のこの詩は、その最後の号に、「ピン・イン」「東京・プロレタリア詩展を参観して」、藤枝丈夫「原筆者についての簡単な紹介」の後に掲載されている。署名は「盧森堡」、副題は「日本の勤労大衆に」、そして末尾には「一九三二年一二月午後二時東京にて」と記されている。

ところで、任鈞は、この「飛行機の爆音を聴いて」が、「さらに日本の詩友たちの作品と一緒に反侵略を主題とした詩集の中に収録された」と書いていた。では、その「詩集」とは何なのであろうか。じつは、それがこれから述べる『赤い銃火』なのである。

詩集『赤い銃火』は、「国際革命作家同盟日本支部日本プロレタリア作家同盟」編で、日本プロレタリア作家同盟の「詩・パンフレット第一輯」として、三二年四月二〇日に、日本プロレタリア作家同盟出版部から発行された。この『赤い銃火』は、戦旗復刻版刊行会が出した『社会派アンソロジー集成』（全二三種）の一つに『赤い銃火』（戦旗復刻版刊行会　八四年五月三一日発行）として収録されており、現在その復刻本を見ることができる。

『赤い銃火』が、「詩・パンフレット第一輯」として刊行された経緯などについては、『「社会派アンソロジー集成」別巻』（戦旗復刻版刊行会　八四年五月）に収められている「『社会派アンソロジー集成』解題」「赤い銃火」の項に詳しい。そこには、プロレタリア詩人会の書記長であった遠地輝武の回想「現代詩の古典・赤い銃火」（原載、『現代詩』一九五五年二月号）を引きながら、『赤い銃火』について次のように記されている。

この詩集は、作家同盟が編集・発行した『詩・パンフレット』の『第一輯』で、一五編（一五名）を収めている。一九三二年四月二〇日付で発行、部数は千部と記録されている。当時作家同盟員であり、またプロレタリア詩人会の書記長をつとめた遠地輝武は、本書刊行の経緯について次のように回想している。遠地は、プロレタリア詩人会が三二年二月に季刊誌『プロレタリア詩』を廃刊し、組織を解散して作家同盟へ合流したことを述べた後、次のようにいう。

（前略）ナップでは急速に詩人の働き手はふえたが、その作品を収容するに足るだけの発表機関はない、特に、うちつづく弾圧は連続的にナップ機関誌の発禁を強行して、ますます発表機関の狭隘を告げる情態である。たちまち、詩人たちはナップに加わったけれども、文学上の活動の上では半失業の状態におかれ、この不満が当時のナップ詩研究会の席上でもしばしばつよく述べられるようになった。しかるに、ナップでは詩人の要求を入れて新雑誌を発刊するだけの財政的余裕がない、遂に幾度か詩雑誌の発刊が計画され、その計画もお流れになって、やっと出版されたのが、雑誌にかわる『詩・パンフレット』だったわけである。

ただし、右の引用文にある「ナップ」は、略称ナルプの作家同盟のことである。

さらに、「解題」には『赤い銃火』の発禁に触れて、「『赤い銃火』は発行と同時に発禁となり、作家同盟ではただちに『再版』を準備した。機関誌『プロレタリア文学』掲載の広告によると、六月号で『発売禁止！』と注記した後、六月増刊号、七月号、八月号に『再版出来！』と刷込んである。この『再版』に相当する、現存の『改訂版』は、奥付の発行日が六月一五日となっている。同書は、初版の赤と黒の二色刷りの表紙を黒一色刷りに改め、奥付に『改訂版』と追加しているが、内容は変っていない」と記されている。復刻された『赤い銃火』は初版の装丁で、原本はザラ紙であるのを、復刻にあたって「全般に原本よりやや上質の用紙を用い」たが、「原本のツカ（本の厚さ）と同じか、やや厚めのツカに仕上げるように用紙の厚さを選定した」という。

引用文にもあるように、詩集『赤い銃火』には一五人、一五篇の詩が収録されている。一五篇のうち日本人の手になるものは一三篇、朝鮮人姜鷺郷のものが一篇、任鈞（盧森堡）のものが一篇である。いまそれを収録順に記すと、槙村浩「出征」、村田達夫「兵士を送る」、中田亀之助「復讐を誓ふ」、今野大力「屈辱（市電の一労働者に代って）」、田端春夫「慰問袋」、大江満雄「労働服を着たプロレタリアから軍服を着たプロレタリアへ」、姜鷺郷「大陸の嵐」、盧森堡「飛行機の爆音を聴いて――日本の勤労大衆に」、野毛九郎「召集電報」、一田アキ「母の叫び」、野像堀哉「俺は殺されに行く」、T・Y「たゝかひに行く」、田中英士「死」、杉田秀七「凶作地からの別れ」、佐野嶽夫「大陸の嵐」となっている。任鈞の「飛行機の爆音を聴いて」は、朝鮮人姜鷺郷が戦乱の上海で上海事変に題材を求めた詩「大陸の嵐」に続いて収められている。この『赤い銃火』の狙いがどこにあるか、それはこの一五篇の題名を見ただけで明らかであろう。この一五篇の詩はすべてが何らかのかたちで日本の中国侵略について触れているのである。

『赤い銃火』の「序」には、日本プロレタリア作家同盟の名で、その狙いが次のように記されている。

　我々はこゝに、最近におけるプロレタリア詩人の仕事の集成として、詩・パンフ第一輯「赤い銃火」を全労働者農民におくる。この詩集に納められた十篇の新作詩篇は、当面の切迫せる状勢に対する、具体的には新たなる戦争と、それを契機として強化しつゝある労農階級に対する「ありとあらゆる暴力」を以てするところの資本の一方的攻撃――ファシズムに対する、わがプロレタリア詩人の断固たる闘争の決意であり、全労働者農民の湧き上る進撃の歌声である。

そして、「序」はさらにこう記している。

　特に我々の大なる喜びは、この詩集刊行の仕事に、中国詩人の積極的な参加を得たといふことだ。これは帝国主義者共の××に対して、中国及び日本のプロレタリアートが××の力を以てする闘争の宣言でなくて何であらう。

任鈞の詩は、こうした反帝、反侵略に向けた日中共同の「闘争の宣言」の証として『赤い銃火』に収録された。このように、任鈞の詩「飛行機の爆音を聴いて」は、原詩が『北斗』に掲載される前に二度にわたって日本で紹介された。

当然と言えば当然なのだが中国で発表された『北斗』所載の「我聴見了飛機的爆音」には伏せ字がない。だが、『プロレタリア詩』所載の「飛行機の爆音を聴いて」と、『赤い銃火』の「飛行機の爆音を聴いて」については何ヶ所か伏せ字があり、しかもその個所もまちまちである。(4) 任鈞がプロレタリア詩人会の会合で日本語で朗読し、『プロレタリア詩』、『赤い銃火』に発表しようとしていた伏せ字のない「飛行機の爆音を聴いて」とはおよそ次のようであったろう。以下は、『プロレタリア詩』、『赤い銃火』、『北斗』所載の三つをつき合わせて起こした任鈞の詩「飛行機の爆音を聴いて」である。

飛行機の爆音を聴いて
――日本の勤労大衆に――
盧森堡

飛行機の爆音を聴いた時
俺は　此の頃の満州を
思はずには居られない

俺は知つてる
今　満州の広野で
あの汚い小屋に
あの農場に　機械の側に
襤褸の、飢えた、多くの人々が
同じこの爆音を聴きながら　憤激し　悲泣してゐる　と
なぜなら　この爆音は嘗つて大きな爆音を運んで来て
彼女等の夫を　彼等の妻を娘を
彼等の息子と孫を　彼等の兄弟を打ち砕いたから
そしてまた彼等の家と耕地を壊滅させたから
しかも　しかし
今もなほあの獣の威力を示し続けてゐる　と

だが　飛行機の爆音を聴いた時
同様に　俺は想像せずには居られない
未来の　日本の有様を
俺の眼にはハツキリと見えてゐる
その日がキツト来ることが

その日　あの同じ色の飛行機が
（嘗つて満州の上空に獣の威力を示した奴が）
矢つ張り同じ殺人道具を投下するだらう！
そして矢つ張り工場の農村の
労働者と農民の全部を打ち砕かうとするだらう
なぜなら　彼等は叛乱し
彼等は自分自身を永遠の奴隷から解放しやうとするから
工場の中に　農村の中に
血の色をした赤旗を高く高く掲げるから！

飛行機の爆音を聴いた時
俺はどうしても思はずには居られない
中国の労働者と農民の現在を
日本の労働者と農民の未来を
隣の島国の勤労大衆よ！
聴いてくれ　階級的耳をもつて聴いてくれ
あの爆音は叫び続けてゐるではないか
「我々の敵は全世界のプロレタリアだ」と。

任鈞の思いは、冒頭の「飛行機の爆音を聴いた時／俺は　此の頃の満州を／思はずには居られない」、そして最後の「聴いてくれ　階級的耳をもつて聴いてくれ／あの爆音は叫び続けてゐるではないか／「我々の敵は全世界のプロレタリアだ」と」の一節に尽きるであろう。

プロレタリア詩人会に属していた新井徹や小熊秀雄等が、コップ瓦解後、『文学評論』、『詩精神』などにおいて東京左連の雷石楡等と交流を持っていたことは、これまでにもいくつかの指摘、紹介がなされてきた。[5] だが、それよりも前、三一年の段階で、東京左連の任鈞、華蒂等はすでにプロレタリア詩人会と接触し、交流を持っていたのである。ここでの彼らとプロレタリア詩人会との交流は、雷石楡等のそれに先立つ「前史」として位置付けられよう。

おわりに——終章に代えて

すでに述べたように、謝冰瑩は九・一八事変後の帰国運動の中で三一年末に帰国し、ほどなくして華蒂も帰国した。任鈞も三二年四月に帰国している。

では、彼らが帰国した後の東京左連、中国人日本留学生の状況はどうなっていたのであろうか。

彼らと入れ替わるかたちで東京左連の関係者として名前が挙がってくるのが、胡風、方瀚、聶紺弩等「新興文化研究会」の人々である。

胡風の日本留学時代についてはすぐれた先行研究がある(1)。だが、胡風の日本留学時代にはまだまだ不明な点が多い。このためここでは問題となるであろういくつかの点について触れ、終章に代えたい。

胡風は一九〇四年の生まれで、湖北省蘄春県の人、本名を張光人という。彼は、二九年九月同郷の朱企霞と一緒に来日し、神田の東亜高等予備校などで日本語を学び、三一年四月慶応大学文学部英文学科に進んだ(2)。

胡風が来日した二九年九月とは東京左連の関係者である華蒂、任鈞、楼適夷が来日した時でもある。だが、日本での胡風と任鈞、華蒂、楼適夷等との関係がまったくといっていいほど摑めないのである。

胡風は慶応大学に進んだ後、英文学科で一緒だった「泉充」と知り合い、泉の手引きでプロレタリア科学研究所の「芸術学研究会」に参加するようになる(3)。プロレタリア科学研究所といえば、すでに見たように、任鈞、華蒂等もプロレタリア科学研究所に関係していたのだが、そこでの胡風と任鈞、華蒂等の繫がりについても何もわかっていない。

胡風は、江口渙等、日本プロレタリア作家同盟の人々とも往来があった(4)。

胡風は、上海で昆崙書店を経営していた友人の熊子民から依頼を受けて日本で二冊の本の翻訳を試みている。一つがジム・ドル原作『洋鬼』で、胡風は、大竹博吉（広尾猛）訳『職工長ミック』（同人書店　一九二九年）を底本とし、三〇年一二月、心弦社から「谷非」の名で出版した。もう一つは日本語訳『四十年』第一部で、この翻訳は作品が大部で、結局果たされなかったのだが、胡風がその時底本としたのが大宅壮一訳『四十年』（中央公論社　三〇年一〇月）で、胡風はその関係からある日大宅壮一の家を訪ねた。大宅壮一の家は江口渙の家の近所で、胡風はその日、大宅壮一の案内で江口渙の家を訪れ、江口渙と知り合いになり、日本プロレタリア作家同盟とも関わりを持つようになった。(5) 任鈞、華蒂等は、これまで見てきたように藤枝丈夫を介して、日本プロレタリア作家同盟、プロレタリア詩人会と関係を持つようになった。しかし、胡風は、それとはまったく別なルートで江口渙、日本プロレタリア作家同盟と接触しているのである。

胡風はその時、中国の「革命文学」派に対しても、彼らの言説を拠り所としている藤枝丈夫に対しても否定的であったという。(6) また、胡風たち新興文化研究会の人々は湖北省出身が多いことがその特徴である。留学生が同郷でまとまり、行動することは珍しくない。こうしたことが関係しているのであろうか、胡風たちと任鈞、華蒂等との関係は、胡風が東京左連に関係したとされるまで何も見えてこない。このため、胡風がいつ、どのようにして東京左連と関係を持つようになったかもまったくわかっていないのである。

では、胡風はいつ頃から東京左連に加わるようになったのであろうか。胡風はこう書いている。

左連の東京支部にも参加した。誰の紹介だったのかは思い出せない。一度集まったとき、来たのは全部で三人だった。謝冰瑩（大革命期に武漢の中央軍校に入り、「女兵日記」を書いた）とわたしと阮という人物だった。会合は阮が住んでいた宿舎で開かれたように思う。（中略）。盧森堡（帰国後、任鈞と改名）も支部の一員だったが、その会合には出ておらず、のちに顔を会わせた。また早稲田大学で華蒂（以群）にも一度会った。盧森堡と親しくしていて、ちょっとした本を共訳したらしかった。[7]

ここに見える「阮」という人については何も分からない。胡風はそこに謝冰瑩がいたという。とすれば、胡風が東京左連と関わりを持つようになったのは、謝冰瑩の日本滞在中、三一年の一〇月か一一月ということになる。

胡風と東京左連の関係については次のような尹庚の証言がある。尹庚は、すでに触れたように葉以群（華蒂）と共に三一年夏に来日し、葉以群の下宿に住んだ。そうした尹庚は、ある日、葉以群から、「〝左連〟東京支部」の会議に来てみないかと誘われた。尹庚はその時のことをこう書いている。

その時私は言った。「私は〝左連〟のメンバーではないし、作家でもない、参加するのは具合が悪いのではないか？」と。すると彼は笑いながら言った。「これは座談会形式だから、きみを誘ったのだ。ついでに何か書いたものを持っていき、皆に見せるといい」。それで私は参加した。その時の会は葉以群が主宰し、参加者は十数名だった。記憶しているのは三人で、一人が張光人、筆名は谷非（すなわち胡風）、一人が盧森堡、筆名は任鈞、もう一人が聶紺弩である。[8]

尹庚は彼の出た会に聶紺弩がいたという。だがこれは尹庚の記憶違いではないかと思う。聶紺弩が日本に来たのは三一年末か三二年初め頃のことであり、そこに聶紺弩がいたというのはちょっと考えにくい。[9] 葉以群に誘われて行ったというこの会はおそらく三一年の一〇月か一一月に開かれたものであろう。尹庚はこれ以降東京左連と関係するようになる。

尹庚は、任鈞、華蒂等が帰国した後も日本にいて、胡風等の新興文化研究会に関係した唯一人の人である。その尹庚は胡風と東京左連との関係について次のようにも証言している。

〝文総〟が成立してまもなく、葉以群は帰国した。帰国前、彼は〝左連〟の関係を盧森堡に任せようとした。彼が上野公園で今後のことを谷非と相談する時、私を同行させ、私に前を歩かせ、私服がいるかいないかに気を配り、彼らが後で安全に話できるよう援護させた。葉以群が、自分が去った後、組織関係を盧森堡に任せるつもりだと話した時、谷非が大声で反対した。彼の物言いを聞いていると、彼が指導するのがベストだと言っているようで、私は谷非が自信家なことを知った。[10]

華蒂が帰国するのは三一年末のことである。とすれば、こうしたことがあったのも三一年一一月末のことであろう。華蒂が自分が帰国した後の東京左連を盧森堡（任鈞）に任せようとしたことは、これまでの流れから見てじつに自然なことである。では、なぜ胡風はその時それに反対し、自分を推したのであろうか。その辺の事情はよくわからない。ただ胡風等の活動様式と任鈞、華蒂等のそれとが異なっていることだけは確かである。

胡風たちは九・一八事変が勃発すると、「一部の留学生を組織し、日本の左翼文化運動、日本反帝大同盟に参加した」という。[11]そして胡風は、何定華の仲介で、王承志と共に、三二年冬日本共産党に入党している。[12]こうした動きは、任鈞、華蒂等には見られなかった動きである。任鈞、華蒂等は、これまで見てきたように、日本のプロレタリア文学運動、文化運動ときわめて近い位置にあり、交流を持っていた。だが、彼らは胡風たちのように日本の組織に加盟することはなかった。そうした意味でいうと、胡風等の動きはきわめて党派性の強い、実際活動と直結した動きと言えるだろう。それは、胡風たちがこの後組織した新興文化研究会についても言えると思う。

新興文化研究会は三二年三月下旬に結成された。『赤色支那』はこの新興文化研究会について「六　華僑班事件」「（三）新興文化研究会」で次のように記している。

昭和七年三月下旬湖北省蘄春県生れ当時中野区野方町下沼袋八六二西部館止宿早稲田大学生方翰（二八）、同

じく四谷区仲町三ノ二二高島方慶応大学生張光人（二七）、湖北省京山生れ牛込区早稲田鶴巻町四一四早成館内無学席聶衣葛（二九）及び楼憲（帰国）等四人が協議して「社研日本分会」と別に中国共産党の外郭団体である中国左翼作家連盟の指導の下に「新興文化研究会」を組織し方瀚が総務となり、その下に指導統制及び執行機関として書記局を置き、張光人と聶衣葛とが書記局員となり、研究機関として政治経済部、文芸研究部の両部を結成、書記局会に於いては組織の拡大強化に関する計画を樹立、屢々会合のうへ機関誌『文化闘争』『文化之光』その他檄文に掲載する記事の審議決定をなしたほか、各種の執拗巧妙な実際運動に従事、また組合に於いては日本帝国主義打倒を目的とする日支間の時局問題、マルクス経済学その他各種左翼文献を題材として批評研究を重ね、共産主義革命の実践活動者の育成に努め、その機関誌には匿名で、各会員の研究した起稿文は勿論、日本共産党中央機関紙『赤旗』中国共産党の機関誌『紅旗』その他左翼文献の記事を転載し、これを留日支那人学生及び本国の各学校同志に広く頒布、主義宣伝に狂奔してゐた。更にまた総務の方瀚は同年八月日本反帝同盟員朝鮮人李某と連絡し、更に同人の紹介で方瀚、及び湖北省漢陽県生れ当時淀橋区諏訪町二三六新井方明治大学生王承志（二七）の両者は「日本反帝同盟」に加入し、日、支、台、鮮人のプロレタリア大衆青年学生より成る反帝共同戦線を確立して大衆獲得及び国際連帯性の組織提唱の下に活動するに及んだ。[13]

胡風は、この新興文化研究会の下には「社会科学研究会」と「文学研究会」があり、社会科学研究会は方翰、王承志（王達夫）等が中心となり、文学研究会は胡風が責任者で聶紺弩、周穎、楼憲等がいたという。[14]『赤色支那』に見える「政治経済部」、「文芸研究部」が、おそらくは「社会科学研究会」、「文学研究会」のことであろう。また、「聶衣葛」とは聶紺弩、「楼憲」とは尹庚のことである。[15]

新興文化研究会のメンバーだった方瀚は、胡風と同じ湖北省蘄春県の出身で、本名は方天逸、何定華ともいう。彼は、胡風とは古くからの友人で、胡風と語らい、胡風より一足早く日本に留学し、三〇年春に早稲田大学政治経済学部本科に入学している[16]。

聶紺弩は、同じく湖北省の出身で、京山県の人。南京国民党中央通信社で副主任をしていたが、九・一八事変後抗日救亡活動に参加し、身に危険が及ぶようになり、のちに結婚する周穎が官費を得て生活面でも落ち着いたことで、三一年末か三二年初め頃来日した。周穎も湖北省の出身で、之芹ともいう。二九年に来日し、早稲田大学政治経済部で学んでいた[17]。

聶紺弩が東京左連に関係するようになったのは胡風との関係からである。聶紺弩が、方瀚、胡風を知ったのは、ある日、周穎が同郷である方瀚を家に連れてきたからで、その後方瀚の案内で胡風のところを訪ね、以後、胡風に強く惹かれるようになり、東京左連に参加した[18]。

新興文化研究会の機関誌である『文化闘争』は、三二年五月一日に創刊され、第四期まで刊行された。日本国内で目にすることが出来るのは、いまのところ、以下の第一期、第二期、第四期の三冊だけである。『文化闘争』は油印版であり、判読不可能なところが多い。いまその「目録」をまとめてみると次のようになる。

「　」内には、原文にある執筆年月日に関する部分をそのまま収めた。「□」の部分は判読出来なかった箇所を表す。

『文化闘争』第一期　新興文化研究会　三二年五月一日発行
「発刊之詞」――告留日同学」「五月一日　編輯局」
北因「日本帝国主義対華侵略戦争的本質及其前途」「三二　五一節　于東京」
小六「懐蘇聯」（読□□莫斯科印象記）「三二・四・一五　於上海貧民窟」

一記者「『満州国』的土産話」「三二年四月二三日夜　于東京」
「編後」「五一前一日」

『文化闘争』第二期　新興文化研究会
「五四運動与中国革命――為紀念五□七週年」
衣葛「五四運動与中国資産階級的革命」
白音「赤色五月和日本帝国主義之関係」
「五月以五四・五卅・五二一為中心所看到的中国革命之発展形勢」「三二、五、一九、東京」
「雑歌」
「関於侵略中国戦争之性質的討論」
「編後」

『文化闘争』第四期　新興文化研究会
「為八・一反戦運動致日本反帝同盟」「七月一三日　留日華僑新興文化研究会」
静□「怎様去紀念長沙蘇維埃――長沙蘇維埃二週年紀念」
望□「八一国際反戦闘争運動文意義和我們的任務」
「新興文化研究会声明書」「七月一二日」

附録

（一）「対於「科学半月刊」創刊□批評「文化闘争」各□之解釈」
（二）甲「科学半月刊編輯局声明」
乙「科学半月刊文化闘争編輯局共同声明」
（三）「中国社会科学研究会日本分会重要声明」
葛正「集反動傾向之大成的科学半月刊」
赤心「暴露「科学半月刊」的反動性
□果「形式邏輯的科学半月刊——読了対五四一文的指摘以後」
呉新「将弁証法的唯物論反動化的科学半月刊」
秀□「請看科学半月刊之唯心論的「検討」」
□年「以理論以外的矛攻理論以外的盾」
綺割「社会科学研究会分会発抖了」
「編後」

尹庚はこの『文化闘争』創刊号のガリ切りをした。尹庚はこう書いている。「葉以群の帰国後、〝左連〟東京支部は引き続き闘争を堅持し、〝文総〟と共同で秘密の刊行物『文化闘争』を準備し、活版印刷が難しいのでガリ版（油印）で発行した[19]」。

尹庚は、創刊号に「谷非」（胡風）の五四運動に関する文章があった。この文章は一番後に送られてきたのだが、紙面の最初に掲げたという[20]。ということは、創刊号の「発刊之詞」の次に見える北因「日本帝国主義対華侵略戦争的本質及其前途」（「三二　五一節　于東京」）がそれであろう。とすれば、「北因」とは胡風ということになる。また、第二期に見える「白音」もその音からみて胡風ではないかと思われる。

『文化闘争』第四期は、一見してわかるように、『科学半月刊』批判特集号のような様相を呈している。

『科学半月刊』とは、胡風等「新興文化研究会」とはまた別の「中国社会科学研究会日本分会」が出していた雑誌である。「中国社会科学研究会日本分会」は、新興文化研を追いかけるように三二年五月一日に結成され、そこには、「漆憲章、郭兆（以上、法政大学学生）、汪成模（東京医専学生）、習明倫（工大学生）、黄鐘銘（明治大学学生）等」が参加していた。機関誌としてはこの他に『科学新聞』等があった[21]。この「中国社会科学研究会日本分会」とは、「国内の〝社連〟盟員と個別の連絡があるだけで正式な組織関係はまったくなかった」といわれる[22]。

新興文化研究会と中国社会科学研究会日本分会との確執は、やがて、中国「文総」を代表して来日した楼適夷の調停によって和解が成立する。だが、それが成立してまもなく、「日本プロレタリア科学同盟華僑班」を口実とした、中国人日本留学生に対する大規模な検挙事件が起き、東京左連は壊滅的な打撃を受け、胡風たちも逮捕、強制送還となった。この事件が三三年三月に起きた「華僑班」事件である。

尹庚は『文化闘争』が「文総」と共同で秘密裏に出版されたのだという。尹庚はその「文総」について、「九・一八事変勃発後、留日学生の間で、共産党員の関与、支持の下、留日学生会が改組され、親日分子と国民党反動派の投降政策を擁護する者は完全に駆逐され、その時、尹庚が学生会の執行委員に選ばれた。学生会の改組大会では、公に愛国救亡の主張が提示された。日本の私服警察は死に物狂いで会場にやってきて状況を調べ、勝手放題に破壊した。その後、力を集中するために〝左連〟、〝教連〟、〝社連〟などのメンバーが団結して〝文総〟、すなわち〝文化総同盟〟を成立させた。葉以群はその中で最も積極的に組織工作に関わった」と証言している[23]。だが、この「文総」、その時中国人日本留学生内にあったという「教連」、「社連」などについて詳しいことは何もわかっていない。

注

はじめに——序章に代えて

（注1）林煥平「従上海到東京」（『文学評論』一九八〇年第二期）。
（注2）実藤恵秀『中国人日本留学生史』（くろしお出版　一九六〇年三月初版、一九七〇年一〇月増補版）。

第一章　国民革命挫折前後の中国人日本留学生の動き

第一節　「国民党駐日総支部」、「青年会派」、「西巣鴨派」、「東京特支」のことなど

（注1）黄鼎臣「従中共東京特支到反帝大同盟」（『革命史資料』第一輯　一九八〇年一〇月）、「日本医大遊学記」（『人民中国』一九八一年八月号）など。
（注2）黄鼎臣「従中共東京特支到反帝大同盟」（前出）。
（注3）黄鼎臣「従中共東京特支到反帝大同盟」（前出）。
（注4）夏衍『懶尋旧夢録』（北京三聯書店　一九八五年七月）。邦訳に、阿部幸夫『日本回憶』（東方書店　一九八七年三月）、『回憶左連』（同　八九年一二月）、『ペンと戦争』（同　八八年六月）がある。
（注5）夏衍『懶尋旧夢録』（前出）。
（注6）夏衍『懶尋旧夢録』（前出）。
（注7）石川禎浩『中国共産党成立史』（岩波書店　二〇〇一年四月）、水羽信男『中国のリベラリズム』（東方書店　二〇〇七年六月）。
（注8）李盛平主編『中国近現代人名大辞典』（中国国際広播出版社　一九八九年四月）「張天放」の項。
（注9）張天放・濮清泉「国民党東京支部的左右派闘争」（『文史資料選輯』第六〇輯　一九七九年三月）。

（注10）「湖北百科」「竹渓人物」。
（注11）『革命烈士伝記資料目録（二）』（解放軍出版社　一九八六年一二月）「王歩文」の項。
（注12）宋世章・蒋暁鐘「童長栄」（『中共党史人物伝・第六巻』陝西人民出版社　一九八二年九月）など。
（注13）宋世章・蒋暁鐘「童長栄」（前出）。
（注14）「百家姓」「中華人民共和国翟姓高級領導人生平簡介」「翟宗文」。
（注15）栄「反革命的右派与醒獅派在日本的活動」（『中国青年』一五八期）。
（注16）栄「反革命的右派与醒獅派在日本的活動」（前出）。
（注17）夏衍『懶尋旧夢録』（前出）。
（注18）張天放・濮清泉「国民党東京支部的左右派闘争」（前出）。

第二節　国民革命挫折後の中国人日本留学生の状況
（注1）馮乃超「魯迅与創造社」（『新文学史料』一九七八年第一期）。
（注2）夏衍『懶尋旧夢録』（北京三聯書店　一九八五年七月）。
（注3）夏衍『懶尋旧夢録』（前出）。
（注4）陸立之「〝特科〟的蔡老板」（『縦横』二〇〇四年第四期）。
（注5）張天放・濮清泉「国民党東京支部的左右派闘争」（前出）。
（注6）張天放・濮清泉「国民党東京支部的左右派闘争」（前出）。
（注7）張天放・濮清泉「国民党東京支部的左右派闘争」（前出）。

第三節　「第三期創造社同人」の動向
（注1）伊藤虎丸「問題としての創造社」（伊藤虎丸編『創造社研究・創造社資料別巻』アジア出版　一九七九年一〇月）。のち

に、伊藤虎丸『近代の精神と中国現代文学』汲古書院　二〇〇七年一〇月）に再録。第一期創造社同人が「実学」から「文学」へと突き抜けた意味については、拙稿「第一期創造社同人の出会いと創造社の成立――創造社と日本」（古田敬一編『中国文学の比較文学的研究』汲古書院　一九八六年三月）、拙稿「創造社と日本――若き日の田漢とその時代」（伊藤虎丸・祖父江昭二・丸山昇編『近代文学における中国と日本』汲古書院　一九八六年一〇月）などを参照。
（注2）丸山昇『魯迅と革命文学』（紀伊国屋新書　一九七二年一月）。
（注3）楊騒「最初和外国文学接触是在日本」（鄭振鐸・傅東華編『我与文学』生活書店　一九三四年）、『第五高等学校一覧――自大正一二年至大正一三年』、『京都帝国大学一覧――自大正一三年至大正一四年』。
（注4）馮乃超「東京帝国大学文学部在学証書」（伊藤虎丸編『創造社研究・創造社資料別巻』前出）、李偉江編『馮乃超研究資料』（陝西人民出版社　一九九二年三月）。
（注5）『京都帝国大学一覧――自大正一三年至大正一四年』、「西安交通大学校友網」「彭康」。
（注6）『京都帝国大学新聞』（大正一四年四月一五日）、李書城「関于李漢俊」（『革命史資料』第二輯　一九八一年）、馮乃超「魯迅与創造社」（『新文学史料』一九七八年第一期）。張資平「読〝創造社〟」（黄人影編『創造社論』光華書局　一九三二年）。
（注7）鈴木安蔵「学連事件――精神史的回想（一）」（『現代と思想』第三五号　一九七九年三月）。鈴木安蔵は、李初梨等と同じ一九二四年、京都帝大文学部哲学科に入学、本文でも触れる「京都学連事件」で退学になった。
（注8）鄭伯奇「創造社後期的革命文学活動」（『中国現代文芸資料叢刊・第二輯』上海文芸出版社　一九六二年）。
（注9）少年中国学会については拙稿「創造社と少年中国学会・新人会」（中国文化学会『中国文化』・『漢文学会会報』三八号）参照。
（注10）鄭伯奇「創造社後期的革命文学活動」（前出）。
（注11）鄭伯奇「創造社後期的革命文学活動」（前出）。
（注12）馮乃超「魯迅与創造社」（前出）、馮乃超口述、蔣錫金筆録「革命文学論争・魯迅・左翼作家連盟」（『新文学史料』一九八六年第三期）。

（注13）王学文「河上肇先生に師事して」（『人民中国』一九八一年一〇月号）。
（注14）王学文「河上肇先生に師事して」（前出）。
（注15）王学文「河上肇先生に師事して」（前出）。
（注16）王学文「河上肇先生に師事して」（前出）。
（注17）菊川忠雄『学生社会運動史』（海口書店　昭和二三年）。
（注18）菊川忠雄『学生社会運動史』（前出）。
（注19）菊川忠雄『学生社会運動史』（前出）。
（注20）『京都帝国大学一覧——自大正一四年至大正一五年』。
（注21）馮乃超「東京帝国大学文学部在学証書」（前出）。
（注22）馮乃超「魯迅与創造社」（前出）、馮乃超口述、蔣錫金筆録「革命文学論争・魯迅・左翼作家連盟」（前出）。『第八高等学校一覧——自大正一三年至大正一四年』によれば朱鏡我は文科乙類、馮乃超は理科甲類を二四年に卒業。文科、理科の違いはあっても親交があった。
（注23）朱時雨「朱鏡我生平瑣記」（『新文学史料』一九八三年第一期）、朱時雨「朱鏡我伝略」（『中国現代社会科学家伝略』第七巻　一九八五年九月）。
（注24）馮乃超「魯迅与創造社」（前出）、馮乃超口述、蔣錫金筆録「革命文学論争・魯迅・左翼作家連盟」（前出）、穆木天「譚詩」（『創造月刊』第一巻第一期　一九二六年三月一六日）。
（注25）馮乃超「魯迅与創造社」（前出）、馮乃超口述、蔣錫金筆録「革命文学論争・魯迅・左翼作家連盟」（前出）。
（注26）菊川忠雄『学生社会運動史』（前出）。
（注27）馮乃超「魯迅与創造社」（前出）、馮乃超口述、蔣錫金筆録「革命文学論争・魯迅・左翼作家連盟」（前出）。
（注28）馮乃超口述、蔣錫金筆録「革命文学論争・魯迅・左翼作家連盟」（前出）。
（注29）王学文「関于左連成立経過的補正」（『人民日報』一九八〇年三月）。

（注30）王学文「関于左連成立経過的補正」（前出）。
（注31）『第八高等学校一覧——自大正一三年至大正一四年』。
（注32）『京都帝国大学一覧——自大正一三年至大正一四年』。

第二章　一九三〇年代日本における中国人日本留学生の文学・芸術活動

第一節　「社会科学研究会」——一九三〇年代における中国人日本留学生の活動の始まり

（注1）黄鼎臣「従中共東京特支到反帝大同盟」（『革命史資料』第一輯　一九八〇年一〇月）。
（注2）黄鼎臣「従中共東京特支到反帝大同盟」（前出）。
（注3）司徒慧敏「五人の学友たち」（『わが青春の日本』東方書店　一九八二年九月）。
（注4）黄鼎臣「従中共東京特支到反帝大同盟」（前出）。
（注5）都立中央図書館実藤文庫蔵の実藤恵秀『中国人日本留学史稿』。
（注6）大久保弘一『赤色支那』（高山書院　昭和一三年三月）。
（注7）宋世章・蒋暁鐘「童長栄」（『中共党史人物伝・第六巻』陝西人民出版社　一九八二年九月）。
（注8）阿部幸夫訳、夏衍自伝『日本回憶』（東方書店　一九八七年三月）の訳者「注」「鄭漢先」の項。
（注9）中国新聞社資料室編「廖承志生平年表」（中国新聞社編『廖公在人間』生活・読書・新知三聯書店　一九八四年六月）。
（注10）黄鼎臣「廖公的青年時代」（『廖公在人間』前出）。
（注11）夏衍『懶尋旧夢録』（北京三聯書店　一九八五年七月）。
（注12）本書「資料」『外事警察報』一〇七号。

第二節　「社会科学研究会」の活動

（注1）黄鼎臣「従中共東京特支到反帝大同盟」（『革命史資料』第一輯　一九八〇年一〇月）。

（注2）大久保弘一『赤色支那』（高山書院　昭和一三年三月）。
（注3）黄鼎臣「従中共東京特支到反帝大同盟」（前出）。
（注4）大久保弘一『赤色支那』（前出）。
（注5）夏衍『懶尋旧夢録』（北京三聯書店　一九八五年七月）。鄭漢先は、帰国後、中国共産党の閘北支部に所属し、同じく一七年にした夏衍の共産党入党に際し、仲介者となっている（夏衍『懶尋旧夢録』）。
（注6）黄鼎臣「従中共東京特支到反帝大同盟」（前出）。
（注7）黄鼎臣「従中共東京特支到反帝大同盟」（前出）。
（注8）興亜院調査資料第九号・昭和一五年一〇月『日本留学中華民国人名調』「東京高等師範学校」、「九州帝国大学」。
（注9）『華夏婦女人名詞典』（華夏出版社　一九八八年三月）「杜君慧」の項など。
（注10）黄鼎臣「従中共東京特支到反帝大同盟」（前出）。
（注11）宋世章・蔣暁鐘「童長栄」（『中共党史人物伝・第六巻』陝西人民出版社　一九八二年九月）など。
（注12）黄鼎臣「従中共東京特支到反帝大同盟」（前出）。
（注13）黄鼎臣「従中共東京特支到反帝大同盟」（前出）。
（注14）黄鼎臣「従中共東京特支到反帝大同盟」（前出）。
（注15）宋世章・蔣暁鐘「童長栄」（前出）など。
（注16）張建・何昌子編『中国現代史人物伝』（四川人民出版社　一九八六年九月）の「廖承志」の項など。
（注17）黄鼎臣「従中共東京特支到反帝大同盟」（前出）。
（注18）司徒慧敏「我心中不滅的長明灯」（『廖公在人間』前出）。

第三節「青年芸術家連盟」
（一）「青年芸術家連盟」

（注1）許幸之「回憶恩師呂鳳子」（『文匯』月刊　一九八五年）。
（注2）丁言昭「『倪貽徳芸術随筆』序」（丁言昭編選『倪貽徳芸術随筆』上海文芸出版社　一九九九年五月）。
（注3）許幸之「東京でかいた一枚の絵」（『わが青春の日本』東方書店　一九八二年九月）。
（注4）許幸之「東京でかいた一枚の絵」（前出）。
（注5）許幸之「東京でかいた一枚の絵」（前出）。なお、この家には張聞天の弟張健爾も住んでいたことがあるという。
（注6）興亜院調査資料第九号・昭和一五年一〇月『日本留学中華民国人名調』、「屠謨」関係の項。
（注7）郭沫若『創造十年』（『沫若文集・第七巻』人民文学出版社　一九五八年八月）。
（注8）許幸之「東京でかいた一枚の絵」（前出）。
（注9）郭沫若は二六年三月一八日広東大学からの招聘を受け、郁達夫等と広東に向った。郭沫若はまた同年七月「国民革命軍政治部宣伝科科長兼行営秘書長」として北伐に参加している（龔済民・方仁念『郭沫若年譜・上』天津人民出版社　一九八二年五月）。
（注10）許幸之「通信」（『洪水』第三巻第二五期　一九二七年一月）。
（注11）許幸之「東京でかいた一枚の絵」（前出）。
（注12）郁達夫「五月日記」（『郁達夫全集・第一二巻』浙江文芸出版社　一九九二年一二月）。
（注13）許幸之「東京でかいた一枚の絵」（前出）。
（注14）「司徒慧敏・新中国電影事業的拓荒牛」（『晶報』二〇一〇年三月二日）、李文彬「司徒慧敏」（『中国電影家列伝・一』中国電影出版社　一九八二年四月）、司徒慧敏「五人の学友たち」（『わが青春の日本』東方書店　一九八二年九月）。
（注15）「司徒慧敏・新中国電影事業的拓荒牛」（前出）、李文彬「司徒慧敏」（前出）。
（注16）「司徒慧敏・新中国電影事業的拓荒牛」（前出）、李文彬「司徒慧敏」（前出）。
（注17）李盛平主編『中国近現代人名大辞典』（中国国際広播出版社　一九八九年四月）「周文雍」の項など。
（注18）「司徒慧敏・新中国電影事業的拓荒牛」（前出）、李文彬「司徒慧敏」（前出）。

（注19）「司徒慧敏・新中国電影事業的拓荒牛」（前出）。
（注20）司徒慧敏「五人の学友たち」（前出）。
（注21）李文彬「司徒慧敏」（前出）。
（注22）吉田千鶴子「東京美術学校の外国人生徒・前篇」（『東京芸術大学美術学部紀要』第三三号　一九九八年三月）。
（注23）長狄『随筆小札』「沈西苓的流金歳月」。
（注24）興亜院調査資料第九号・昭和一五年一〇月『日本留学中華民国人名調』「京都高等工芸学校」。
（注25）長狄『随筆小札』「沈西苓的流金歳月」。
（注26）吉田千鶴子「東京美術学校の外国人生徒・前篇」（前出）。
（注27）田漢の日本留学時代については拙稿「田漢与日本」（小谷一郎、劉平編『田漢在日本』北京・人民文学出版社　一九九七年一二月）参照。
（注28）小野信爾『五四運動在日本』（汲古書院　二〇〇三年四月）。同書は、著者が十数年以上かけて外務省公文書館蔵の資料を中心にまとめられた労作で、本全体の三分の二以上が「注」、すなわち「資料」によって占められている。
（注29）田漢が二一年一〇月から一一月にかけて書いた日記『薔薇之路』（上海泰東図書局　一九二二年五月）「二一年一〇月一八日」の項に「下午滕若渠君来，談至晩飯後始帰」とあり、二一年一〇月にはもう田漢と往来があったことがわかる。
（注30）郜元宝「導言」（『滕固小説全編』上海・学林出版社　一九九七年一二月）。
（注31）沈寧「滕固芸術年表」（『滕固芸術文集』上海美術出版社　二〇〇三年一月）。
（注32）小野信爾『五四運動在日本』（汲古書院　二〇〇三年四月）。
（注33）吉田千鶴子「東京美術学校の外国人生徒・前篇」（前出）。
（注34）許幸之「東京でかいた一枚の絵」（前出）。
（注35）司徒慧敏「五人の学友たち」（前出）。
（注36）大久保弘一『赤色支那』（高山書院　昭和一三年三月）。

（注37）許幸之「東京でかいた一枚の絵」（前出）。
（注38）許幸之「東京でかいた一枚の絵」（前出）。
（注39）興亜院調査資料第九号・昭和一五年一〇月『日本留学中華民国人名調』「第一高等学校特設予科」「松山高等学校」、近藤龍哉「胡風研究ノート（二）」（『東洋文化研究所紀要』第七五冊　一九七八年三月）の「注五三」。
（注40）大久保弘一『赤色支那』（前出）。
（注41）倪貽徳「王道源」（『青年界』第八巻第二期　一九三五年九月）。
（注42）蔡濤「倪貽徳留日事跡初考」（京都国立博物館編集『中国近代絵画研究者国際交流集会論文集』京都国立博物館　二〇一〇年三月）。この論文は、倪貽徳の親族から提供された倪貽徳が文革中に書いた「交代材料」を資料の一つとしている。倪貽徳が張健爾と日本に留学したことなどはすべてこの「交代材料」に基づくものである。
（注43）倪貽徳「王道源」（前出）。
（注44）倪貽徳「王道源」（前出）。
（注45）倪貽徳「王道源」（前出）。
（注46）倪貽徳「王道源」（前出）。
（注47）倪貽徳「王道源」（前出）。
（注48）『中国文学家辞典・現代第二分冊』（四川人民出版社　一九八二年三月）「沈起予」の項。興亜院調査資料第九号・昭和一五年一〇月『日本留学中華民国人名調』「第一高等学校特設予科」「第三高等学校」。彼が、二七年三月に一時帰国していたことは、沈起予「芸術運動底根本概念」（『創造月刊』第二巻第三期　二八年一〇月）からも確認できる。
（注49）その時の彼らの雰囲気を伝えてくれる格好の材料の一つに、許幸之が一九三〇年に制作した東京美術学校の卒業制作「友人の家」がある。そこには無造作に置かれた瓶や靴、やかんや斧が床に置かれ、その後ろの机の上には脱ぎ捨てられた服と帽子とパンと水差し、そして帽子の下には雑誌『戦旗』が置かれている様が描かれている。

（二）「青年芸術家連盟」と秋田雨雀等、日本の進歩的文化人、日本の左翼演劇との交流

（注1）司徒慧敏「五人の学友たち」（『わが青春の日本』東方書店　一九八二年九月）。

（注2）「秋田雨雀年譜――その生涯と作品」（藤田龍雄『秋田雨雀研究』津軽書房　一九七二年八月）。

（注3）許幸之「東京でかいた一枚の絵」（『わが青春の日本』前出）。

（注4）塩田庄兵衛『日本社会運動人名辞典』（青木書店　一九七九年一月初版、一九八六年一〇月　三版）「藤枝丈夫」の項、藤枝丈夫「中国問題研究会の周辺――わが半世紀の回想」（運動史研究会編『運動史研究・二』三一書房　一九七八年八月）。

（注5）藤枝丈夫「中国問題研究会の周辺――わが半世紀の回想」（前出）。

（注6）藤枝丈夫「中国問題研究会の周辺――わが半世紀の回想」（前出）。

（注7）村山知義は、秋田雨雀追悼特集号『日本児童文学』第八巻第八号（一九六二年一〇月一日）の「国際文化研究所所長時代」の中で、国際文化研究所創設の経緯についてこう語っている。「ナップ（全日本無産者芸術連盟）に集まっていた私たちは、ソヴェートの文化を初め、世界の進歩的な陣営の闘う文化を紹介し、それを日本と関連させ、日本の進歩的陣営の運動を文化の面から促進しようという目的で、「国際文化研究所」を作ろうとしていた」、「そういう組織の所長として、秋田さんが一番適任だと皆が思い、お願いした」。

（注8）「国際文化研究所彙報」（『国際文化』第一号　一九二八年一月）。

（注9）「国際文化研究所彙報」（『国際文化』第一号　前出）。

（注10）成仿吾は二八年五月敦賀からソビエト経由でドイツへ向う途中、郭沫若の家に数日間寄寓した（宋彬玉・張傲卉「成仿吾年譜簡編」史若平編『成仿吾研究資料』湖南文芸出版社　一九八八年三月）。

（注11）『雨雀自伝』（新評論社　一九五三年九月）。

（注12）司徒慧敏「五人の学友たち」（前出）。

（注13）許幸之「東京でかいた一枚の絵」（前出）。

（注14）司徒慧敏「五人の学友たち」（前出）。

（注15）祖父江昭二「プロット機関誌・紙　解説」（『プロット機関誌・紙　別巻』戦旗復刻刊行会　一九八三年一月）、菅井幸雄『築地小劇場』（未来社　一九七四年七月）、佐々木孝丸『風雪新劇志』（現代社　一九五九年一月）など。
（注16）小笠原克編「村山知義年譜」（『現代日本文学大系・五八』筑摩書房　一九七二年五月）。
（注17）佐々木孝丸『風雪新劇志』（前出）、浅野時一郎『私の築地小劇場』（秀英出版　一九七〇年九月）。
（注18）佐々木孝丸『風雪新劇志』（前出）。
（注19）なお、「吼えろ、支那」の日本での上演等々については芦田肇の詳しい論考がある。
（注20）「『吼えろ、支那』配役」（『築地小劇場』一九二九年九月号）。
（注21）『築地小劇場』一九二九年九月号、一〇月号。
（注22）佐々木孝丸『風雪新劇志』（前出）、菅井幸雄『築地小劇場』（前出）。
（注23）司徒慧敏「五人の学友たち」（前出）。

第四節　「太陽社東京支部」

（注1）蔣光慈『異邦与故国』（上海現代書局　一九三〇年四月再版）。
（注2）任鈞「蔣光慈在東京」（『中国現代文芸資料叢刊』第八輯　一九八四年七月）。
（注3）胡従経「在黒浪中展翅翺翔的海燕」（『榛奔集』海峡出版社　一九八八年四月）、任鈞「憶〝左連〟詩人馮憲章」（『上海師範学院学報』一九八〇年一月）。
（注4）艾以「任鈞」（『三十年代在上海的〝左連〟作家・下』上海社会科学院出版社　一九八八年四月）。
（注5）胡従経「在黒浪中展翅翺翔的海燕」（前出）。
（注6）艾以「任鈞」（前出）。
（注7）任鈞「蔣光慈在東京」（前出）。
（注8）任鈞「憶〝左連〟詩人馮憲章」（前出）。

（注9）任鈞「憶〝左連〟詩人馮憲章」（前出）。
（注10）任鈞「憶〝左連〟詩人馮憲章」（前出）。
（注11）上海芸術大学については、拙稿「一九三〇年代文芸の一側面――上海芸術大学のことども」（東京大学東洋文化研究所『東洋文化』第六五号）を参照。
（注12）任鈞「憶〝左連〟詩人馮憲章」（前出）、胡従経「在黒浪中展翅翱翔的海燕」（前出）。
（注13）艾以「任鈞」（前出）。
（注14）任鈞「憶〝左連〟詩人馮憲章」（前出）。
（注15）任鈞「送行曲――送憲章、勁鋒二兄留日」（『海風週報』一九二九年三月一〇日）。この詩の執筆年月日は、「一九二八・（？）月・（？）日・作。一九二八・冬・（？）月・（？）日改作」とある。
（注16）任鈞「憶〝左連〟詩人馮憲章」（前出）。
（注17）楼適夷「我与日本文学」（『日本文学』一九八六年一月号）。
（注18）任鈞「憶〝左連〟詩人馮憲章」（前出）。
（注19）任鈞「憶〝左連〟詩人馮憲章」（前出）。
（注20）蔣光慈『異邦与故国』（前出）。
（注21）任鈞「蔣光慈在東京」（前出）。
（注22）蔣光慈『異邦与故国』（前出）。
（注23）楼適夷「我与日本文学」（前出）、楼適夷「我和阿英」（『社会科学』一九八四年第六期）。
（注24）楼適夷「我和阿英」（前出）。楼適夷「従三徳里談起」（『新文学史料』一九八四年第四期）、包子衍「楼適夷」（『三十年代在上海的〝左連〟作家・下』前出）。
（注25）創造社出版部と上海通信図書館のことなどは拙稿「三徳里の「小伙計」――創造社出版部と上海通信図書館」（『大久保隆郎教授退官紀念論集・漢意とは何か』東方書店　二〇〇一年一一月）参照。

（注26）楼適夷「我和阿英」（前出）。楼適夷「従三徳里談起」（前出）、包子衍「楼適夷」（前出）。

（注27）楼適夷「我和阿英」（前出）。楼適夷「従三徳里談起」（前出）、包子衍「楼適夷」（『三十年代在上海的〝左連〟作家・下』前出）。

（注28）楼適夷「我和阿英」（前出）。

（注29）楼適夷「我与日本文学」（前出）、楼適夷「我和阿英」（前出）。

（注30）蒋光慈『異邦与故国』（前出）。

第三章　「日本特支」事件

第一節　「反日大同盟」のことなど

（注1）大久保弘一『赤色支那』（高山書院　昭和一三年三月）「日本に於ける中国共産党の活動」の「『日本特支』事件の経過と結末」、本書「資料」『外事警察法』一〇七号「中国共産党日本特別支部の検挙」。

（注2）黄鼎臣「従中共東京特支到反帝大同盟」（『革命史資料』第一輯　一九八〇年一〇月）。

（注3）黄鼎臣「従中共東京特支到反帝大同盟」（前出）。

（注4）夏衍『懶尋旧夢録』（北京三聯書店　一九八五年七月）。

（注5）黄鼎臣「従中共東京特支到反帝大同盟」（前出）。

（注6）黄鼎臣「従中共東京特支到反帝大同盟」（前出）。

（注7）大久保弘一『赤色支那』（前出）。

（注8）大久保弘一『赤色支那』（前出）。

第二節　「梅電龍事件」、「銀座デモ事件」

（注1）その時中国に「反帝大同盟」と並んで「青年反帝大同盟」という組織があったことは「中共中央関于〝九一〟与〝九七〟

示威的工作路線」（『紅旗』第四一期　一九二九年八月、『中共中央青年運動文件選編』中国青年出版社　一九八八年二月）に見える。「青年反帝大同盟」とは「反帝大同盟」の「青年部」的な組織だったのだろう。

（注2）中国共産党中央がその時「九月一日」のデモを指示していたことは（注1）の「中共中央関于〝九一〞与〝九七〞示威的工作路線」、「中央通告第四五号」などからも窺える。

（注3）郭雄「〝中東路事件〞簡介」（中国革命博物館党史研究室編『党史研究資料・第二集』四川人民出版社　一九八一年九月）。なお、陳独秀はこの時中共中央の方針を批判していた。

（注4）大久保弘一『赤色支那』（高山書院　昭和一三年三月）。

（注5）沈綺雨、藤枝丈夫訳「日本と満蒙」（『国際文化』二九年八月号）、「編輯後記」（同前）。

（注6）細川嘉六監修、渡辺義通、塩田庄兵衛編『日本社会主義文献解説』（大月書店　一九五八年二月）。

（注7）反帝国主義同盟日本支部準備会「反帝同盟日本支部準備会創立の檄！」（『戦旗』一九二九年一〇月号）。

（注8）町田晃「銀座街頭のデモ」（『戦旗』一九三〇年二月号）。

（注9）中共中央が二九年一〇月一八日付で出した「中央通告第五二号」、また君隠「関於日本逮捕留学生事件」（『語絲』第五巻第三二期　一九二九年一〇月）もその時に逮捕された中国人留学生の数を一四名としている。

第三節「日本特支」事件

（注1）本書「資料」「第四表」、「第六表」に見える「伍勁夫」が伍勁鋒、「古頌堯」が古公尭であろう。

（注2）任鈞「蔣光慈在東京」（『中国現代文芸資料叢刊』第八輯　一九八四年七月）。

（注3）司徒慧敏「五人の学友たち」（『わが青春の日本』東方書店　一九八二年九月）。

（注4）司徒慧敏「五人の学友たち」（前出）。

（注5）李蘭「対《左連成員名単》（未定稿）的回声」（『左連回憶録・下』中国社会科学出版社　一九八二年五月）。

（注6）松本正雄『過去と記憶』（光和堂　一九七四年一〇月）。

（注7）興亜院調査資料第九号・昭和一五年一〇月『日本留学中華民国人名調』「李亜農」の項。

（注8）巴人「論〝没有法子〟」（『魯迅風』第三期　一九三九年一月）、王欣栄『巴人年譜』（全国巴人研究学会刊行　内部発行　山東新聞出版局）など。

（注9）王向民「石凌鶴」（『三十年代在上海的〝左連〟作家・上』前出）。なお、ここに見える「どん底」の公演とは、王道源が「東京美術研究会」のために行ったという「どん底」公演のことであろう。石凌鶴は、日本留学時代、青年芸術家連盟の許幸之と面識があった（石凌鶴「参加左連的前前後後」（『左連回憶録・上』前出）。

（注10）譚林通「難忘相識在東京」（王蒙・袁鷹主編『憶周揚』内蒙古人民文学出版社　一九九八年四月）。なお、ここに見える方信については不明である。

（注11）本書「資料」「中国共産党日本特別支部の検挙」「第六　中国に於ける反響」。

第四章「東京左連」

第一節「東京左連」の成立をめぐって（その一）

（注1）林煥平「従上海到東京」（『文学評論』一九八〇年第二期）。

（注2）上海師範学院図書館資料組「中国左翼作家連盟盟員考録」「任鈞」の項（『中国現代文芸資料叢刊・第五輯』上海文芸出版社　一九八〇年四月）。

（注3）上海師範学院図書館資料組「中国左翼作家連盟盟員考録」「任鈞」の項（前出）。

（注4）尹庚「葉以群同志与〝左連〟東京支部」（『奔馬』一九八〇年第一期　内蒙古人民出版社）。

（注5）任鈞「我的簡歴」（『文芸春秋』第二巻第五期　一九四六年）。この任鈞「我的簡歴」には「一九四六年、春、記於滬浜一角」と記された「前文」があり、そこには「三四年前、重慶に身を寄せていた時、郭沫若先生が主宰されていた政治部文化工作委員会で『作家自伝』（？）のようなものを編纂しようということで、執筆要請があった」。「この文章はそのためにまとめた」とある。したがって、この任鈞「我的簡歴」の執筆時期は四六年より三、四年早い、「四二、三年」頃ということに

なる。なお、任鈞「我的簡歴」は范泉主編「文学新刊・第三輯之一」『任鈞詩選』（永祥印書館　一九四六年六月）に「前文」を外したかたちだが全文が収録されている。

（注6）謝冰瑩「郭沫若訪問記・上」（『読書月刊』第三巻第一・二期合刊　一九三二年五月三〇日）。

第二節「東京左連」の成立をめぐって（その二）

（注1）尹庚「葉以群同志与〝左連〟東京支部」（『奔馬』一九八〇年第一期　内蒙古人民出版社）、鮑義来「以群伝略」（『中国現代社会科学家伝略・第八輯』山西人民出版社　一九八七年七月）、花建「以群」（『三十年代在上海的〝左連〟作家・下』上海社会科学院出版社　一九八八年四月）。

（注2）『中国現代文学作者筆名録』（湖南文芸出版社　一九八八年一二月）の「尹庚」の項。

（注3）鮑義来「以群伝略」（前出）。花建「以群」（前出）。

（注4）釜屋修編、藤枝丈夫「談話要録および資料」（中国文芸研究会『野草』第一七号　一九七五年六月）。

（注5）釜屋修編、藤枝丈夫「談話要録および資料」（中国文芸研究会『野草』前出）所収の「資料C」「葉華の原稿『在前進的途上』について」。

（注6）尹庚「葉以群同志与〝左連〟東京支部」（前出）。

（注7）鮑義来「以群伝略」（前出）、花建「以群」（前出）。

（注8）鮑義来「以群伝略」（前出）、花建「以群」（前出）。

（注9）鮑義来「以群伝略」（前出）、花建「以群」（前出）。

（注10）法政大学『中華民国留日法大同学録』（一九四〇年）。

（注11）興亜院調査資料第九号・昭和一五年一〇月『日本留学中華民国人名調』「于瑞熹」「石延漢」の項。

第三節　東京左連の成立をめぐって（その三）――東京左連の成立

（注1）尹庚「葉以群同志与〝左連〞東京支部」（『奔馬』一九八〇年第一期　内蒙古人民出版社）。
（注2）尹庚「葉以群同志与〝左連〞東京支部」（前出）。ここに見える「新聞」とは当時尹庚が編集していたという『杭州市報』のことであろう。だが、その「文芸版」だったという「特刊」『回風舞』についても何もわかっていない。
（注3）尹庚「葉以群同志与〝左連〞東京支部」（前出）。
（注4）包子衍『雪峰年譜』（上海文芸出版社　一九八五年七月）など。
（注5）凌宇『沈従文』（北京・十月文芸出版社　一九八八年一〇月）、邵華強編『沈従文研究資料・下』（花城出版社　一九九一年一月）。
（注6）鮑義来「以群伝略」（『中国現代社会科学家伝略・第八輯』山西人民出版社　一九八七年七月）、花建「以群」（『三十年代在上海的〝左連〞作家・下』上海社会科学院出版社　一九八八年四月）。
（注7）本文に引いた「日本文芸家訪問／多以中国革命為戯劇題材的村山知義」を見ると、任鈞、華蒂はこの前日九月二七日夜にも村山知義の家を訪ねている。だが、村山はその時映画を見に行って留守だった。引用部に見える「再び村山の家を訪ねた」の「再び」とは前日の二七日に続いて「再び」という意味である。
（注8）任鈞「関于〝左連〞的一些情況」（『左連回憶録・上』中国社会科学出版社　一九八二年五月）。
（注9）尹庚「葉以群同志与〝左連〞東京支部」（前出）。
（注10）任鈞「関于〝左連〞的一些情況」（前出）。

第五章　成立期の「東京左連」の活動

第一節　『文芸新聞』「東京通訊」――楼適夷と袁殊

（注1）楼適夷「我談我自己」（『新文学史料』一九九四年第一期）。
（注2）張凰「愛拍蒼蠅掃蠹魚――袁殊的情報生涯」（『人物』一九九三年第四期　九三年七月）、「同　続」（『人物』一九九三年第五期　九三年九月）。

（注3）楼適夷「我談我自己」（前出）。
（注4）楼適夷「我談我自己」（前出）。
（注5）袁殊「我所知道的魯迅」（『上海魯迅研究』第二輯　一九八九年二月）。
（注6）楼適夷「我談我自己」（前出）。
（注7）楼適夷「我和阿英」（『社会科学』一九八四年第六期　一九八四年六月）。
（注8）岡本唐貴・松山文雄編著『日本プロレタリア美術史』（造型社　一九六七年九月）。
（注9）倉林誠一郎『新劇年代記（戦前編）』白水社　一九七二年七月）。なお一緒に上演されたのは三好十郎作「首を切るのは誰だ」（一幕）（演出、吉田謙吉）である
（注10）丸山昇『ある中国特派員』（中央公論社・中公新書四四一　一九七六年八月）、その後一九九五年六月田畑書店から増訂新版。

第二節　『文芸新聞』「東京通訊」
（注1）倉林誠一郎『新劇年代記（戦前編）』（白水社　一九七二年七月）「春秋座公演」。そこには《批評》の劇評として、「今度の出し物で目標になるのは『アジアの嵐』である。映画の方はまだ見ていないから、比較は出来ぬが、さすがに一座の真剣さと努力とは認められる、ことに蒙古の市場のさまを映画式に断れ断れに見せた舞台面、猿之助の主人公が捕虜となって銃殺される所、白人の侵略から国王に祭り上げられた謁見式に、司令官の令嬢の首に掛かった毛皮をもぎ取って大勢の進軍となる大詰まで見ごたえがあった」と記されている。
（注2）倉林誠一郎『新劇年代記（戦前編）』（前出）「新築地劇団第一九回公演」。
（注3）倉林誠一郎『新劇年代記（戦前編）』（前出）「左翼劇場第二〇回公演」。
（注4）倉林誠一郎『新劇年代記（戦前編）』（前出）「左翼劇場第二〇回公演」に対する「《批評》の劇評」。
（注5）倉林誠一郎『新劇年代記（戦前編）』（前出）「左翼劇場第二〇回公演」。

(注6) 任鈞「関于〝左連〞的一些情況」(『左連回憶録・上』中国社会科学出版社　一九八二年五月)。

(注7) 丸山昇『ある中国特派員』(中央公論社・中公新書四四一　一九七六年八月) その後一九九五年六月田畑書店から増訂新版。

(注8) 倉林誠一郎『新劇年代記(戦前編)』(前出)「新築地劇団第二〇回公演」。

(注9) 森堡・華蒂「秋田雨雀訪問記」(『読書月刊』第三巻第三期　一九三二年六月一〇日)。

第六章　「九一八事変」前後の「東京左連」

第一節　謝冰瑩の来日

(注1) 閻純徳「謝冰瑩及其創作」(閻純徳『作家的足跡』知識出版社　一九八三年六月)、花建「謝冰瑩」(『三十年代在上海的〝左連〞作家・下』上海社会科学院出版社　一九八八年四月)。

(注2) 謝冰瑩「関于《麓山集》的話」(『謝冰瑩散文・上集』中国広播電視出版社　一九九三年九月)。

(注3) 謝冰瑩「黒宮之夏」(『謝冰瑩散文・下集』中国広播電視出版社　一九九三年九月)。

(注4) 謝冰瑩「秦元邦先生」(『我在日本』東大図書有限公司　一九八四年九月)。

(注5) 謝冰瑩「秦元邦先生」(前出)。

(注6) 謝冰瑩「秦元邦先生」(前出)。

第二節　「九・一八事変」の勃発と中国人日本留学生の対応

(注1) 近藤龍哉が日華学会発行の各年度版をもとに作成した「統計表」(近藤龍哉「胡風研究ノート(一)」の「注二一」(東京大学『東洋文化研究所紀要』第七五冊　昭和五三年三月) に依る。

(注2) 日華学会『昭和一〇年度第一九回年報・自昭和一〇年四月至昭和一一年三月』(昭和一一年五月) の「本年度事業概要」「寄宿舎」の項。

（注3）謝冰瑩「不脱衣的沐浴」（『我在日本』東大図書有限公司　一九八四年九月）、「山辺米子」（『我在日本』同前）、「多情的米子」（『謝冰瑩散文・下集』中国広播電視出版社　一九九三年九月）。なお、山辺は謝冰瑩の書いた『従軍日記』の日本語訳を読んでいたという。
（注4）謝冰瑩「不脱衣的沐浴」（前出）、「山辺米子」（前出）、「多情的米子」（前出）。
（注5）加藤直子「調査研究　東京女子高等師範学校の中国人留学生」。
（注6）謝冰瑩「多情的傅文竹」（前出）。
（注7）謝冰瑩「不脱衣的沐浴」（前出）、「山辺米子」（前出）、「多情的米子」（前出）。
（注8）謝冰瑩「多情的米子」（前出）。
（注9）尹庚「葉以群同志与〝左連〟東京支部」（『奔馬』一九八〇年第一期　内蒙古人民出版社）。

第七章「九・一八事変」勃発後の「東京左連」の活動

第一節『文芸新聞』「東京通訊」

第二節「作家訪問記」――「村山知義訪問記」

（注1）森堡「窪川綺妮子訪問記」（『婦女世界』第一期・『読書月刊』第三巻第一・二期合刊　一九三二年五月三〇日）。

第三節「作家訪問記」の行方――『読書月刊』、『婦女世界』

（注1）花建「謝冰瑩」（『三十年代在上海的〝左連〟作家・下』上海社会科学院出版社　一九八八年四月）。
（注2）アジア経済研究所『中国文雑誌・新聞総合目録』（アジア経済研究所　一九八六年三月三一日）。
（注3）中国現代文学史資料匯編『中国現代文学期刊目録匯編・上』（天津人民出版社　一九八八年九月）『読書月刊』。
（注4）中国現代文学史資料匯編『中国現代文学期刊目録匯編・上』（前出）『読書月刊』。

（注5）一九三二年一月一八日発行の『文芸新聞』「毎日筆記」欄は、「謝冰瑩と顧鳳城が結婚、一〇日宴席を設けて賓客を招いた」と、謝冰瑩と顧鳳城との結婚を伝えている。これは謝冰瑩が日本から帰国した約一ヶ月のことである。

第四節　美蒂「郭沫若印象記」

（注1）任鈞「関于〝左連〟的一些情況」（『左連回憶録・上』中国社会科学出版社　一九八二年五月）。

（注2）美蒂「郭沫若印象記（下）」（『読書月刊』第三巻第四期　三二年七月一日）。「郭沫若印象記（下）」は、謝冰瑩の郭沫若との出会いを記したものである。そこには謝冰瑩が長沙女士師範を卒業したばかりの一四歳の時、はじめて郭沫若の作品、長詩「瓶」を読んだこと、本文に記した郭沫若の演説を聴いた時のことなどが記されている。

（注3）茅盾は二八年七月から三〇年四月まで東京、京都に住んでいた（『茅盾研究資料』中国社会科学出版社　一九八一年）。

第五節　「作家訪問記」――「藤枝丈夫訪問記」など

（注1）「プロレタリア科学研究所第二回総会」（『プロレタリア科学』第二年第六号　一九三〇年六月三日）。

（注2）「プロレタリア科学研究所彙報」「所員異動」（『プロレタリア科学』第二年第九号　一九三〇年九月一日）。

（注3）「プロレタリア科学研究所彙報」「所員異動」（前出）。

（注4）整理・解説釜屋修「日中文学交流の一断面――藤枝丈夫氏談話要録および資料」（中国文芸研究会『野草』第一七号　一九七五年六月一日）。

（注5）整理・解説釜屋修「日中文学交流の一断面――藤枝丈夫氏談話要録および資料」（前出）。

（注6）倉林誠一郎『新劇年代記（戦前編）』（白水社　一九七二年七月）「左翼劇場・新築地劇団共同公演」。なお、その時「風の街」と同時に上演されたのは左翼劇場文芸部作、村山知義演出・装置の「生きた新聞・第二輯」である。この「生きた新聞・第二輯」は「一　ファッショ人形」、「二　文化連盟結成」からなる。

（注7）森堡がここで「平林たい子を除いて」と言っているのは、夏衍（沈端先）が平林たい子の小説集『施療室にて』を翻訳

していることを指す。具体的には本書所収「東京左連結成前史（補一）――夏衍の再来日をめぐって、夏衍と藤森成吉のことなど」を参照されたい。

第八章　「東京左連」と「プロレタリア詩人会」、「日本プロレタリア文化連盟」

第一節　ピン・イン「東京・プロレタリア詩展を参観して」

（注1）謝冰瑩「関於麓山集的話」（上海・光明書局　一九三二年一〇月一五日）。

（注2）「プロレタリア詩と絵の展覧会・広告」（『プロレタリア詩』第一巻第八号　一九三一年一〇月九日）。

（注3）「第二回詩画展の報告」（『プロレタリア詩』第一巻第九号　一九三一年一一月五日）。

第二節　「東京左連」「東京通訊」から見た「日本プロレタリア文化連盟」の成立

（注1）「一一月説」を取る人としては栗原幸夫、山田清三郎などがいる。栗原は著書『プロレタリア文学とその時代』（平凡社　一九七一年一一月二五日）の中で三一年八月一九日作家同盟などによって「文化聯盟中央協議会組織発起会」が発足し、八月二〇日付で呼びかけを発表した、と述べた後、「しかし文化聯盟の結成にたいする警察の追及はきびしく、ついに創立大会も開かないままに、一九三一年一一月二七日に機関誌『プロレタリア文化』を発行して実質的に創立を宣言した」と記している。また、山田はその著書『プロレタリア文化の青春像』（新日本出版社　一九八三年二月一五日）の中で、「およそ右のような経過をたどって、コップ――日本プロレタリア文化聯盟が創立にいたったのは、一九三一年（昭和六）一一月、ちょうどわたしが豊多摩刑務所から保釈で出てきたばかりのときであった」と書いている。

（注2）「文化聯盟結成経過報告」（『プロレタリア文化』創刊号　一九三一年一二月五日）。

第三節　「東京左連」と「プロレタリア詩人会」

（注1）任鈞「関于〝左連〟的一些情况」（『左連回憶録・上』中国社会科学出版社　一九八二年五月）。

（注2）森山啓「年譜」（『森山啓』石川近代文学館　一九八八年一〇月）。

（注3）『日本近代文学大事典　机上版』（講談社　一九八四年一〇月）「上野壮夫」の項。

（注4）『プロレタリア詩』所載の「飛行機の爆音を聴いて」の伏せ字箇所は、一連目の「此の頃の満州」、二連目の「今　満州の曠野で」、四連目の「（嘗て満州の上空に獣の威力を示した奴が）」、「矢つ張り同じ殺人道具を投下するだらう！」、「血の色をした赤旗を」の都合六ヶ所、『赤い銃火』では二連目の「彼らの兄弟を打ち砕いたから」、四連目の「矢つ張り同じ殺人道具を投下するだらう！」、「労働者と農民の全部を打ち砕かうとするだろう」、「なぜなら彼等は叛乱し」、「血の色をした赤旗を」の四ヵ所である。両者に共通している伏せ字の箇所は四連目の「矢つ張り同じ殺人道具を投下するだらう！」の一ヶ所だけである。この一事だけを取ってみても、時の検閲がいかに恣意的に行われていたかが窺えるだろう。補足すると、両者の間に日本語表現の異同はない。ここでは伏せ字で共通している「殺人道具」の「殺人」だけを『北斗』の原詩で補った。各連の区切りは『赤い銃火』の方にしたがった。それ以外は、漢字の表記を含め、初出である『プロレタリア詩』所載に依った。

（注5）たとえば、檜山久雄「日本語詩人雷石楡のこと――日中近代文学交流史の一断面について」（古田敬一編『中国文学の比較文学的研究』汲古書院　一九八六年三月）。北岡正子「雷石楡『砂漠の歌』――中国詩人の日本語詩集」（『日本中国学会報』第四九集　一九九七年一〇月一〇日）など。

おわりに――終章に代えて

（注1）近藤龍哉「胡風研究ノート（一）」（東京大学『東洋文化研究所紀要』第七五冊　昭和五三年三月）など。胡風については、一九九九年一月『胡風全集』（全一〇巻）が湖北人民出版社から刊行された。また、中国での胡風研究としては、馬蹄疾『胡風伝』（四川人民出版社　一九八九年六月）、『胡風論集』（中国社会科学出版社　一九九一年四月）などがある。

（注2）胡風『胡風回憶録』（人民文学出版社　一九九三年）。邦訳に詳細な注を施した監訳者南雲智、訳者宮入いずみ、鷲尾益美外『胡風回憶録――隠蔽された中国現代文学史の証言』（論創社　一九九七年二月）がある。

（注3）胡風『胡風回憶録』（前出）。
（注4）胡風『胡風回憶録』（前出）。
（注5）胡風『胡風回憶録』（前出）。
（注6）近藤龍哉「胡風研究ノート（一）」（前出）。
（注7）胡風『胡風回憶録』（前出）。
（注8）尹庚「葉以群同志与〝左連〟東京支部」（『奔馬』一九八〇年第一期　内蒙古人民出版社）。
（注9）周健強『聶紺弩伝』（四川人民出版社　一九八七年）。
（注10）尹庚「葉以群同志与〝左連〟東京支部」（前出）。
（注11）何定華「胡風的青少年時期（回憶胡風之一）」（『湖北作家論叢』第一輯　武漢大学出版社　一九八七年六月）。
（注12）胡風『胡風回憶録』（前出）、何定華「胡風的青少年時期（回憶胡風之一）」（前出）。
（注13）大久保弘一『赤色支那』（高山書店　昭和一三年三月）。
（注14）胡風『胡風回憶録』（前出）、何定華「胡風的青少年時期（回憶胡風之一）」（前出）。
（注15）人民文学出版社が出した八一年版『魯迅全集』の「注」によると、尹庚は本名を後に楼憲と改めている。また、ここからは「華僑班」事件の時、尹庚がすでに帰国していることが窺える。
（注16）何定華「胡風的青少年時期（回憶胡風之一）」（前出）。
（注17）周健強『聶紺弩伝』（前出）。『新文学史料』では一九八七年第二期で「聶紺弩研究」が組まれ、そこには二〇年代から聶紺弩、周穎と親しかった陳鳳兮「汨倩封神三眼流――哭紺弩」が掲載されている。
（注18）周健強『聶紺弩伝』（前出）。
（注19）尹庚「葉以群同志与〝左連〟東京支部」（前出）。
（注20）尹庚「葉以群同志与〝左連〟東京支部」（前出）。
（注21）大久保弘一『赤色支那』（前出）の「六　華僑班事件」「（二）中国社会科学研究会日本分会」。

（注22）近藤龍哉「胡風研究ノート（一）」（前出）。
（注23）尹庚「葉以群同志与〝左連〟東京支部」（前出）。

〔関係論文〕

「東京左連結成前史（その一）（補一）

――夏衍の再来日をめぐって、夏衍と藤森成吉のことなど」

まずはじめにお礼を申し上げたい。私たちは『左連研究』第一輯をまとめた後、それを内外の研究者、関係各機関にお送りした。それは私たちに共通する、左連及び「三〇年代文芸」研究、一九三〇年代における中国人日本留学生の文学・芸術活動の掘り起こし作業前に横たわっている研究以前ともいうべき多くの困難をいくらかでも除去したいという思いからである。するとその後多くの方々から暖かいご助言、ご批判を頂戴した。いうまでもないことだが、私たちが進めている仕事は一人の人間の手だけで出来るものではない。この手の仕事は多くの方々のご助言、ご援助があってはじめて成り立ち、充実し得る性格のものだと思う。それだけにご批判、ご助言の一つ一つが本当にうれしかった。ここに記して感謝の意を表したい。これはそうしたご助言の中から得た「東京左連結成前史・（その一）」の「補一」である。

夏衍についてである。私は「東京左連結成前史・（その一）」（以下、「その一」と略）の中で、一二八年に結成された「青年芸術家連盟」に夏衍も参加していたという司徒慧敏の回想「五人の学友たち」[1]を引いた後、「だが、この頃夏衍が再来日したという資料はないし」と、夏衍の再来日、青年芸術家連盟参加について否定的な態度を取った。しかし、その後、夏衍の研究者で、夏衍『懶尋旧夢録』（北京・三聯書店　一九八五年七月）の訳者でもある阿部幸夫氏からお手紙をいただき、上海北新書局版、沈端先訳、藤森成吉の『犠牲』に、藤森の写真と藤森自筆の序文があり、その日付が「一九二九・四　東京小石川」となっていること、また巻末にある「作者自伝」という「あとがき」の中で、夏衍が「今年の二月先生のお宅を訪ねた時…」と書き、末尾に「一九二九・四　訳者」とあること、以上の点から二九年あるいは三〇年に夏衍が奥さんの蔡素馨を迎えにひそかに来日したことは確かであるとのお教えを頂戴した。

あわてて、夏衍訳、藤森成吉『犠牲』、「序」、「作者自伝」が収められている中国戯劇出版社版の『夏衍劇作集・第三巻』(2)を見てみると、すべてがご教示の通りである。これによって夏衍が二九年二月から四月にかけて日本にいたことは確認された。したがって夏衍が二九年に青年芸術家連盟に参加していたこともほぼ間違いないと思う。ご教示下さった阿部幸夫氏に心からお礼申し上げたい。

ところで阿部氏のお話によると、夏衍がいつ再来日したのか、またその回数、目的などについてはわからないという。それは夏衍がこれについて何も語っていないからである。夏衍再来日の話は夏衍の回想録『懶尋旧夢録』の中に出てこない。これはいったい何故なのであろうか。おそらくこれは奥さんである蔡素馨との関係からだと思う。

夏衍は『懶尋旧夢録』の中で蔡素馨のことについて何も語っていない。つまり夏衍の『懶尋旧夢録』では彼の私生活、プライベートに関する部分が意識的に切り落されているのである。そしてこれがために、それに付随し、関連する事柄、夏衍再来日、藤森成吉『犠牲』の訳出、青年芸術家連盟、中国著作家協会のことなども、それと一緒に落とされ、すべてが語られないままになってしまっている。事はおそらくそういうことだと思う。

いうまでもなく、回想録の中から私的な部分をはずすのは著者の自由である。それは回想録というものの性格からいっても当然だと思う。回想録とはそもそもが著者自身の記録であり、著者その人のものだからである。そうである以上、何を記録し何を落とすかはまったく著者自身の自由だといっていい。だが、この『懶尋旧夢録』のケースはどうであろうか。

夏衍が訳した藤森成吉の『犠牲』とは有島武郎の情死事件を題材にしながら有島の「苦悩」を高いモラルで描いた藤森の代表作ともいわれる戯曲である。この作品は、有島武郎と個人的往来があった藤森成吉だからこそ書けた作品といっていい。だが、この『犠牲』がたどった道は平坦ではなかった。『犠牲』は、雑誌『改造』の二六年六月号、七月号に連載された。しかし、七月号掲載の分は情死の部分が良俗に背くとの理由で発禁になった。またその後単行本に収める際にも三幕目と四幕目は収録が許されなかった。作品全体が完全なかたちで陽の目を見たのは戦後になってからのことである。(3) その上で、夏衍訳の『犠牲』を見てみると、そこには当時日本の読者が目にすることが出来なかった三幕目と四幕目が入っているのである。それは夏衍が『犠牲』を翻訳する際に一つしかない生原稿を藤森成吉から借りて訳したからだった。先に引いた「作者自伝」の中にいう「今年の二月先生のお宅を訪ねた時」とは、おそらく藤森の家に『犠牲』の原稿を借りにいった時のことを指すのであろう。

『犠牲』がたどった道は夏衍も知っていた。夏衍は「作者自伝」の終わりで、「最後に私は作者に深く感謝しなくてはならない。一冊しかない『犠牲』原稿(『犠牲』は『改造』発表時に発禁になり、『新選藤森成吉集』等に収める時も二幕削られた)を喜んで貸してくれたばかりか、ご多忙の中、時間をさいて有意義な序文を書いて下さった」と書いている。

このように、夏衍訳『犠牲』とは藤森成吉の『犠牲』が完全なかたちで世に出た最初のものなのである。夏衍の『懶尋旧夢録』は一九三〇年代の革命文学運動の真実を若い世代に知って貰おうという狙いの下に書かれた。夏衍は、『懶尋旧夢録』「自序」の中で、「現在では、この時期の国際情勢の激動や、国内の政治・軍事・経済闘争の消長起伏を、その身で体験したものは少なくなりました」、「回顧と反省のなか、わたし達のようなものは、その歩いてきた道、体験してきた経験と教訓を実事求是の手法で記録して、後世代の参考に供することが必要だと思います。この身で経験し、たしかに見聞きした記述なら、転々してきた又聞きや幾たびかのキャンペインの中で残り伝えられた『材料』

よりも、さらに真実であるべきです。わたしにできることといえば『全力投球』するだけ」と書いている[4]。とすれば、この夏衍と藤森成吉との関係、『犠牲』訳出等は、日中近代文学の交流という点においても、「一九三〇年代革命運動の真実」を伝えるという意味においても特筆されてしかるべきだったのではないか。

夏衍は同じ『懶尋旧夢録』「自序」の中で、回想録をまとめる際の問題点として、「記録するとは相手を論評すること」なので、「そこには『尊敬する者へのタブー』『親しい者への禁忌』をいかにするかが問題となります」と書いている。だが、私はあえてこういいたい。夏衍のいうよう、三〇年代の当事者で存命中の人は少ない。ましてや夏衍ほどにその運動の中枢にいた人はもっと少ないのである。それだけに『懶尋旧夢録』ではいま少し踏み込んで真実を語ってくれてもよかったのではないか。明らかにすべきはいますこし突っ込んだかたちで書いてくれてもよかったのではないか。「三〇年代文芸」には明らかにされなければならない点がまだ数多く残されているのである。この再来日の問題にしても、私生活に触れぬなら触れぬままに、自らと中国無産階級革命文学運動、「三〇年代日本」との関わりで、特筆すべき事柄は特筆されてしかるべきだったのではないかと思う。

以下は、こうした『懶尋旧夢録』の空白部、夏衍再来日に関する事項を埋めるべく、私なりに行った作業の結果である。だが、多くのことが不明のままで、単なるメモ程度にしか過ぎないことをあらかじめお断りしておきたい。

(一) 夏衍再来日の時期その他について

夏衍の再来日について証言しているのは、いまのところ司徒慧敏だけである。そこで「その一」に引いた司徒慧敏の回想「五人の学友たち」をいま一度引用したい。司徒慧敏はこう書いていた。

一九二八年、東京に留学している中国人留学生によって、左翼芸術家連盟が組織された。これには、先に卒業して帰国し、再び日本に来ていた夏衍、それに沈西苓、許幸之等、進歩的愛国的学生の顔も見られた。私もこの組織に参加していた。

「その一」の時点ではこの証言しかなかった。だが、司徒慧敏はその後さらに、次のように証言している。一九九〇年は夏衍にとって「革命文芸工作従事五五周年」の年に当たる。それを記念して編まれた『論夏衍』（中国電影出版社 八九年六月）の中に収めた司徒慧敏の回想「風雨同舟六十年」ではこう書いている。

一九二八年秋、すでに帰国していた早期の日本留学生夏衍は、再び東京に来て短期間滞在した。彼の夫人であり日本で美術を学んでいた蔡淑馨同志を連れて帰国するためである。その時、彼と沈西苓、許幸之、漆宗犠（のちに漆魯漁と改名）等の人が留日学生の進歩的文芸団体左翼芸術家連盟を組織した。淑馨も私もこの組織の盟員だった。これと同時に、日本の進歩的映画界はすでに〝プロキノ運動〟（プロキノとは〝プロレタリアキノ〟或いは〝無産階級映画〟）を起こしていた。私たちはこの活動に参加したほか、日本の進歩的〝新劇〟（つまり話劇）運動にも参加した。その頃、夏衍は映画というこの新しい芸術に対してたいへん強い興味を抱いていた。その後、彼は何度も我々に映画の知識と技術を学び、修得するよう勧めた[5]。

この記述は「五人の学友たち」よりもずっと詳しい。この証言で注目すべきは、（一）夏衍再来日の時期が「五人の学友たち」の「二八年」という曖昧なものから「二八年秋」となり、夏衍再来日の目的が「彼の夫人であり日本で美術を学んでいた蔡淑馨同志を連れて帰国するため」とはっきり示されていること、（二）「左翼芸術家連盟」、すなわち「青年芸術家連盟」があたかも夏衍再来日を機に結成されたかのようになっていること、（三）夏衍及び「青年芸術家連盟」とプロキノとの関係に言及されている点であろう。ここでは（一）と（二）の点だけを問題にしたい。

『懶尋旧夢録』を見てみると、その回想の中で「空白」になっていると思えるのが二八年夏ぐらいから二九年の秋までである。したがって、夏衍が司徒慧敏のいうよう「二八年秋」に再来日した可能性は高いと思う。ただ夏衍再来日の時期を「二八年秋」とすると、次のことが問題になる。それは夏衍と中国著作者協会成立大会との関係である。

栄太之「中国著作者協会成立的報道和宣言」（『新文学史料』一九八〇年第三期）によると、中国著作家協会は思想、言論、出版の自由を求めて、二八年一二月三〇日上海広肇公学で成立大会が行われた。参加者は鄭振鐸、孫伏園等九〇余名である。中国著作家協会成立大会は『海風週報』第二期（二九年一月六日）の「国内文壇消息」で報じられ、協会設立の主旨を語る「中国著作家協会宣言」は『思想月刊』第五期（二九年初め）に掲載された。(6) それによると、夏衍はこの発起人の一人として「宣言」に署名し、成立大会で執行委員九名の一人に選出されている。

先にも書いたように、中国著作家協会のことは『懶尋旧夢録』には出てこない。だが、常識的にみて、夏衍がこの成立大会に出席していなかったとは考えにくい。出席したとみる方が自然であろう。しかしそうだとすると、夏衍は「二八年秋」に来日した後、いったん帰国したことになる。夏衍は二九年二月から四月にかけてまちがいなく日本にいた。とすると、彼は二九年一月あたりに再び来日したのであろうか。

以上のように、夏衍再来日の時期を司徒慧敏のいうように「二八年秋」だとすると、夏衍の再来日とは何も一回だけではなく複数回ということになる。そしてこの可能性はきわめて高いといわなければならない。

次に夏衍の再来日によって青年芸術家連盟が組織されたという点だが、私はこの可能性は薄いと思う。それは青年芸術家連盟について証言しているのが何も司徒慧敏だけではないからである。他の資料を総合するとこの可能性はきわめて薄くなってくる。たとえば、許幸之は次のように証言していた。

再渡日（二七年秋――小谷）してからはわたしは芸術至上主義的な自由主義思想から脱皮しつつあった。鄭嶹さんの意見で東京で文学活動をしている中国人留学生を集め、青年芸術家連盟を結成した。発起人はわたしのほかに沈西苓、司徒慧敏、余炳文らと漆宗犠さんとその甥漆宗裳さんである。当時あい前後して、参加した人に胡愈之夫人沈茲九、夏衍夫人の蔡素馨、および周揚、馮憲章さんなど、男女あわせて二〇数人のメンバーだった。[7]

ここに見える鄭疇と許幸之の関係は「その一」に書いた通りである。青年芸術家連盟とは、「その一」で指摘したように、「東京特支」の動きとも絡みながら、中国国内の「革命文学」運動を意識し、いわばそれに呼応するかたちで結成された。彼らをめぐる人脈は一人夏衍の再来日によって出来たものではないだろう。それは『赤色支那』の記載によっても裏打ちされる。『赤色支那』には「日本特支」の指導を受けた外郭団体の一つ、「芸術連盟（中国青年芸術連盟）」について、次のように記されていた。

昭和四年三月東京美術研究会に属する王道源、許達（許幸之）、李白華、沈起予、沈学（誠）、余炳（文）等が神田日華学会に集合して、東京美術研究会を芸術連盟と改称し、その発会式当時には秋田雨雀、村山知義、藤森成吉等を来賓として会員二五名、うち党員は九名だつた。「プロレタリア芸術運動の完成と国際プロレタリア芸術戦線の統一を期す」といふのがスローガンだつた。[8]

「その一」に記したように、ここでいう「芸術連盟（中国青年芸術連盟）」とはそのメンバーから見て、青年芸術家連盟と同一のものを指していると考えられる。そしてここからは、青年芸術家連盟がはじめから「連盟」としてあったのではなく、もともとが「東京美術研究会」的な研究会組織だったことも窺える。青年芸術家連盟とはこうした研究会的ものを土台として結成されたとみた方が妥当であろう。

（二）　蔡素馨について

夏衍の奥さんとなる蔡素馨について、司徒慧敏は「日本で美術を学んでいた」という。だが、彼女については今回の調査でもわからなかった。東京美術学校は男子だけだし、川端画学校、女子美術専門等を卒業した形跡もない。あるいは一時期それらの学校に在学したり、東京の美術関係の塾等に通ったりしていたかも知れないが、そうした調べはまだついていない。

夏衍側の資料では会林・紹武編の「夏衍生平年表」[9]の中に「一九三〇年夏、蔡淑馨と結婚」と出てくるだけである。彼女の名が蔡淑馨なのか、それとも蔡素馨というのかについては、阿部幸夫氏から蔡淑馨ともいうのかも知れないが、蔡素馨が正しいのでは、とのご教示を得た。彼女のことは八八年に華夏出版社から出された女性だけの人名事典『華夏婦女名人詞典』にも出てこない。

このように蔡素馨のことについてはまったくといっていいほどわからない。だが、ただ一つ、蔣光慈の『異邦与故国』[10]に彼女のことが出てくるので、それを手掛かりに見ていきたい。

蔡素馨のことが出てくるのは『異邦与故国』の二九年一〇月六日と八日の項である。一〇月六日の項には次のようにある。

蔣光慈はこの日の午後藤枝丈夫の家を訪ね、夕方五時半頃下宿に戻ってきた。すると、沈学誠と「その女友だち」が彼の帰りを待っていた。その後三人は夜店を冷やかしに出かけて九時頃帰宅する。蔣光慈はこの時沈学誠から「端先夫人が東京に来た」と聞いた。

ここに見える「端先夫人」が蔡素馨である。彼女については許幸之、司徒慧敏のいずれもが「青年芸術家連盟」に参加していたと証言している。だが、彼女が「青年芸術家連盟」に参加していたのはこの時ではない。二九年一〇月六日は「その一」で述べたように、「青年芸術家連盟」が「日本特支」事件によって壊滅的な打撃を受けた後である。「青年芸術家連盟」はこの事件で司徒慧敏、馮憲章、沈起予等が逮捕され、沈学誠も一〇月一五日には帰国してしまう。したがって、彼女が「青年芸術家連盟」に参加したというのは、これ以前に日本にいた時の話である。つまりこの時の来日とは蔡素馨にとって再来日なのである。経緯はおそらく次のようなことではないかと思う。

夏衍は二五年一〇月、夏衍が国民党中央海外部特派員何兆芳の要請で九州戸畑から上京し、国民党駐日総支部に入った。[11] 彼はたぶんこの後東京で蔡素馨と知り合ったのだと思う。夏衍は四・一二クーデター勃発後、二七年の四月下旬に急遽帰国した。目的は武漢政府と連絡を取るためである。[12] だが、蔡素馨は日本に残った。彼女はこの後青年芸術家連盟に参加した。そして彼女を迎えに、「二八年秋」夏衍が来日する。夏衍再来日の回数はいまのところわからない。だが、彼が二九年二月から四月まで日本にいたことは確かである。たぶん蔡素馨はここで夏衍が迎えに来た時、夏衍と一緒に帰国したのであろう。そして二九年一〇月再び来日したのだと思う。

ところで、沈学誠は蔡素馨の来日をなぜ知っていたのであろうか。沈学誠は「その一」に書いたように、夏衍と同じ浙江省の出身で、共に「沈」姓であり、出身学校も夏衍と同じ浙江甲種工業学校の染色科である。夏衍の『懶尋旧夢録』によると、夏衍は二五年一一月から国民党駐日総支部宣伝部長として「青年会派」での登録を説いて全国を回った際、二六年に京都に立ち寄り、沈学誠の家に泊まって京都の名所旧跡を案内してもらい、二人して奈良見物をしたという。[13] 青年芸術家連盟の盟員の中で、夏衍がその時私事を語れる相手はおそらく沈学誠をおいて他にいなかったのではないだろうか。[14] また、ここに見える沈学誠の「女ともだち」とは沈学誠の姉沈茲九だと思う。彼女が青年芸術家連盟に参加していたことはすでに見た。沈茲九は沈学誠より六才年上で、先の『華夏婦女名人詞典』には二六年日本から帰国とあるが、彼女もまたこの頃日本に来ていたらしい。沈学誠が蔡素馨の来日を知っていた背景には沈茲九と蔡素馨という線も考えられる。

話しをもとに戻す。『異邦与故国』によると、蔣光慈は沈学誠から「端先夫人が東京に来た」と聞いた後、彼女に上海の様子を聞いてみようと思い立った。蔣光慈は日本にいても太陽社の銭杏邨たちのことが気になっていた。蔣光慈はこの二日後、一〇月八日夜に沈学誠の案内で彼女の寄宿先「中華女子宿舎」を訪ねた。『異邦与故国』にはその時の蔡素馨の印象として、女芸術家の雰囲気を持っていて、言葉の端々に上海が嫌いでずっと日本に住みたいようなことを言っていたとある。

このように、蔡素馨はこの時上海が嫌で、できれば日本に住んでいたいという気持ちがあった。そしてここからはまた日本にあって芸術家として大成したいという彼女の夢、彼女なりの思いなども窺えるであろう。私はこれが当時夏衍と蔡素馨の間にあった問題ではないかと思う。おそらく夏衍はこのために来日したのだと思う。

蔡素馨が再び日本に来たこの時は、夏衍も参加した上海芸術劇社が結成され、左連結成への動きが具体化し始めている時である。たぶん夏衍はこの時迎えに来ていないだろう。蔡素馨は再来日後、いつの時点でか帰国した。そして彼女は会林・紹武編の「夏衍生平年表」にあるように、「三〇年夏」夏衍と結婚したのだと思う。

(三) 再来日した夏衍をめぐって――夏衍と藤森成吉のことなど

先にも書いたように、夏衍の日本滞在が確認できるのは二九年二月から四月までの間である。この時期は日本のプロレタリア文学史でいうと、ちょうどナップ再編、改組の時に当たる。ナップは二八年一二月「専門別の団体を分化・独立させ、その上でそれらの協議機関をもうけ、これによって、各部門別にその独自的な活動を発展・強化させる」べく、「総合芸術団体」としての全日本無産者芸術連盟から全日本無産者芸術団体協議会へと再編成された。[15] 二九年の一月から二月にかけてはその具体化が進み、一月二二日には日本プロレタリア美術家連盟が、二月二日には映画同盟、四日には劇場同盟、そして一〇日には日本プロレタリア作家同盟が結成された。「青年芸術家連盟」がこれらの動きを見すえつつ二九年の二月か三月にある組織変えを行ったことは、すでに「その一」で述べた通りである。夏衍はまさにこうした時期日本にいたのである。それだけに夏衍再来日に関することがらは、その事実一つが明らかにされただけでも、それが面白い問題につながっていく可能性を秘めているといえるだろう。だが、ここでもほとんどのことが不明のままである。以下、調べ得た二、三のことだけを記してみたい。

この時期の夏衍の仕事として注目すべきは翻訳である。彼は二八年から三四年まで毎日二〇〇〇字の翻訳を休むことなく続けたという。[16] 夏衍は日本で藤森成吉『犠牲』の外に、平林たい子の作品を翻訳した。平林たい子は夏衍の翻訳ではじめて中国に本格的に紹介されたのではないかと思う。

夏衍は、まず二九年三月の『新流月報』創刊号に平林たい子「投げ捨てよ」を訳出し、続いて『新流月報』第二期（四月）に「施療室にて」を翻訳している。[17] 夏衍がこの時底本としたのは、二八年九月文芸戦線出版部から出された平林たい子短編集『施療室にて』であろう。というのは、夏衍が最初に『新流月報』に訳した「投げ捨てよ」は二五年一一月に書かれたもので、夏衍が原載誌に依ったとは考えにくい。そして、先の短編集『施療室にて』には、表題の「施療室にて」と一緒にその「投げ捨てよ」も収録されているからである。[18]

日本滞在中の夏衍には日本のプロレタリア文学を摂取し、自らの飼養、足場にしたいという思いが強くあったであろう。それは「青年芸術家連盟」にいた沈学誠、沈起予、許幸之、司徒慧敏、太陽社東京支部の任鈞、楼適夷たちも同じだったと思う。彼らは一様に日本のプロレタリア文学運動に注目し、その成り行きを見つめていた。夏衍もそんな一人として藤森成吉を訪ね、会ったのだと思う。

ただ夏衍がいつ、どのようにして藤森成吉と接触したのかは、はっきりしない。仲介に立ったのはすでに藤森成吉と接触のあった「青年芸術家連盟」の誰か、任鈞、楼適夷だったと思う。確かなのは夏衍と藤森がこの時はじめて会っているということだけである。

夏衍と藤森成吉のことは、夏衍が『大衆文芸』第二巻第四期（三〇年五月一日）に沈端先名で発表した「藤森成吉」によって窺える。夏衍はそこで藤森成吉について次のように書いている。

藤森成吉について何行か書けという編集者の申し入れに安請合いをしてしまい、その〝安請合い〟が負債になってしまった。わずかな印象の中で何を書けばいいのだろうか。会ったのはほんの二、三回だが、我々の間はただ二、三回会っただけだとは思えない。藤森氏は〝戦旗〟三月号で〝「人間到るところ青山あり」と昔の詩人が歌っていたが、志を同じくしている人たちと一緒にあれば、われわれはどこへ行っても他国の気はしない〟と書いているが、まったく同感である。我々は人種と国情の隔たりを感じることなく、ただ志を同じくし道を一つにする友人であると感じていた。[19]

このように、夏衍は藤森成吉に会ったのは「ほんの二、三回」だという。当時の藤森は日本プロレタリア作家同盟（略称、ナルプ）の委員長である。ナルプは二九年二月一〇日浅草信愛会館で創立大会が開かれた。この大会では「我らはプロレタリアート解放のための階級文学の確立を期す」、「我らは我らの運動に加わる一切の政治的抑圧撤廃のために闘ふ」というナルプの綱領をはじめ、新たな活動方針、江口渙の報告に基づく「戦争反対に関する件」などが可決された。[20] おそらく二人の間ではナップ改編やナルプの活動などに関わる話も出たであろう。さらにこの時、二人の間では『犠牲』訳出に関する次のような話も交わされていた。

藤森は「一九二四年の労働の体験いらい、まっしぐらにプロレタリアートの側に移行した」といわれる。[21] それだけに藤森はナルプ委員長としてナルプの綱領、宣言を実行に移すべく、それを真摯に受けとめていたであろう。[22] 以下はその現れとみていい。夏衍の「作者自伝」によると、藤森はこの時夏衍に「犠牲」という「このイデオロギーがあまりはっきりしていない作品が中国語に翻訳されたら、何か害をもたらしはしないか」と尋ねたという。夏衍はこれを受けて『犠牲』の中に、藤森の最新作である「光と闇」（『戦旗』二九年三月号）を収録することにした。夏衍はこの二作を収めることによって藤森の思想転換の軌跡を読者に示そうとしたのである。藤森成吉は「犠牲」と「光と闇」との違いについて、『犠牲』「序」の中で、「イデオロギーの上から言うと、《犠牲》はまだＭａｒｘｉｓｍ（マルクス主義）の作品だと言えぬが、しかし《光と闇》はそう言っていいと信じてる」といい、夏衍はまた「作者自伝」の中で、「作者は近年鋭い方向転換を遂げた」、「光と闇」は「先生の最近の考えを最もよく現している作品」で、読者はこの二編の作品を通して「作者の思想内容及び表現面での変化」がはっきりとわかるであろうと書いている。[23]

さて、夏衍と藤森成吉は、夏衍が「志を同じくし道を一つにする友人であると感じていた」というように、じつに率直にいろんなことを話し合った。それが証拠に、彼らはこの時次のような「約束」まで結んでいたのである。

その「約束」とは、藤森が訪中した際、夏衍が藤森に労働運動に従事している友人を紹介し、たとえ短期の滞在であっても中国革命運動に対する正確な理解を深めさせてやるというものであった。[24] 夏衍は先にも書いたように、二七年四月に帰国した後、六月に中国共産党に入党し、閘北第三街道支部に入った。彼が所属した班は阿英、すなわち太陽社の銭杏邨が長だった班で、メンバーには孟超、戴平万等がいた。夏衍はそこで労働運動の工作に携わる。[25] おそらく夏衍はこうした経験があったから藤森にこの時中国の労働運動について話をし、そんな「約束」をしたのであろう。一方、藤森成吉は『犠牲』の「序」で、中国に読者を得たことを第一の喜びとしていることが示すように、中国革命や中国の労働運動に対し強い関心を抱いていた。こうした藤森にとって夏衍の申し出は願ってもないことだったし、また渡りに舟でもあったと思う。藤森はこの時自らが近く中国に行く予定であることを話し、この「約束」を結んだはずである。でないと、この「約束」自体が成り立たなくなる。

では、この「約束」がその後どうなったか。以下はその後日談である。

藤森成吉は三〇年一月円本ブームで得た印税を手に、ヨーロッパ旅行をするという名目で夫人と共にドイツへと旅立った。藤森はドイツ到着後ハリコフ会議にナルプ代表者として出席する。さて藤森夫妻がこの時取ったコースはこの二年前、二八年一二月に金子光晴が森三千代を連れて、当てのないヨーロッパ逃避行に出た時と同じで、上海、香港、シンガポールを経由し、インド洋を渡ってヨーロッパへ渡るコースである。藤森はこの途上三〇年一月三〇日に、香港からシンガポールへ向う船上で戦旗社宛に「旅先から――第一信」（『戦旗』三〇年三月号）を書いている。本来ならここに「約束」のことが記されるはずであった。だが、藤森は当時の状況下で真実を書くことができない。藤森は「旅先から――第一信」の中で、この「約束」について何も書いていない。藤森はここで肝心なことをすべて伏せているのである。ことは先の夏衍「藤森成吉」にしか出てこない。では、この藤森成吉「旅先から――第一信」に、夏衍の「藤森成吉」を重ね合わせてみると、どんなことが見えてくるのか。「約束」の顚末を軸に見ていくことにしたい。

藤森が書いた「旅先から――第一信」によると、藤森夫妻を乗せた船が上海に着いたのは一月六日の朝であった。船はこの日一日だけ上海に停泊する。

夏衍の「藤森成吉」によると、夏衍は藤森に渡欧のパスポートが下りたことは知っていたが、上海到着の正確な日時までは知らなかったという。夏衍はこう書いている。

十二月中に（二九年一二月——小谷）に、〝女工秘話〟の作者佐倉啄二君[26]が上海を通過した時、彼が渡欧のパスポートをすでに入手していたことは聞いたが、正確な日時までは言わなかった。

このように、夏衍は『女工秘話』の作者佐倉啄二から藤森にパスポートが下りたことを聞いたという。問題はこの佐倉啄二なる人物である。佐倉啄二の名はこれまで日中近代文学の交流の中でまったく問題にされてこなかった。私もここではじめてこの人の名を知った。私が佐倉啄二についてある手掛かりを得たのは、夏衍のいう『女工秘話』の復刻本を手にしてからである。この本の名は正しくは『製糸女工虐待史』という。これを復刻されたのは日本の蚕糸業発達史を研究されている信州大学繊維学部教授篠原昭氏である。篠原氏は長い間この本を探され、一九七一年八月に信濃毎日新聞社から復刻された。復刻本『製糸女工虐待史』には、「序」を含め、完全なかたちで復刻された『製糸女工虐待史』と、その他に篠原氏による『製糸女工虐待史』の「解説」、さらに当時はまだご存命中だった著者佐倉啄二自身の「復刻にあたって」という一文が収められている。

佐倉啄二はそこで『製糸女工虐待史』をまとめるにいたった経緯について、こう書いている。佐倉啄二の人となりを知る意味でも引用したい。

大正の末期、勉学のため上京、人生問題に悩んでいたころ、たまたま青島攻略の神尾将軍（有島武郎の岳父）が鎌倉円覚寺に独参しておられ、私を円覚寺に紹介して下さり、一年近く僧堂生活を味わった。その間、細井和喜蔵の『女工哀史』を読んだが、製糸女工は紡績よりも数倍も悲惨な生活をしていることを知っていたので、釈尊の人道主義的社会主義の理念と青年の熱情から岡谷の製糸工場に飛び込み、この記録を書いたのである。

このように、佐倉啄二の『製糸女工虐待史』とは細井和喜蔵の『女工哀史』に触発されながら、悲惨なのは「紡績」よりも「製糸」という考えから、著者自らが岡谷の製糸工場に飛び込み、そこでの体験をもとにしたルポルタージュである。篠原氏も「解説」の中で、本書の魅力を、「細井や林（林功郎『地平線以下』――小谷）の本が迫力をもつのは、体験を通した内部告発的な内容だからであり、この『製糸女工虐待史』も正にその点に魅力がある」と指摘している。

この佐倉啄二の『製糸女工虐待史』は、二七年三月一八日、東京市芝区新桜田町一九番地にあった山崎今朝弥の主宰する解放社から、解放群書の第八一種として出版された。序文を寄せているのは藤森成吉と木村毅の二人である。木村は後にみるような事情で序文を書いた。

さて、その藤森の「序文」によると、二人は共に信州長野の出で、佐倉啄二は岡谷、藤森は上諏訪の出身で、同郷という縁によって藤森が最初に佐倉の原稿を読んだという。ということは、佐倉はこの時自分が啓発された『女工哀史』が出版された経緯、作者細井和喜蔵のひそみに倣ったのだろう。『女工哀史』は、作者である細井和喜蔵と藤森が同郷だったことで、細井が藤森に『女工哀史』の原稿を見せ、藤森が出版元になる山崎今朝弥を紹介したことで、出版された。佐倉の場合もこれとまったく同じである。藤森の「序文」によると、藤森は佐倉から送られた原稿を読んだ後、それを木村毅に見せて客観的な意見を求め、その上でさらに同郷の先輩である山崎今朝弥に、その出版を依頼した。木村が序文を寄せているのもこのためである。

佐倉啄二の『製糸女工虐待史』とはこうして世に出た。そして佐倉と藤森の往来もこれを機に深まる。

佐倉は、『製糸女工虐待史』が出版された後も岡谷に留まり、製糸工場の過酷な雇用状態を打ち破るべく組合運動を起こした。佐倉が『戦旗』二八年九月号に発表した「岡谷の争議」等によると、佐倉は『製糸女工虐待史』が出版されてまだ間もない二七年四月から岡谷に組合運動を起こし、その年の八月二八日から九月一七日まで「日本最初の製糸工場に於ける組織的大ストライキ」を行った。組合員総数は運動を起こしてから「僅か半歳にして三千余」にまで膨れ上がっていたという。しかしこのストライキ闘争は、九月一八日組合本部員、組合員幹部の検束、女工の全員解雇というかたちで惨敗に終わった。佐倉は「岡谷の争議」の中で、組合運動を起こしたこと自体については「兎に角当を得た遣り方だつたと思ふ」といいつつも、戦術的な面では「だが、藤森成吉氏や、此の地にある評議会の人々等と企て、ゐた、組合の方向転換を試みぬうちに争議を起し、争議に惨敗した事は残念で」と書いている。

佐倉はこのストライキ闘争に敗れた後、「プロレタリア文学運動の本場」モスクワに向うべく旅立った。佐倉は「復刻にあたって」の中で、これを「昭和三年秋」としているが、それは「昭和四年」の誤りであろう。佐倉はこう書いている。

昭和三年の秋、私は本書（『製糸女工虐待史』――小谷）をもとに、物語風に原稿三百枚ほどを書きあげ『戦旗』に二、三編のせてから、当時プロレタリア文学運動の本場モスクワに向かうべく神戸を旅立った。途中、中国を見ておこうと上海に上陸した。当時の中国は抗日運動が盛んで、左翼作家ら多くの人々と会った(27)。

いうまでもなく、佐倉がこうした選択をした背景には藤森成吉の影響があったであろう。あるいは佐倉がここで中国に立ち寄ったのも、藤森から何らか示唆を受けてのことかも知れない。

佐倉はこうして上海に行き、夏衍と会った。だが、その時の夏衍と佐倉、佐倉が上海で会ったという「左翼作家」などについては何もわかっていない。

さて話をもとに戻すと、夏衍は先に見たように、藤森成吉来滬の正確な日時を、その直前まで知らなかった。夏衍がそれを知ったのは藤森来滬の三日前のことで、鄭伯奇から聞いたという。夏衍は「藤森成吉」で、「彼が上海に来る三日前になって、ようやく鄭伯奇が上海に来る日を知らせてきた。その数日はちょうど芸術劇社公演の時だった」

と書いている。

では、鄭伯奇はどこからそれを聞いてきたのであろうか。確証はないが、私は山上正義から聞いたのだと思う。鄭伯奇と山上正義はその時親しく往来していた。

「約束」の話を続ける。夏衍の「藤森成吉」によると、夏衍は鄭伯奇から藤森来滬の正確な日時を聞いた後、藤森と何らかの方法で連絡を取った。彼は藤森を上海の埠頭に出迎えることはせず、ある場所で藤森と落ち合い、「約束」を果たすことにした。しかし、その場所で三時間待っても藤森たちは現れない。夏衍たちは藤森たちが「領事館のSPYにつきまとわれているのでは」と考え、急ぎその場を去った。このように、この時二人の「約束」は空振りに終わってしまう。

夏衍は翌七日、埠頭に停泊中の藤森の船を訪ね、出発直前の藤森と会った。夏衍が昨日の一部始終を藤森に話すと、藤森は非常に残念がり、奥さんに「しまった!取り返しのつかない損をしてしまった!あんなつまらない芝居など見に行くべきじゃなかった!」と言った。先にも書いたように、藤森は「旅先から——第一信」の中で、「約束」については何も書いていない。だが、この「田舎芝居」の話だけは藤森の文章にも出てくる。それによると、その日藤森たちが見た芝居とは小揚月楼の出演したものであった。藤森はこの時、劇場にも芝居にも呆れ果て、「おそろしく原始的だ、時代錯誤的な代物だ。……中略……張子の珍妙な虎の姿や、矢鱈に関羽ヒゲを生やした人達を観てゐると、これが支那第一の工業市上海の芝居かと驚く、まるで田舎芝居だ。上海には実にいろんな面がある。『支那の堕落した芝居だ』と同志文学者が云つてゐたが全くそうだらう」と書いている。

その日藤森成吉が夏衍との「約束」を果たせなかったのは、落ち合うことになっていたその場所を藤森が捜し出せなかったからである。夏衍の「藤森成吉」には、そこで藤森は仕方なく「林守仁君たちと天蟾舞台に芝居を見に行った」とある。

「林守仁」とは、山上正義のペンネームである。だが、藤森成吉の「旅先から――第一信」には山上正義の名は出てこない。藤森は「旅先から――第一信」で上海で会ったすべての人の名を伏せている。もはやお気づきだと思う。先の引用文の中で、藤森に「支那の堕落した芝居だ」といった「同志文学者」が山上正義なのである。

山上正義は当時連合新聞社上海支局員として、北四川路麦拿里三一号にあった柿木原豊子の経営する美容院の二階に住んでいた。[28] 山上は藤森成吉が上海に着いたその日、埠頭に藤森を出迎えたはずである。山上はこの日藤森と一日中行動を共にし、藤森の上海案内役を務めた。

私は先に、鄭伯奇に藤森来滬の正確な日時を教えたのは山上ではないかと書いた。丸山昇の『ある中国特派員』（中公新書　七六年八月）によると、山上が下宿していた柿木原豊子の家は豊子の性格等もあって、一種「サロン」的雰囲気を持っていたという。同じ麦拿里四一号には創造社出版部があり、創造社の同人たちは二九年二月創造社が閉鎖された後も、始終豊子の家に出入りしていた。鄭伯奇もそうした中の一人で、彼は豊子の娘トシ子のフランス語家庭教師を務めていた。またそこから歩いて一五分ぐらいの施高塔路花園里には当時朝日新聞社の上海特派員である尾崎秀実がいて、彼も創造社同人と往来があり、豊子の家によく遊びにきた。

藤森来滬の直前、三〇年一月三日、四日は上海芸術劇社第一回公演の日である。[29] 鄭伯奇はこの上海芸術劇社の社長を務め、新興演劇運動に強い関心を抱いていた。山上もまたこの年の二月に創刊された久保栄編集の『劇場文化』に「今日の支那劇団」を発表し、二月一四日には広東コンミューンを描いた戯曲「支那を震撼させた三日間」（『劇場文化』二号　三〇年四月）を書き上げている。こうした山上は上海芸術劇社第一回公演の際、尾崎秀実やスメドレー等と一緒にこれに協力した。丸山は『ある中国特派員』の中で、「おそらく彼らは宣伝だけでなく、稽古や大道具・小道具の準備を含めて、芝居づくりの過程全体にあれこれ協力したものと思われる。中でも演劇については多少の自負を持っていた山上にとって、これは記者としての商売気を離れた、楽しい仕事だったのではあるまいか」と書いている。藤森来濡の話もおよそこうした雰囲気の中で、山上から鄭伯奇に伝えられたのであろう。ということは、藤森来濡の話を尾崎秀実も知っていた可能性もある。

藤森成吉は残念ながら上海芸術劇社第一回公演を見ることができなかった。だが、彼は公演の様子を出発前の船上で夏衍から聞いた。夏衍はこれについて僅か一行、「ちょっと文芸運動の情況について話すと、出航のドラが鳴った」と書いているだけである。しかし藤森にとってこの話は、日中無産階級革命文学運動の交流を伝える格好の材料であった。彼は「旅先から——第一信」の中で、こう書いている。時の日中の交流とその雰囲気、空気を伝える格好の材料だと思うのですべてを引用したい。

一寸芸術方面のことを書こう。支那の文学者諸君に日本語の堪能な人が多くて、日本の文学はまるで打てば響くやうだ。戦旗正月号の僕の（戯曲急行列車）が、同志沈端先君に依つて翻訳されて、支那の雑誌正月号に載る速さだ。支那の雑誌は月末に出るから、同じ月の雑誌に載る芸当が出来るのだ。上海の同志文学者諸君を網羅した「拓荒者」といふ新雑誌の創刊号が、此の二三日中に出るといふ話だつたから、もう今日あたりは出てゐるだらう。それらの文学者諸君と戦旗との連絡握手も、これからは完全に出来るだらう。僕が上海に着く二三日前、上海の新劇運動者諸君の手で、租界の或るクラブで新劇が上演された。出し物は、シンクレアの「二階の男」と、ル・メルテンの「炭坑夫」と、ロマン・ロランの「愛と死の戯れ」だつたそうだ。今頃そんな者を演つてゐるのかと諸君は思ふだらうが、これだけの物でも上海では殆んど最初の試みで、非常に珍しく又成功だつたといふ。二日間で千二百人の観客を吸収出来たと言つてよろこんでゐたが、残念なことに労働者の観客はまだ極く少なかつた由。いろいろな点で日本のプロレタリア演劇運動は中国に対しては確かに兄貴分だ。面白い事を聞いた。実際運動家が「炭坑夫」を見て、もつと集合などを取り扱つた芝居が欲しい、と言つたそうだ。支那の実際運動の方が芸術よりも一歩先へ行つてゐることがこれでわかる。

さて、夏衍との約束を果たせなかった藤森は、出発前の船上で、「その同志によろしくお伝えいただきたい。私は本当に残念でならない」、「来年上海に戻ってきた時、ぜひもう一度会談の機会を設けて欲しい」と、あらためて夏衍に願い出た。二人はここで再び「約束」を交わす。だが、この「約束」は結局実現しなかった。

藤森成吉は、ドイツ到着後ベルリンに滞在し、ハリコフ会議に出席した。彼が日本に帰国したのは三二年のことである。だが、藤森はこの時、往きとは異なりアメリカ経由で帰国している。(30)

［注］

（注1）司徒慧敏「五人の学友たち」（『わが青春の日本』東方書店　八二年九月）。

（注2）会林、紹武編『夏衍劇作集・三』（中国戯劇出版社　八六年三月）。

（注3）藤森成吉の『犠牲』が日本で完全なかたちで世に出たのは昭和二二年一一月二五日発行、花月社版が最初である。

（注4）夏衍「自序」（『懶尋旧夢録』生活・読書・新知三聯出版　八五年七月）。なお本文の夏衍『懶尋旧夢録』から引用した日本語の訳文は、すべて阿部幸夫訳『日本回憶』（東方書店　八七年三月）に依った。

（注5）司徒慧敏と映画とのことに関して、『中国電影家列伝・一』（中国電影出版社　八二年）所収の李文彬「司徒慧敏」は、司徒慧敏が「瓦斯マスク」等の公演に関与したことを記した後、「この他にも、彼の関心は広く、日本大学映画研究班にも参加した。早稲田大学電子系に進み、『校外生』（聴講生――小谷）になり、傍ら無線等を学んだ。これらのすべてが、後に映画事業に従事する基礎となった」と書いている。

（注6）ここでの『思想月刊』第五期の発行年月日は『中国現代文学期刊目録編』（天津人民出版社　八八年）に依った。
（注7）許幸之「東京でかいた一枚の絵」（『わが青春の日本』前出）。
（注8）大久保弘一『赤色支那』（高山書院　昭和一三年）。なおカッコ内は小谷が補った。
（注9）会林、紹武「夏衍生平年表」（『夏衍研究資料・上冊』中国戯劇出版社）。
（注10）蔣光慈『異邦与故国』（上海現代書局　三〇年四月再版）。
（注11）夏衍『懶尋旧夢録』（前出）。
（注12）夏衍『懶尋旧夢録』（前出）。
（注13）夏衍『懶尋旧夢録』（前出）。
（注14）夏衍は四二年に書いた「悼念西苓」（『夏衍雑文随筆集』八〇年八月）では、沈学誠と知り合ったのは一九二三年からだという。
（注15）山田清三郎『プロレタリア文学史・下』（理論社　七三年八月）。
（注16）夏衍『懶尋旧夢録』（前出）。
（注17）単行本の沈端先訳、平林たい子『在施療室里』は「新興文学叢書」の一つとして、二九年七月に上海水沫書店から出版された。なお、「沈訳四種の紹介」と銘打たれた銭杏邨「関於日本新興文学」（『現代小説』第三巻第四期　三〇年一月一五日）は、夏衍がこの時期に翻訳した『犠牲』、『在施療室里』等の評である。
（注18）夏衍は『新流月報』創刊号に発表した「投げ捨てよ」の訳文の後に「註」を付け、平林たい子の略歴を紹介し、「現在大衆党中委小堀甚二と同居、著作に『施療室にて』という短編集がある」と書いている。
（注19）ここでいう『戦旗』三月号の藤森の文章とは、のちに本文でみる藤森成吉「旅先から――第一信」（『戦旗』三〇年三月号）である。なおこの文章は任鈞、楼適夷訳で、藤森成吉「寄自旅中――給〝戦旗〟的信」として『拓荒者』第一巻第三期（三〇年三月一日）に掲載された。
（注20）山田清三郎『プロレタリア文学史・下』（前出）。

（注21）日本近代文学館編『日本近代文学事典』（講談社 昭和五九年一〇月）の「藤森成吉」の項。
（注22）山田清三郎『プロレタリア文学史・下』（前出）にまとめられているナルプ成立大会の「活動方針」は「作品活動はもっと大衆のなかに根をはらなければいけない。それには作家の撓みなき技術の錬磨と、階級的戦士としての生活――すなわちプロレタリアートの一員としての大衆との日常的接触――を一層緊密にすることが絶対に必要である」、「国際的経験の摂取と交換。我々の運動をして、強力な国際的合流へと発展せしめなければならない」等であった。
（注23）夏衍「作者自伝」（前出）。藤森成吉「序」（前出）。なお、会林・紹武は『夏衍劇作集・第三巻』で夏衍が「犠牲」を訳出した日付けを「二六年五月」とし、「光と闇」訳出の日付を「二八年一二月」としているが、おそらくこれは原作の執筆年月日をそのまま訳出年月日と混同したものであろう。訳出された「光と闇」の最後には確かに「二八・一二」とあるが、これは藤森成吉が「光と闇」を脱稿した日付である。
（注24）夏衍「藤森成吉」（『大衆文芸』第二巻第四期 三〇年五月一日）。
（注25）夏衍『懶尋旧夢録』（前出）。
（注26）元版は「佐倉啄・君」となっている。この「・・」が「二」である。
（注27）佐倉啄二「復刻にあたって」（復刻版『製糸女工虐待史』信濃毎日新聞社 七一年八月所収）。なおここで佐倉が『戦旗』に載せた二、三編の文章とは「ストライキの九月」欄の「岡谷の争議」（二八年九月号）、「生きた新聞」欄の「岡谷の暗黒面」（二九年四月号）、「レポーター」欄の「農村の繭は斯して搾取される」（同六月号）である。三編ともすべて佐倉啄二名で執筆している。
（注28）丸山昇『ある中国特派員』（中公新書 七六年八月）。
（注29）夏衍はいつ頃からか、上海芸術劇社第一回公演の初日を藤森来滬の日である三〇年一月六日としている。たとえば、五八年に書いた「難忘的一九三〇年」（『中国話劇運動五十年史料』所収）がそうで、これは『懶尋旧夢録』でも改められていない。だが、これは夏衍の記憶違いで、正しくは本文に記した通りである。
（注30）藤森成吉「ハリコフ会議のこと」『文化評論』六八年五月号。

【資料】

内務省警保局「外事警察報」第一〇七号（昭和六年六月）
「中国共産党日本特別支部の検挙」

內國事情

中國共產黨日本特別支部の檢擧

昭和四年十月三日以降東京、京都、横濱、神戶、北海道、仙臺、長崎等關係各地に亘り一齊檢擧せられたる中國共產黨日本特別支部の治安維持法違反被疑事件に關しては、其の檢擧當時より、內務省並に檢事局より新聞紙に其の記事揭載を禁ぜられて居たが、昭和六年二月十六日關係者の豫審終結決定と共に同記事揭載を解禁せられた。

第一　探知の經緯

昭和二年頃より在留中華民國人殊に留學生間に共產主義的檄文を配付する者あり注意中の所、昭和三年十二月十一日附にて『廣東暴動一週年記念日に就て』こ題し、又翌四年一月二十一日附にて『レーニン五週年及リーブクネヒト、ルクセンブルグ十週年記念に際し留日支那勞働者、學生、小商人に告ぐ』こ題し『中國共產黨日本特委執行委員會』名義を以て矯激なる共產主義の宣傳印刷物を、東京其の他各地留學生に郵送せるを發見したるに依り嚴重視察の歩を進めつゝあつたが、同年二月初旬に至り豫て注意中なりし中華留日社會科學研究會員に對する視察に依りて、本邦內に中國共產黨支部の存在するこご並其の組織內容を略々探知するを得た。

第二　檢擧の顚末

其の後引續き種々の名義を以てする共產主義宣傳印

刷物の配付頻繁なりしを以て、益々其の視察內偵に努めつゝあつたが、昭和四年八月四日京都同志社大學生『高喬平』と自稱する者（本名は中國共產黨有力者「梅電龍」）中國共產黨の特命を受けて日本特別支部內紛問題の解決並に佐野學が上海に於て逮捕せられたることを日本共產黨に傳達する用務を帶び、又日本共產黨に交付すべき活動資金二千圓を携へて上海より神戶に渡來し、直に上京して豫て中國共產黨日本特別支部關係容疑者として視察中なりし廖體仁なる者を訪問し、同月十日其の案內にて該資金を引渡すべく日本共產黨員田中某なる者を訪問せむと其のアドレスを捜しつゝあるを探知し、之を途に擁して兩名を檢束、拘留處分に附し、取調中更に九月四日銀座に於て日華兩反帝同盟共同主催にて日華鮮の左傾團體合同の『東支鐵道回收反對』『ソヴィエット聯邦擁護』を目的としたる大示威運動事件あり、其の際の檢束者九十餘名中、中國人十四名があつた。（中國人中四名は共產黨員である）仍て之等中國人に付き取調を進めたる結果、中國共產黨日本特別支部組織の內容及其の活動狀況等が稍具體的に判明するに至つた。而して取調の結果より觀るに其の勢力未だ大ならずと雖、組織以來日尙淺きに拘らず其の發展の迅速なる實に驚くべきものがある。此の儘放置するに於ては如何なる事態を招來するやも保し難く、帝國治安維持上寔に憂慮に堪へざるものがあつたので、在留黨員一齊檢擧の計畫を樹て、檢事局方面とも打合の上昭和四年十月三日午前五時を期し、東京、札幌、仙臺、名古屋及京都の五市に亘り之を決行し、同時に新聞記事揭載を差止めた。而して右被檢擧者取調の結果、橫濱、神戶、長崎及岡山等にも被疑者あることを發見し之亦同樣檢擧した。

右檢擧の結果は八十四名の黨員に付き取調の上一件記錄を當該所轄檢事局に送致したるに、內三十六名（警視廳三十四名、京都府一名、兵庫縣一名（別表參照））治安維持法違反被疑者として起訴せられ、他は起訴猶豫（又は不起訴）處分に附せられたるを以て、後者並に黨外團體員併せて五十五名（別表參照）に對しては內務大臣より退去命令を發し、帝國領土外に追放した。斯の如く本秘密結社に對しては其の本邦に對する實害の未だ大ならざるに先ち、適時に之が檢擧を行ひ、禍根を未然に一掃することを得たのである。

第三　中國共產黨日本特別支部の成立組織並活動概況

我國在留の中華民國留學生等は、昭和二年中當時本

國に於ける國民黨と共產黨の分立、其他動亂絶えざる政治情勢と我國學生社會科學研究運動の刺戟を受けて社會科學研究に志し、同年九月同志相圖りて中華留日社會科學研究會を組織し、共產主義の研究を爲しつゝあつたが、同會幹部東京帝大生鄭曉、日大生廖以仁、鐵道教習所生史謙等は中國共產黨の企圖する共產主義革命の達成に共鳴し、中國を統一救濟するは國民黨にあらずして共產黨なりとなし、之と相呼應して共產主義社會の實現を期すべく同志數名を糾合して一の秘密結社を組織し、主義の研究並に宣傳に努むるに至つた。

本秘密結社は當初は未だ一定の名稱を附せず、『市委』『中國共產黨日本特委執行委員會』等の名稱を以て之を呼んで居たが、後中國共產黨中央黨部の承認を得て『中國共產黨日本特別支部』と改稱した。

右結黨以來主義の宣傳と黨員の獲得に努めたる結果檢擧當時の支部所在地は東京（學校支部、地區支部合せて六支部）橫濱、神戶、京都、長崎及仙臺（各一支部）の六箇所（各支部の組織概要に關しては別表參照）で、黨員一〇九名に達した。右の外『中華留日社會科學研究會』（別表參照）『中國青年藝術聯盟』『人社』『時代工程社』『中華留日反帝同盟』等の別働團體を組織し、各團體に夫々黨員を派遣し『フラクション』（黨團）を形成して之が指導に當らしめ、主義宣傳並に勢勢の增大に努めつゝあつた。

尙黨費は最初各黨員每月金四十錢を納付したが、昭和四年四月より、官費並に外務省文化事業部より補給を受くる者及私費生にして學費月額七十圓以上の送金を受くる者は每月金一圓、其他の私費生は每月金五十錢を納付することゝせられた。

中國共產黨日本特別支部のスローガンとして揭げられたるものは、

一、打倒帝國主義
一、打倒中國々民黨
一、全世界殖民地の解放
一、ソウエート政權の確立
一、世界革命の達成
一、對支非干涉
一、一切地主の土地沒收
一、帝國主義戰爭反對
一、ソウエート革命の準備
一、全勞苦民衆の武裝暴動の準備

より成る所謂十大綱領であるが、其の當面の任務とする所は、

（一）　我國在留の中國民に對し中國共產黨の目的が國民黨政府の打倒とソウエート政府建設に在ることを宣傳理解せしめ、

（二）　中國共產黨を信奉する者をして同黨の送附する宣傳印刷物に依り、果して其の政綱が中國の現狀に適合するや否やの理論的檢討を爲さしめ、

（三）　留學生をして社會科學を研究せしめ新知識を得て歸國し、本國々民に之を紹介、鼓吹し、國民知識の啓發を爲すに在つた。

而して既に昭和三年八月下旬東京市外大岡山某方に於て第一次代表大會を開き、黨機關紙『學校生活』發刊の件、其他の活動方針につき秘密に協議をなし、同年十月『學校生活』第一號を創刊し、其後機會ある每に宣傳印刷物を作成して各地の留學生に頒布宣傳し、昭和四年一月には同黨の宣傳用機關紙として黨員及黨員外の者に配布すべき『火花』を創刊し、宣傳に努め、更に昭和四年四月上旬東京府下杉並町阿佐ヶ谷陳啓宇方に於て第二次代表大會を開き、中國共產黨との連絡を更に緊密ならしむること、其他の活動方針數件を協議し、同年七月東京府下荏原町洗足鐘文方等に於て第三次代表大會を開催し、日本特別支部の過去の活動に對する批判並に將來の活動方針に對する討論を爲し、日本共產黨日本左傾團體との連絡、並に結社の名稱を中國共產黨日本特別支部と改稱することに付き中國共產黨に指令を仰ぐこと等を協議決定したが、右第三次代表大會の決議報告に對する中國共產黨中央部の指令に基き、日本特別支部今後の中心任務は『反帝國主義運動』『思想鬪爭』及『勞働運動』の確立と決定した。即ち『反帝運動』としては秘密結社反帝大同盟を結成して、左傾大衆を基礎として『反帝戰線』『反帝報』等の定期刊行物を出版し、帝國主義者の陰謀と罪惡を暴露し、有力なる煽動を加へて廣汎なる大衆の鬪爭參加を指導し、特に帝國主義のソウエート聯邦の攻略並中國侵略及中國革命民衆壓迫の事實を宣傳して大衆の鬪爭精神を鼓舞し激成すべしと爲したが、昭和四年九月四日銀座に於ける反帝示威運動は其の最も大なる表現の一である。即ち昭和四年露支間に東支鐵道問題起るや、中國共產黨中央黨部より日本特別支部に之に關する宣傳物の送附あり、宣傳煽動を爲すべき指令があつた爲特別支部に於ては數次日本反帝同盟關係者と相往來して連絡協議を遂げ、九月一日反帝同盟員をして在東京中華民國公使館に示威運動を行ひ、暴行破壞を爲さしむることに決定したが、後日本側の都合に依り之を變更し、九月四日夜銀座街頭に於て日、華、鮮左翼團體

合同主催の下に、『帝國主義反對』『東支鐵道回收反對』『ソウエート聯邦擁護』を目的とする示威運動を行ひ、更に進んで中華民國公使を襲撃することゝ爲し、日華兩文の宣傳ビラ等を準備したが、警視廳に於て事前に之を探知し、同日夜松屋前に於て既述の如く中國人十四名、日本人多數を檢束し事なきを得たのである。

『思想鬪爭』は特に社會科學運動に努力し、其の活動は公開して講演會辯論會等を開き、又機關誌其の他の刊行物に依りて廣大なる群衆を糾合參加せしめ、且つ反動派、帝國主義者等の主張の誤謬を徹底的批判克服し、我等の目標は『土地革命の實行』『帝國主義打倒』『私有財産制度の撤廢』『君主制の廢止』『プロレタリアの獨裁』に在る旨を指示して第三インターナショナルの理想の實現を高調すべしと爲し、又『勞働運動』は横濱及神戸を中心とし兩港の同志に依りて青年團體を組織し、廣大なる勞働群衆を吸收すべしと云ふに在つた。之が爲め兩港出入船舶に就働する中國人船員を調査し又在留中國人勞働團體を調査し之に對する宣傳方法を考究した。

右目的の爲に毎週一回多きは數回に亘りて執行委員會常務委員會、支部會、黨團會議等を數次開催して居たが、『同黨支部執行委員會』及『社研同盟』其の他の名義を用ひて頒布した宣傳文書は判明せるもの丶みにても實に百餘種の多きに達した。

第四　日華兩國共産黨の關係

日華兩國共産黨の連絡關係は遠く大正十一年に其の端を發し、第三インターナショナルが中國共産黨員を通じて日本共産黨を指導誘掖したる事實顯著なるものあり、而して中國共産黨に屬する中國共産黨日本特別支部は第三インターナショナルの黨規に基き、地理的關係に依り當然日本共産黨に編入せらるべきものである。然るに猶ほ未編入にして本國に於ける共産黨の特別支部と云ふが如き變態的狀態に在りしは、日本共産黨が數次の檢擧に依り重大なる破壞を蒙り居たるが爲めで、其の組織回復次第編入の手筈となつて居た事は、黨中央部より該特別支部に致した指令により明瞭である。其他兩黨は各々其の外廓團體たる反帝同盟を有し兩同盟は既述銀座に於ける示威運動の擧行及び中華民國公使館襲撃計劃等反帝運動に就て數次協議したる事實がある外、特別支部は昭和四年八月二十七日附勞働組合全國協議會より在莫斯科赤色勞働組合インターナショナル本部に宛てた報告書の傳達方を依頼された事實がある。

第五　被起訴者に對する豫審終結決定及其の後の状況

東京地方裁判所檢事局に於て治安維持法違反被疑事件として起訴せられ、同裁判所の豫審に附せられたる三十四名中、梅電龍及林雲靑の兩名を除く他の三十二名は昭和六年二月十六日附を以て治安警察法第二十八條違反嫌疑十分なりとの理由を以て、東京地方裁判所の公判に附すべき旨決定せられ、京都及神戸各地方裁判所檢事局に於て東京同樣治安維持法違反事件として起訴せられたる二名も同日附を以て同樣治安警察法第二十八條違反として公判に附すべき旨決定せられた。

斯く事件が豫審に於て治安警察法第二十八條違反として決定せられし關係上、梅電龍及林雲靑は中國共産黨日本特別支部に加盟し居らざりし爲、何れも豫審免訴の決定があつた。

而して被起訴者等に對しては何れも保釋出獄を許されたが、未だ公判開廷の運に至らない。（六、五、二八）

第六　中國に於ける反響

本邦に於ける中國共産主義者の檢擧に就ては大體前述の如くであるが、其の本國たる中國に於ける各方面の反響は相當大なるものがある。次に其の概要を掲げることゝする。

一　中國新聞の論調

本事件發生直後之れが支那各地へ喧傳さるゝや、各地の支那新聞は誇大の記事を掲載し以て反日感情を誘發する處があつた。

即ち昭和四年十月五日北平新農報は逸早くも之れが事件の概報と駐日汪公使が被捕學生の釋放方交渉中なることを報道し、更に同月十六日南京中央日報は本件に關し十日東京通信として大要左の如き報道をした。

『十月四日百三十餘名の支那學生逮捕せらるゝに當り、警察は兇暴の限りを盡し、即ち衣服を脫かし、荒繩を以て括り、反抗するものは棍棒を以て之を毆打し負傷したる者少からず、殊に室內捜査の際の如き、證據蒐集を口實として女子の脫衣を强要し、下衣迄も取らしめ甚だしきに至りては、故意に侮辱を加ふる等其の遣り口朝鮮人に對するよりも甚だしきものがある。』

又同月十七日上海時事新報は東京中央通信として

『警視廳は十月三・四の兩日全國に亘り、留日支那學生百四十餘名を共産黨嫌疑及び東支鐵道に關し、ソウエート聯邦を援助せしやの嫌疑にて檢擧せるが、其の檢束に際し、暴行を受け、殊に女學生にして故意に侮辱せられたるものがある。駐日汪公使より外務當局に抗議したるも大部分は未だ釋放せられない云々』と報道した。更に同月十六日天津大公報は『東京の日本警察官多數中國留學生を逮捕す』との見出の下に東京通信として大要

『本年九月四日晩銀座街頭に於て日本勞働者の示威行列ありしが、適々同夜同地に於て買物せる支那留學生は何故にか日本官憲のため拉致せられ非理虐待を受けた。日本留學の同人は座視するに忍びずして支那公使館及び留學生監督處に對し之れが救濟策を請求せる處、公使館に於ては留學生監督處の所管行爲なりと云ひ、監督處は外交問題なれば公使館にて處理すべきなりと云ひ、相互責任を轉嫁せんとしたるを以て、已むを得ず留學生を以て『被捕學生營救聯合會』なるものを組織して逮捕せられたる十三名の學生を救出することとし、歷次日本警察に交涉した、然るに日本警察は此等學生は何等罪狀なく單に交通を妨害せるものなれば、四週間の交通妨害罪に處せられたるものなりと云へるも、學生等は未だ釋放せらるゝに至らない。次で十月三日日本警察は全國の警察總動員を行ひて「支那留學生狩」なる手段にて百五十餘名の多數を逮捕した。日本側は本件逮捕は前記被逮學生營救聯合會の組織が日本警察に反對せるやの嫌疑あるに依るものならむと稱し居れるが、目下各學校は已に課業を開始し居り、臨時試驗も行はれんとするに、此等被捕學生の學業荒廢は勿論、此等學生の大半は病人にて姙娠六、七ヶ月の姙婦もあり旁同人に於て救濟の方法講じつゝあり』云々と。

又同月十九日の北平華北日報も前記と同樣なる記事を掲載せるが、同月二十三日哈爾賓晨光報は、本件に關し『本件檢擧が太平洋問題調査會に關聯する中華民國學生の宣傳運動等を妨害せん爲めの日本側に於ける私怨手段にして、右會議終了後釋放せんとするものである』との趣旨で、上海、北平、南京等の各新聞と略同一の記事を掲載した。更に同月二十八日同地國際協報は、東京通信として、本件の事實を報道すると共に、次の如き記事を掲げた。

『最近出獄したる被檢擧支那留學生の言に依れば、檢擧當時に於ける警察側の態度は左して橫暴の事實なかりしも、警視廳の取扱は頗る苛酷を極め、即ち是非を論ぜず棍棒を以て、被檢擧者の頭部其他を毆打し、出血負傷せしめたるのみならず、毆打の理由は逮捕せられたる爲めなりと放言したる外、種々なる罵り殘暴を極め、且つ獄内に於ては、日に二食、其の量椀に滿たざ

る食料を供給したるのみにて、綿入も着せず寒氣に不堪、爲めに同寢せんとするも之を許容せず、拘留地點は一日數回變更せられ、其の待遇土匪の人質の如き憾ありたる由にて、外部とは聯絡絶たれ、肉親と雖も面會を許されず、而も釋放の際は寫眞の撮影を强要せられた』

尙ほ同月二十五日並に二十九日に於ける廣東民國日報も、本件に關し、東京通信として、前記各地新聞の報道と同樣過激なる筆法を用ひ、以て我が當局の措置を非難せる記事を掲載した。

斯くの如く本件に關する新聞の報道は相當廣く、且つ誇大に行はれたるが、之に對する纒りたる意見を發表せるものは無かつた模樣である。

二　中國各地に於ける運動

(一)　上海中國共產黨の示威運動

イ、示威運動前の狀況　日本內地に於ける中國共產黨留日中華學生檢擧の報傳へらるゝに及び上海に於ける中國共產黨は十月中旬頃より該問題を中心とし漸次策動するの傾向があつた。十月十八日付中國共產黨中央執行委員會は中央通告第五十二號『日本帝國主義が留日中國學生を侮辱拘禁せるに反對す』を以て同事件に對する日本帝國の措置を誹謗呪咀し、總ゆる虛構的宣傳文句を羅列して黨員の反帝主義運動を煽り立て、各界團體の煽動して留日被逮捕學生後援會を組織し、日本領事館に對する示威運動を決行せんとし、更に同黨系機關新聞は示威運動の期日場所を掲載して居るのを上海日本總領事館に於ても探知したるを以て極力注意中の處、偶々十月二十七日午前七時租界新聞警察署勤務中國人探偵馬宋來が、租界南成都路附近に於て東京に於ける中華學生の逮捕に關する共產宣傳文書多數を所持する林波影（江西人當二十六年）を逮捕し、其供述に基き南成都路二六二號に於ける反帝同盟上海本部を襲ひ、更に多數共產黨宣傳文の外、各學校團體代表者宛送付すべき封書五十餘通を押收したるが、該封書は十月二十七日午後二時を期し日本總領事館附近に於て行ふべき示威運動に參加すべきことを慫慂せるものにして、愈々示威運動の決行さるゝことを確知したる租界警察側に於ては、直ちに各關係方面に通知した。我が領事館警察に於ても直ちに全警察官の非常召集を行ひ、一面工部局警察とも打合せの上之が警戒に從事した。

ロ、示威運動の狀況　右情況により上海日本總領事館警察署に於ては朝來工部局警察側と共同警戒中、二十七日午後二時豫定時刻に至るや、中國共產黨の一味と發しき學生風の青年は三々五々北四川路郵務局附近に集合を開始し、同二時半頃に於ては北四川路天潼路交叉點、吳淞路天潼路交叉點附近に於ては約三百名の群衆參集したるが、同二時四十分頃之等群衆の指導者と目せらるゝ者が爆竹の合圖を爲すや、群衆は口々に口號を叫び乍ら各種多様の傳單を撒布しつゝ所期の目的を達すべく日本總領事館の方向に向つて漸次移動を開始し、日本電信局附近よりガーデン・ブリッヂ（日本總領事館より三四丁の地點）附近に來れるが、朝來警戒中の工部局虹口警察署員は直ちに指導者の檢擧を爲し、群衆の解散を命じたる爲め、群衆は午後四時半頃に至り全く四散するに至りたるが、當時工部局側の警戒最も峻嚴なりしため、逮捕を免れんとしたる群衆は恰も福德路二號福音堂に於て祈禱式擧行中の集會者に紛れんとして、同會場に押入りたる爲め一時は頗る混雜を呈する等のこともありたるも、同五時頃全く平穩なるに至つた。

ハ、當日に於ける被逮捕者並に押收物件　右示威運動中虹口警察署員に逮捕せられたるものは合計六名にして、示威運動に使用せし八本の小旗十五種類の印刷物を押收し、尙被逮捕者は即日臨時法院に押送せられ十月二十八日各六ヶ月の懲役に處せられた。當日日本總領事館警察署に於ては豫て逮捕手配中の共產主義者鮮人全基鎭（在中國韓人青年同盟第一區上海支部の宣傳部長にして左派共產系鮮人中の運動主動者と目せられ居るもの）が右示威運動の群衆中に混じ、天潼路日本電信局附近徘徊中を日本總領事館警察署員に於て發見逮捕した。

ニ、當日撒布せられたる傳單並に中國共產黨系各團體より發せる宣傳書類、二十七日上海各方面に於て撒布せられたる中國共產黨系各團體の傳單並に印刷物は多種多樣にして、主要なる目的は東京に於ける留日中華學生逮捕事件に關聯し民衆の奮起を促し、且又國民黨を痛烈に攻擊せるものにして其種類は次の如くである。

一、中央通告第五十二號
二、中國共產青年團東京事件の爲め全國學生に告ぐ
三、每日宣傳の要點（第十一期）
四、東京事件の爲に宣言す
五、當日撒布せられたる傳單類（十四部）

（二）　北平援助留日被捕同胞會の活動

イ、本會成立經過　留日學生が日本政府に拘禁されたこの消息が傳はるや趙作霖（北京大學生）等二十餘人が發起して援助籌備會を組織し、宣言數種を發して國內

同胞の一致援助方を告げ、繼いて十二月二十九日北大二院主催の下に講演大會を開催し、江漢俊・劉副伍(註、劉佛伍とも稱す）及び鮮人李聖運の講演會を開き、同時にこの際、後日成立大會を開くべきことを議決し、一月五日その成立大會を擧行した。其の際の出席者は北京大學の外、師大、中大、清華、燕大、郁大等の二十七團體の代表者及び個人の出席するもの合せて七十六人あり、右席上、總務・宣傳・交際の三部設置と執行委員を選出し、其の委員には、徐崇林、趙作霖、趙壁、金正友、劉福吾、張効長、甘戴伍、向心力等が選出され甘戴伍が主席となつてゐる。

本會の母體として活動を開始し、各學校・各社團に於ても同種組織が相次いで設けられ、本會よりは各團體に人を派してこれが連絡を計る所あり、更に天津、唐山等にも同樣の後援會を組織する必要ありとし第二執委の決議に基き宣傳部主任、徐崇林を十六日天津方面に派した模樣である。

ロ、本會の主要人物　本會の主要人物は上記本會の執行委員たる連中であるが、其內、留日學生と稱する劉佛(福)伍、江俊漢の兩名が最も活躍してゐる樣である。本人等は自稱する所によれば日本官憲の不當彈壓のため密に東京を脫出して上海に上陸後、昭和四年十二月北京に來たと云ふのであるが、或は上海への送還者の中の者で中國共產黨の本部の指令を受けて北京方面へ乘り込んだものかとも考へられる點がある。即ち今次送還されたものは天津に上陸したものは大部分直ちに上海に向つて出發してゐる。これは恐らく共產黨の本部の指令を受けたるためであることは一應推察のつく所である。彼等が果して共產黨の指令を受けて來たか否かは未だ斷定すべき資料はないが、旣報の如くこの運動には一方朝鮮の共產黨員が關係してゐる點、並に天津に上陸した被送還留學生が口々に反日的言辭を述べてゐる點より見て、其の背後に各大學に根を張つてゐる共產黨の策應のあることは疑ひない。この兩名は更に天津に於いて同種の會の組織を計劃してゐる。

ハ、本會の活動狀況　本會の表面目的は留日被捕學生の援助にあるが、眞の目的は決してこゝにあるのではないことは度々の會議の中にも援助の方法等については義捐金募集の外、何等議題となつてゐない。只演說會等に於て被捕學生の慘狀を誇大に說いてゐるに過ぎない點に見ても明かである。彼等の中心となつてゐる人物が旣に被捕學生の大部が送還された事實を知らぬ筈はないであらうか、而も一月十八日に出した會報によると

會外消息

『留日同學會の來信によれば日本當局は已に密に被捕同胞三十四人を送還したと云ふのであるが、これは日本當局が故意になした謠言で、人の耳目を掩はんとするもので、其實は被捕同胞の大部分は既に警察署から刑務所に轉入し、二年以上の徒刑判決を下された。其の待遇の苛酷なことは警察拘留所に劣らぬ、且つ時期嚴冬に際し飢寒の情形憐むべきものがある。留日同胞が、これを聞き、日本當局に交渉し衣服を送らんとした所、日本當局は嚴に之を拒絶したと云ふ。』

更に第一次執監委員より第三次執監委員の間に於て決議した工作要項は

(一) 全世界、全國及留日各界同胞に通電して一致聲援すること

(二) 已に參加せる學校團體と相談して宣傳隊を組織すること

(三) 日刊を發行し內容は暫く會內外の消息、雜感、通信等として、孰れも反帝國主義を原則とす。分配方法は各團體に發送する外、街上に貼付し新聞社に送附す(一月十八日より發刊してゐる)

(四) 清華、北大、法大、中大等の各大學は頻りに今回事件の經過の講演を請ふ故に、徐崇林、陳心

泉、郭子奇、徐伯度、張効良五名にて講演隊を組織し各學校を巡廻す。

(五) 新聞記者を招待す(十九日午後二時より北平大學法學院第一院に於て招待した)

(六) 各方面に義捐金を募集す(註●廢約促進會は目下資金難であるから反日の資金を募集するためと考へらる。)

(七) 市民大會を開催する準備をすゝめること

彼等は各種の宣傳を行つてゐるが、最も振つてゐるのは『北平援助留日被捕同胞會』から留日被捕同胞慰問のために、一月十五日付で發したと云ふ慰問の代電と稱するものである。傳單によつて散布すると共に、新聞社等にも送附したと見へ一齊に十六日の北京新聞に之を掲載してゐる。摘譯をすると

留日被捕同胞等よ! 反帝國主義の鬪士等よ! 北平援助留日被捕同胞會は革命的群衆を集中して留日被捕同胞を救援するために反日運動を繼續擴大し、日本帝國主義に向つて革命鬪爭をなす團體である……最後に北平援助留日被捕同胞會は敬んで全體留日同胞に次のことを請求する。

(1) 被捕同胞の反帝運動の繼續

(2) 國內の革命勢力と聯合して一致的進攻步調

をとること

（3）随時被捕同胞は其の消息を吾々に報告すること

（4）被捕同胞の協力援助

（5）日本の被壓迫階級殖民地朝鮮、臺灣の被壓迫民衆と聯合戰線をとること

北平援助留日被捕同胞會

一月十五日啓

二 學校、諸團體に於ける活動

（A）北京大學 十七日午後七時半より第三院（工科）大講堂に於いて『北大援助留日被捕同胞會』の成立會を聲言し、主席趙作霖開會の趣旨及び準備經過を述べ、總會代表として留日同胞被捕の經過及原因を報告し並に最近の工作と將來の進行方法を述べ大要次の議決を行つてゐる。

（一）本會は北大の學生及職教員により之を組織す

（組織方法は大體母體たる北平援助會と同樣である）

（二）本會成立宣言及北大全體の學生に告ぐる書を發表

（趣旨は大體母體北平の援助會の發表したのと同樣である）

（三）職員として趙作霖、裴海山を當然委員として交渉事宜を司り、呉兆祥、仲育生、崔心秦、李光偉、黎炎光、委員となる。

大會終了後、第一次委員會を開き趙作霖主席として各種の工作方法を議決してゐる。

（B）師範大學 師範大學に於ても學生の發起により『援助留日被捕同胞會』を作ることとなり、會員を募集しつゝあつたが十八日午後一時より籌備會を開き正式に成立大會期日を定め、講演會を同時に擧行することを定めた。

其際、發表した『全體教職員學生及工友會に告ぐる書』も大體母體の北平援助會の發表したものと同樣の趣旨である。

越えて二月二十日、成立大會を該校第五教室に於て擧げた。

出席者三百餘名、主席に李紹膊が當り、劉佛五の講演あり、北平援助被捕同胞會代表甘戴任の本會の任務の報告あり、次いで次の如き將來の進行方法を議決してゐる。

（一）本會は師大の教職員學生及工友を以て組識し總務、宣傳、交際の三股を置き、李紹膊、萬九河、董炳華、葛庭燧、徐峻山を總務委員、李振剛、孫

秉哲を宣傳委員、田俊明、高克明を交際委員とす。

（二）成立大會の宣言を發表すること

（三）宣傳隊を組織すること

（四）經費は之を外部より募集すること

（五）本校の學生軍學生と聯絡して合力進行すること

次いで同日第一次執行委員會を開催し各種の工作方法を定む。

（C）北平大學法學院　こゝでも矢張り二月十六日午後三時より北平援助留日被捕同胞法學院分會が成立し留學生、劉福伍の報告演説あつて後、執行委員五名を選出し實行方法を招議した。

（二）北平援助留日被捕同胞會

一月十四日に成立大會をあげて以來各學校に於いて續々支部の發會をなし氣勢をあげてゐたが目下は恰も學生の冬期休暇にあるを以て目立つた活動もなく只、事務所を私立法政大學に置き時々印刷物を出すに過ぎない、併し幹部は時々會合し對策を練つてゐるものの如く、不逞鮮人との往來も多い。

二月七日「二七」紀念日の當日午後二時北平天安門外天橋（淺草の樣な所）に於て示威大會を開催する運びになつてゐたが官憲に於て之を許さず（理由は目下戒嚴令下にある故不穩當と認む）、單に添附の如き傳單を撒布し樣としたに過ぎない。然るに之さへ官憲に阻止されて果さず、撒布者は檢束された。猶ほ年末（一月末）、北平大學に於て張某と稱する共產黨員を檢擧せる模樣なるが、彼は年末暴動の煽動者の嫌疑によるものゝ如きも幾分本運動の上にも影響あるものと考へられる。

（三）天津留日被捕同胞後援會の活動

天津に於いては豫ねて北京學生會と連絡をとり、天津學生聯合會李國幹、劉崇佑等、劉佛五、江俊漢の兩名を迎へて一月三日河北法制專門學校に於いて演説會を開催した。これより先、北京後援會より既に南海大學並南海中學等に向つて傳單類の送附があつたので當日これらの學校から參加するもの約百五十名、劈頭滿場一致、天津留日被捕同胞後援準備會の設立を決定し、李國漢主席となり開會の辭を述べ次いで劉、江の兩名が報告演説をなした。內容は北平に於ける演説會と大同小異であるが、挑發的言辭と煽動的なヂェスチューアを以て説き、多大の感銘を與へた。尙ほ前記當日設立された天津被捕同胞後援會準備會は當分河北法制專門學校內に置き總務、宣傳、交際の各股を設け各委員を任命した。

その後一月十七日北平留日被捕同胞後援會の派遣代表こして徐崇林、趙作霖の二名來津し各團體こ接衝して天津の後援會設立に關し具體的の準備に着手し一月二十二日午後二時よりは黄緯路工業學院内に於て天津新聞界の各記者を招待し、日本政府が留日學生に下せる暴壓逮捕の狀況經過を發表し北平援助會の運動狀況並に同地の援助會の使命を述べ、今後その後援を乞ふ所があつた。

其後天津の學生團體其他民衆團體等こ組織に關して了解を求め、二十五日河北中山中學校に於いて組織大會を開催するの運びに至つた。

當日午前十時に同組織大會に集合せるもの北洋大學、第一師範教職員聯合會、婦女協會、總工會、商民協會、新聞記者聯合會、廢約促進會其他中學校學生會の代表約三十名。組織に關して凝議の結果、二月一日成立大會を開催するに決し午後一時散會した。

右準備會には二十三日北平より赴ける鮮人李聖運も參加して居つた。

當日各代表に頒布した宣傳印刷物は左記三種である

一 北平援助留日被捕同胞會援助韓國運動宣言
二 北平援助留日被捕同胞會成立大會宣言
三 北平援助留日被捕同胞會赴津代表告天津民衆書

然るに一日開催の筈であつた大會は開會されなかつた。其の事情を調ぶるに支那側官憲に於ても漸く右援助會に對する共產系分子の策動を知り之が彈壓方針に出でた模樣にて北平方面の最近の取締方針も同樣に進みつゝある樣である。

（四） 上海に於ける學生示威運動

客年十月二十七日上海留日同學會（高師同窓會、東大、京大、東北大、東京美術、福岡實習生、長崎醫大等の同窓會）は本件對策の爲め聯合會議を開催し、協議の結果、反對示威運動を行ふここなり、其の結果、同日午後二時頃より之等並に共產黨員こ覺しき中國學生約三百名日本總領館に向つて示威運動を決行せんこし、各所に於て宣傳ビラを撒布して氣勢を擧げたが、租界當局の警戒嚴重なりし爲め、其の目的を達せずに引揚げた。

第七 參考諸表

第一表 中國共產黨日本特別支部黨員檢擧顚末一覽表（昭和六年二月十七日調）（司法處分關係）

廳府縣	起訴	起訴猶豫	不起訴	釋放	計
警視廳	三四	三〇	―	―	六四
宮城	―	三	一	―	四

神奈川	−	四	−	−	四
京都	一	三	−	−	四
兵庫	一	三	−	−	四
長崎	−	−	−	四	四
計	三六	四三	一	四	八四

備考

一、本表所載の外北海道、愛知、岡山の三縣廳に於ても檢擧を行ひたるも黨員を發見せず

一、被起訴者三十六名中公判に附せらるゝ者三十四名（內在監者三名他は保釋）豫審免訴二名（警視廳關係）

一、起訴猶豫となりたる者四十三名は何れも退去命令、諭旨送還、任意歸國等に依り退邦し一名も在留せず（第二表參照）

中國共產黨日本特別支部黨員檢擧一覽表（昭和六年二月十七日調）（行政處分關係）

廳府縣	起訴猶豫 退去受命	起訴猶豫 諭旨送還	起訴猶豫 任意歸國	不起訴又は釋放 在留	計
警視廳	二二	五	三	−	三〇
宮城	三	−	−	一	四
神奈川	四	−	−	−	四
京都	三	−	−	−	三
兵庫	三	−	−	−	三
長崎	−	−	−	四	四
計	三五	五	三	五	四八

備考

一、本表の外非黨員にして退去受命者二十名（內警視廳十八名、神奈川、兵庫各一名）

一、同じく非黨員にして諭旨送還せられたる者五名（警視廳のみ）

第二表　中國共產黨日本特別支部關係被起訴者一覽表

警視廳關係（三十四名）

本籍	住所	職業	氏名	年齡	備考
中華民國湖北省	東京府荏原郡碑衾町衾一二九番地三仁居方	東京帝大、大學院生	廖體仁	三十三年	
同　安徽省	東京府荏原郡碑衾町衾八七番地第二紫明館	京都帝大生	史殿昭	二十八年	

同	湖北省	東京市牛込區藥王寺町七一番地甲子金之助方	成城學校生	薛徐緒	二十二年	
同	安徽省	東京府荏原郡馬込町洗足石原三、三六番地葉樂群方	中央大學生	葉英群	二十五年	
同	安徽省	東京府荏原郡馬込町洗足石原三、三二一番地屋號東方方	東京工業大學生	房　娍	二十五年	
同	江蘇省	東京府豐多摩郡高田町鶴山一、四九九番地田中良方	法政大學生	王哲明	二十五年	
同	四川省	東京市麹町區飯田町二丁目五三番地稆紹伊方	東京帝大生	余炳文	二十八年	
同	陝西省	東京府豐多摩郡井荻町上井草一、三〇三番地屋號涙橋	法政大學生	李味五	二十八年	
同	廣東省	東京市本鄕區追分町三一番地櫻洲館	慶應大學生	鄭道之	二十八年	
同	湖北省	東京府荏原郡馬込町洗足石原三、三二一番地屋號東方方	明治大學生	劉鳳岡	二十一年	
同	廣東省	東京府豐多摩郡杉並町馬橋一四番地屋號西湖方	京都帝大生	鄭長群	二十八年	
同	廣東省	東京府豐多摩郡中野町東中野上原八一六番地	第一外國語學校生	馮　驥	二十五年	
同	廣東省	東京市牛込區早稻田鶴卷町一九番地第二山口館	法政大學生	古　傑	二十八年	
同	安徽省	江蘇省上海士慶路東陸里六號陸仲之方	著述業	梅電龍	二十六年	渡來後一定の住所なし
同	安徽省	東京府荏原郡碑衾町碑文谷一、三三一番地中村館	農林省林業試驗場實習生	朱大鼎	二十三年	
同	廣東省	東京市神田區表猿樂町二番地渡邊伊太郎方		鄭　柏	二十七年	
同	河南省	東京府荏原郡碑衾町碑文谷一、四一八番地	農林省林業試驗場實習生	周其湛	二十七年	
同	奉天省	東京府荏原郡碑衾町衾三、一九八番地石田信夫方	東亞豫備校生	林雲青	二十三年	
同	安徽省	東京府荏原郡馬込町洗足石原三、三二一番地屋號東方方		吳福和	二十六年	
同	廣東省	東京府北多摩郡千歳村下祖師ヶ原一、二二七番地 成城學校寄宿舍	成城學校生	黄維聰	二十三年	
同	雲南省	東京府豐多摩郡杉並町馬橋一四番地西湖方	東京高等師範學校生	劉之涯	二十二年	
同	奉天省	東京府荏原郡馬込町三、六七八番地植木方	明治大學生	宋鏈鵬	二十八年	
同	四川省	東京府荏原郡玉川村奥澤四一九番地大井方	明治大學生	左鴻暄	二十五年	
同	廣東省	東京市牛込區喜久井町二九番地青光館	成城學校生	古公堯	二十三年	
同	廣西省	東京府豐多摩郡落合町上落合五四七番地東青莊內	日本大學生	楊若僧	二十四年	
同	湖北省	東京府北多摩郡武藏野村吉祥寺三六一番地屋號三林	明治大學生	劉先源	二十七年	

同	安徽省	東京府北豐島郡西巣鴨町池袋大原一、三五六番地増山方	東京高工研究生	史懐文	二十七年
同	廣東省	東京市神田區北神保町八番地山田寛作方	東亜豫備校生	姚岸	二十六年
同	湖北省	東京府荏原郡馬込町洗足石原三、三二一番地屋號方東方方		劉達綸	二十三年
同	廣東省	東京府豐多摩郡中野町上ノ原八一六番地靜菊方	第一外國語學校生	啓開進	二十五年
同	安徽省	東京府荏原郡碑衾町碑文谷一、三三一番地中村館内	農林省林業試驗場實習生	李士駿	二十七年
同	陝西省	東京府荏原郡馬込町清水窪三、五七番地屋號三人居内		崔浚	二十七年
同	廣東省	東京市神田區三崎町一丁目一番地本多竹次郎方	三崎英語學校生	黄錫俞	二十六年
同	湖南省	東京府荏原郡荏原町小山五五〇番地南竹方	東京高等工商學校生	鐘文	二十四年

京都府關係（一名）

中華民國四川省	京都市左京區淨土寺眞如町四〇番地笠井方	京都帝大生	李亞農	二十七年

兵庫縣關係（一名）

中華民國廣東省	神戸市北長狹通三丁目番外ノ三	私塾主	鄧炘	四十一年

第三表 押收共産主義刊行物

一 中國共産黨日本特別支部

イ 機關刊行物

發行年月日	題名或は要旨	署名
	「赤花」第一號	東京青年赤光社
昭和四年一月二三日	「赤花」第二號	
〃 一、二一	「火花」第一號 レーニン、リープクネヒト、ルクセンブルグ記念特刊	
〃 六、	「火花」赤色五月特刊	

〃	八、一	「火花」八一特刊	
〃	一、二	政治宣傳資料	司委
〃	二、七	同	
〃	二、二八	同	
〃	三、七	同	市委
昭和三年	一〇、	「學生々活」1（黨外秘密）	
昭和四年	一、（?）	同　2（〃　）	
〃	四、二五	同　3（〃　）	

ロ　宣傳ビラ

昭和三年	五、一五	濟南の日軍横暴に對し留日同胞に告ぐ	中國共産黨青年團中央執行委員會
〃	一二、	廣東暴動一週年記念日宣言	同　日本特委執行委員會
昭和四年	二、七	「二、七」六週年記念僑日華工小商人に告ぐ	同　同
〃		二七記念	東京赤光社
〃	三、八	「三八」婦女節宣傳大綱付、赤色漫畫二種	市委
〃	三、八	三八勞働婦女節記念	少年共産黨東京執委會
〃	三、一八	巴里コンミューンの經驗マルクス分析	
〃	三、一八	一八七一年巴里コンミューン記念	少年共産黨東京執委會
〃	五、一〇	赤色五月僑華工學生小商人に告ぐ	中國共産黨日本特委執行委員會
〃	五、一五	五月紀念刊	
〃	五、	國民黨軍閥の混戰に反對す	同右
〃	六、二三	六二三四週年記念全日革命の華工學生小商人に告ぐ	同右
〃	六、二三	沙基慘案記念	
〃	七、	中國勞苦の群衆に告ぐ（東支鐵道回收帝國主義戰爭反對） 太平洋各國勞苦群衆に告ぐ（ソヴィエト露國擁護）	共産國際（インターナショナル）執行委員會

昭和四年 八、一 「八一」赤色日に當り僑日工友及革命群衆に告ぐ 中國共產黨日本特委會

〃 八、一 帝國主義のソヴィエト露國進攻に反對宣言 中國共產黨

〃 九、一 (無題)國民黨駐日總支部の反露大會開催を攻擊し東支鐵回收、第二世界大戰反對、ソヴィエト聯邦擁護 中國共產黨日本特支委員會 同 日本特支執行委員會

〃 九、三 黨務報告(內容環境分析、黨組織今後の進行計畫等の各項に分ち主義宣傳に就て其の方面手段等を詳述す) 特別支部

〃 九、二三 同志諸氏よ(逮捕學生釋放、公使館反對、人權保障大同盟を組織せよ)
過去工作の批評決議案(第三次大會の決議案と認めらる)

ハ ポスター類

昭和四年 一、二一 レーニン、リープクネヒト、ルクセンブルグ五十週紀念 中國共產黨日本特委執行委員會
木片七枚赤インキを以て本題名及共產主義レーニン萬歲等を書す
漫畫一〇三枚資本家の仆れたる圖畫等を描けるもの

〃 二、九 二七紀念 同右
漫畫二種 社會民主主義者が勞働者を縛し資本家を欺く狀を描きたるものに本題名を付し、打倒軍閥、ソヴィエト政權擁護等を附記せり

〃 二、一二 二七紀念宣傳大綱(小ポスター) 同右

〃 二、一二 政治宣傳資料 小ポスター 同右

〃 八、一九 東支鐵道問題に關しソヴィエト露國擁護打倒帝國主義を高調す貼紙ビラ 同右

二 中華留日東京社會科學研究會刊行物

イ 機關刊行物

昭和三年 九、 「五化」第五號(黨外祕密)
(過去工作の總批評、指導問題等の各項に主義宣傳の方法を講ず)

〃 八、 「海外靑年」第一號(宣傳用)
(帝國主義國民黨を誹謗す)

〃　一〇、一五　「同　」第三期（同　）

一九二九年一、一一　（海外青年號外）「レーニン、リープクネヒト、ルクセンブルグ紀念刊」

ロ　宣傳ビラ

昭和二年	二、	成立宣言	中華留日東京社會科學研究會
〃	二、一一	中國の時局に對する宣言	同
〃	二、二四	留日京大同學會内の投機分子の眞面目を暴露す（同學會名義の宣言は彼等ブルジョアの惰性と變節を露はせり我等は之を打倒し「ソウエート」政權を樹立せん）	同
昭和三年	三、一二	孫中山三週年紀念留日學生に告ぐ	同
〃	三、一五	國民黨の日警と結托して僑胞を逮捕せるに反對す	中華留日京都社會科學研究會
〃	三、一八	國民黨が日本帝國主義と結托して留學生を逮捕せる件に付全日の僑胞留學生に告ぐ	同　東京社會學研究會
〃	三、一八	「三、一八」巴里コンミューン紀念宣言	同
〃	三、二〇	三月廿日上海工人の武裝暴動により上海を占領せる一週年紀念宣言	同
〃	三、	留日京都大帝同學會の紛擾事件に對する批評	中華留日京都社會科學研究會
〃	三、	社研討論記事	
〃	五、	日本の山東出兵に對し同胞に告ぐ（日本帝國主義、國民黨打倒勞農ソウエート政府建設）	同
〃	五、一	「五一」勞働節（メーデー）紀念宣言	同
〃	五、四	五四紀念留東學生諸君に告ぐ（共產主義社會運動を起し社會組織を變更せん）	同
〃	五、七	五七紀念留日學生諸君に告ぐ（勞農階級と共同戰線に立ち革命に參加せよ）	同
〃	六、一	五卅宣言（世界の無產階級と連結して勞農ソウエート國を建設せよ）	北海道社會科學研究會
〃	六、二三	最近の國内時局に對する宣言	東京社會科學研究會
〃	六、	濟南の日軍橫暴に對し留日同盟に告ぐ	
〃	一〇、九	一週年紀念特刊	中華留日社會科學研究會

昭和四年　八、二八　反帝戰線　中國留日反帝同盟

〃　九、　日本全國在留の中國革命諸君に告ぐ
南京にて銃殺せられたる彭楊等五名の功績を賛し日本警察の僑胞逮捕に對し鬬爭を實行せよ

五　青年藝術聯盟

昭和四年　二、　檄　青年藝術聯盟

〃　二、　創立社演劇分部の宣言　同

〃　四、二九　見よ大會前の數語を（盟友各自の發奮を望む）　同

〃　四、　青年藝術聯盟規約　同

〃　八、二〇　「會報」第一號（第二次世界大戰反對、雜誌「藝術青年」の説明、中國現革命階級の十大要求……帝國主義統治の顚覆、ソウェート聯邦との聯合其他）　同

〃　八、二〇　綱領と章程

六　人社

入社簡章
入社基金儲蓄細則
人社總章

七　各種團體

發行年月日	題名或は要旨	署名又は所持者名
昭和二年一二、一四	「無題」附國際情勢國内情勢	中華留日東京政治問題研究會
〃　一二、一四	「通信錄」（創刊號？）	留日仙臺學生聯合會
昭和三年　一、二四	「同　」第四號	同
〃　一、二七	「烈火」創刊號	

〃	一〇、一〇	双十節に方り留學同怒に告ぐ	東京社會科學研究會
〃	一二、	日本の吉會鐵道強奪に對し全體留日同胞に告ぐ	同
昭和四年	三、一八	三一八紀念留日中華同胞に告ぐ	同
〃	四、	第二次代表大會宣言	(署名なし)社研總聯盟カ
〃	五、三〇	軍閥の混戰に反對宣言	中華留日社會科學研究會總聯盟
〃	五、	「通信」1、第二次代表大會特刊	同
〃	六、	沙基慘案四週年紀念宣傳大綱	(署名なし)總聯盟カ
〃	八、一	赤色國際戰鬪日—八一節—宣言	中華留日社會科學研究會總聯盟

三　時代工程社

昭和四年	七、三〇	「曝露」創刊號　反帝國主義特刊	時代工程社
〃	五、二〇	成立宣言	同
〃	五、三〇	軍閥戰爭に反對宣言	

四　中國留日反帝同盟

昭和四年	八、一	八一國際赤色日僑日革命民衆に告ぐ	中國留日反帝同盟
〃	二、二七	二七五週年紀念宣言	留日仙臺學生聯合會
〃	七、	對濟南慘案宣言(日支兵の濟南衝突事件攻擊)	著作家文藝家自由聯盟
昭和四年	一、	「新四邑」創刊號	署名なし(廣東出身者中の共產系學生團の發行カ)
〃	二、　七	二七紀念	マルクス主義研究會
〃	二、	社會思想研究社宣言	社會思想研究社
〃	三、一八	血の三一八を紀念す	原始社
〃	三、一八	三一八紀念	(無名)
〃	五、一〇	「新時代」創刊號	中華留日明大校友會
〃	六、二三	六二三沙基慘案四週年紀念留日民衆に告ぐ	廣東留日同鄉會

内國事情

〃	六、二三	六二三紀念僑日同胞に告ぐ	中華留日明大校友會
〃	六、	「通信錄」第六期	留日仙臺學生聯合會
〃		上海暴動二週年紀念宣傳大綱	同
〃	七、	國際勞働婦女節宣言	社會思想研究社
〃	八、	「通信錄」第七期	留日仙臺學生聯合會
〃	九、一四	被捕學生を救出の宣言	中華留日各界營救被捕學生聯合會
〃	九、一四	「爆弾」	中華留日左翼青年聯盟
〃		「通信錄」第八期	留日仙臺學生聯合會
〃	九、	國際青年の留日青年大衆に對する宣言	中華留日全無產者藝術聯盟
〃	一〇、一	(無題)罪なくして逮捕せられたる學生放出のため本月四日代表會合して討議せん	中華留日各界營救被捕學生聯合會
		新學術研究社々則(事務所を上海に分社を各地に置く)	馬典九 所持品中
		南新書店出資者募集規則	同
		雜誌「海風」社の出資者募集廣告及規則	王茅原 所持品中
		學術研究社章程	王哲明 同
		被逮捕學生の救濟さ淫賣國公使に反對宣言	王茅原 同 中華留日左翼青年聯盟
		被逮捕學生救出に關する宣言	王茅原 所持品中 中華留日安徽同鄉會
		過去の活動報告書	同 華僑學校

第四表 中國共産黨日本特別支部組織（昭和四年十月三日現在）

（常任） 古　傑　馮　駿　葉英群（葉槇　葉錦）

（秘書） 馮　駿

執行委員會（委員九名　候補三名）

宣傳部（馮　駿）→ 書記局（古　傑）← 組織部（葉英群）

書記局 ↔ 秘書處（李味五）

（候補） 王哲明　廖以仁（歸國中）　鐘　文　崔中遠　史儞文（九月本國より歸京に付支部未定なりしもの）　李味五　廖體仁（八月檢擧の爲支部所屬なし）　陳曼雲

東京支部六——現在黨員七四名　元黨員二名　○印は拘束中　△印は歸國又は所在捜査中

1　明大支部十一名　支部長　○左鴻暄（壽昌）
○劉風剛　○劉先源　○宋鐘鵬（劍朋）　△徐元膋　○何允湘
○陳曼雲　○楊玉珊（女）　○黃植生　△宋先達　○黃錫俞

2　東亞豫備校支部十名　支部長　○姚　岸
○胡曉春　○姚志瀛（銀）　○黃醍琴（谿）　○席忠琇　○韓卜克（金元）
○張炳麟（强）　○王劈鉄　○王慧媛（徐）　○鄭　柏

3　成城學校軍政科支部九名　支部長　○黃維聰（有成）
△呂　○馬仲毅　馮洪國　△張木村（春）
△廖誠崇（震沖）　△陳仲衡（恒）　△吳　隻　△李

4　東京聯合支部十三名　支部長　○劉恩波
○余炳炆　○鄭長群（樵）　○葉仲豪　○鄭道之（年）　○詹開進　○何鳳鳴
○古　傑　○李味五　曾劍君　○馮　駿　○司徒慧敏　○文　娥

5　大岡山支部十七名　元黨員二名　支部長　○鐘　文
○崔仲遠　○吳福和　○劉以剛　○朱大鼎　○李士殷　○房　娥　○羅笑夫（昂夫）
○葉英群　○史殿昭　○廖　沖（体仁）　○彼　炳　○周共滋　△陳輔儀（共昌）　○黃瑕階
○湯雨森　○林雲青　○陳　瓏（元黨員）　○楊家本（元黨員）

6　牛込支部十二名　支部長　△盧啓楊
○伍勁夫（競夫）　○馮叡章（旻々）　○張國衡　○古頌堯　○孫余緒　○林越生（?）
○王哲明　○李夢秋（明）　△杜匪生　△蔣　○楊凱生

本表外　本年八月中國々内黨より派遣せられたる黨員　○梅電龍一名
九月中本國より渡來せる黨員——曾劍泳（女）——駱英豪（女）あり

備考　本表は檢擧當時の組織概略なるが、其の檢擧直前に幹部の一部更迭ありしものなり即更迭前に於ては宣傳部——鄭道之、秘書——馮駿なりしものなり

第五表 中國共產黨日本特別支部地方部組織（昭和十四年三月現在）

地方――支部五――黨員二一名

- 横濱支部四名　支部長 潘匯堂――紹　才（銀行員）――周靜修（銀行雇）――譚――（支那料理雇人）
- 神戸支部五名　支部長 祝崑（鄧圻）――蘇德賜（ＰＯ汽船）――鮑紹文（蘭印銀行員）――楊滯堅
- 長崎支部三名　支部長 簡（高商）――朱（高商）――李（高商）
- 仙臺支部五名　支部長 漆宗契 若しくは 杕學銑――扈大恩――謝位鼎――其他一名
- 京都支部四名　支部長 史殿昭――李亞農（京大）――高　某（同大）――陳　某（京大）

組織準備中なりしもの

- 秋田市――仙臺支部謝位鼎を派遣
- 盛岡市・福島市――仙臺支部員にて擔任
- 名古屋市・岡山市――京都支部員にて擔任
- 廣島市――京都支部員にて擔任、同地には九月初旬本國より渡來せる國内黨員一名あり、
- 北海道――三月組織通信員の設置ありたるも責任者李士服農科大學卒業後上京し大岡山支部に編入さなり其後通信員無し、

第六表　中華留日社會科學研究聯盟組織

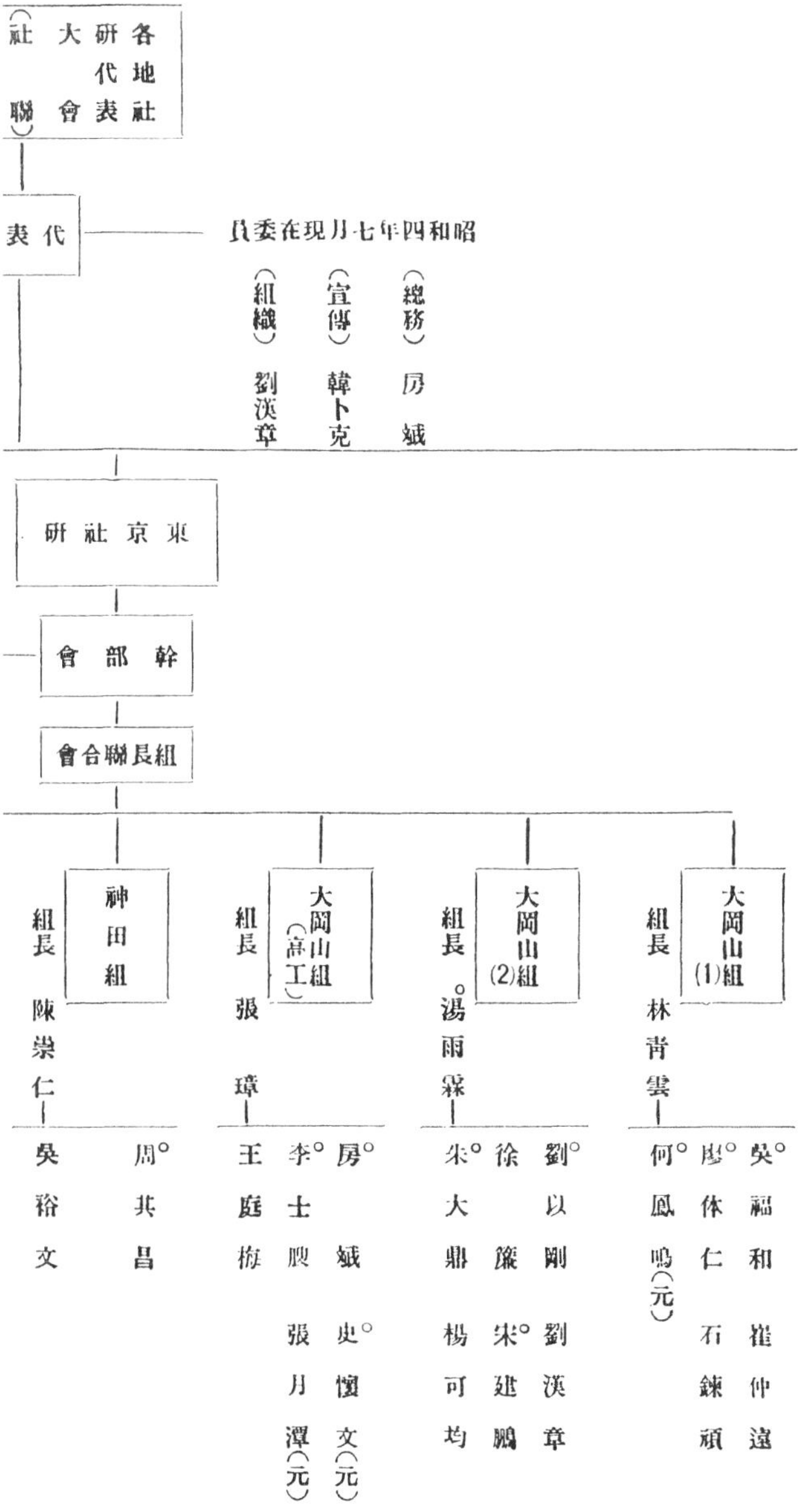

＊「注」原本ではこの「第六表」は「綴じ込み」になっている。

會

昭和四年九月二十九日大會改選

（總務） 劉漢章
（宣傳） 左壽昌
（組織） 李明（夢秋）
（演說） 王庭梅
（編輯） 徐簾

京都社研　約十名
仙臺社研　約十名
神戸社研　七、八名

（幹部は社聯委員に同じ）

牛込組
組長 ○古頌堯
1、2 區分明ならず
○張國恒 ○楊惠生 譚旭眞
○鄒肇思 ○伍競夫
○韓卜克 ○譚余緒
李夢秋（九月加入）

明大1組
組長 ○宋先達
○黄錫俞 姚岸（?）
○黄植生 何允相
○左壽昌 勞炳雲
江隆基（元）（仲平）

明大2組
組長 ○徐元脊
馬樹禮 馬典九
○劉鳳剛 譚仁訓（旭眞）
張本立
江裕基（元）

房州組
組長 周斑（東亞生）
（本組は夏休中學校組不成立に付臨時設けられたるもの）

右の外七月以前 鐵道組—方溶—林英槐（靜山）
七月以前 早稲田組—羅之剛—劉超英
ありたるも其後所屬不詳

備考

（1） 各組は五人を中心數とし四名又は七名位とす

（2） ○印は黨員

あとがき

ここに収めたのは、一九八九年から九九年の一一年間に渡り、日本学術振興会の科学研究費補助金を得てまとめた研究成果成果報告書的な冊子である『左連研究』第一輯（汲古書院　八九年三月）、第二輯（同　九二年五月）、第三輯（同　九三年三月）、第四輯（同　九六年三月）、第五輯（同　九九年一〇月）に発表した所論に加筆、訂正を加えたものである。あらためて繰り返すまでもなく、こうした掘り起こし作業は一人の人間の手で出来るものではない。いまはただその都度その都度に応援してくださったすべての方々に心から感謝申し上げたい。

一九三〇年代日本における中国人日本留学生の文学・芸術活動に関する研究は、いまようやく緒に着いたばかりである。本書が今後の一九三〇年代日本における中国人日本留学生の文学・芸術活動に関する研究、中国人日本留学生史、三〇年代日中近代文学の交流、「三〇年代文芸」研究の一助となれば幸いである。本書はその叩き台でしかない。今後、本書を叩き台にさまざまなご批判、補正が加えられることを念じてやまない。一九三〇年代日本における中国人日本留学生の文学・芸術活動に関しては、不明の点が、これから明らかにされていかなければならない問題が数多く残されている。一次資料、関係資料の発掘も不十分である。こうした研究はそれこそ地道な掘り起こし作業の上に成り立つものである。私としては本書の刊行をきっかけに、そうした作業が日中の双方で進められ、研究の「空白部」が少しでも埋められていくことを願ってやまない。

繰り返しになるが、本書をまとめるに当たっては本当に多くの方々にお世話になった。資料の提供、ご助言をいただいた方々についてはお一人お一人のお名前は記さないが、ここにあらためて心からお礼申し上げたい。また、故丸山昇先生、伊藤虎丸先生から頂戴した励まし、一九三〇年代文学研究会の先輩、友人たちから受けた友誼は言葉にならないものがある。

最後に本書の刊行を引き受けてくださった汲古書院の方々、編集を担当してくださった大江英夫氏には心からお礼申し上げたい。

本書は二〇一〇年度日本学術振興会研究公開促進費の交付を受けて刊行されたものである。

著者紹介

小谷一郎（こたに　いちろう）

1950年宮城県生まれ。

1974年東京教育大学文学部卒業。

1976年東京教育大学大学院文学研究科修士課程修了。

1980年東京大学大学院人文科学研究科博士課程単位取得の上満期退学。

広島大学総合科学部専任講師、同助教授、埼玉大学教養部助教授、同教養学部助教授をへて、現在、埼玉大学教養学部教授。

専攻、中国近現代文学。

共編著に『田漢在日本』（人民文学出版社　1997年）、『転形期における中国の知識人』（汲古書院　1999年）、共訳に『魯迅全集・第12巻・訳文序跋集』（学習研究社　1985年）などがある。

一九三〇年代中国人日本留学生文学・芸術活動史

二〇一〇年一一月二〇日　発行

著者　小谷一郎

発行者　石坂叡志

整版印刷　富士リプロ㈱

発行所　汲古書院

〒102-0072 東京都千代田区飯田橋二-五-四

電話　〇三（三二六五）九七六四

FAX　〇三（三二二二）一八四五

ISBN978-4-7629-2880-2　C3098

KYUKO-SHOIN, Co., Ltd. Tokyo.

索　引

人名索引

漢音による読みで五十音順に配列した。

ただ、「森堡（盧森堡）」については、本人がローザ・ルクセンブルグに因んでつけた音に基づく筆名なので「せんぱお（ろせんぱお）」とし、「し」の項ではなく「せ」の項に入れた。

中国人日本留学生の人名は原則として採録したが、行文上でのそれは一部略とした。日本人名、また中国人名においても留学生の文学・芸術活動と関連する者、及びそれに関連する場合だけを採録し、行文上のそれを含めそれ以外は略とした。

本書所収の「資料」については、「第四表　中国共産党日本特別支部組織」以下に記載されている人名だけを収録した。

事項索引

漢音による読みで五十音順に配列した。

留学生の文学・芸術活動と直接関連する事項だけに限定した。内容が事項に相当すれば採録したため、表出した事項名が必ずしもそのままでない場合がある。

文献索引

本文に引いた文献を漢音による読みで五十音順に配列したが、行文上のそれや原載誌などは一部略とした。

人名索引

た

ち

つ

て

と

な

に

は

ろ

事項索引

た行

ま行

ら行

文献索引

あ行

か行

さ行

た行

な行

は行

ま行

や行

ら行

わ行